mtb

Umwelthinweis:
Dieses Buch wurde auf chlor- und säurefreiem Papier gedruckt.

Logan Belle

Club Burlesque – Blue Angel

Erotischer Roman

Aus dem Amerikanischen von
Stella Glasson

mtb

MIRA® TASCHENBUCH
Band 35065
1. Auflage: Januar 2015

MIRA® TASCHENBÜCHER
erscheinen in der Harlequin Enterprises GmbH,
Valentinskamp 24, 20354 Hamburg
Geschäftsführer: Thomas Beckmann

Deutsche Erstveröffentlichung

Titel der nordamerikanischen Originalausgabe:
Blue Angel

Published by arrangement with Kensington Publishing Corp.,
New York NY, USA
Dieses Werk wurde vermittelt durch
die Literarische Agentur Thomas Schlück GmbH,
30827 Garbsen

Konzeption / Reihengestaltung: fredebold&partner GmbH, Köln
Umschlaggestaltung: pecher und soiron, Köln
Redaktion: Maya Gause
Titelabbildung: Thinkstock / Getty Images, München
Autorenfoto: © Harlequin Enterprises S.A., Schweiz
Satz: GGP Media GmbH, Pößneck
Druck und Bindearbeiten: CPI books GmbH, Leck – Germany
Printed in Germany
Dieses Buch wurde auf FSC®-zertifiziertem Papier gedruckt.
ISBN 978-3-95649-099-6

www.mira-taschenbuch.de

Tanzen erzeugt Wärme, welche die
Mutter des Übermuts ist.
Und dieser, Sir, ist der Urgroßvater der
Untreue.
Henry Fielding

I'm a free bitch, baby.
Lady Gaga

DANKSAGUNG

Vielen Dank an Alicia Condon, meine großartige Verlegerin, die sofort begriffen hat, was den Charme von *Blue Angel* ausmacht. Ein schöneres Zuhause hätte mein Buch gar nicht finden können.

Inspiriert haben mich viele Frauen in der New Yorker Burlesque-Szene – ohne sie wäre dieser Roman nie entstanden. Ganz besonders möchte ich Gigi La Femme erwähnen. Sie hat sich viel Zeit dafür genommen, mir ihre Geschichte zu erzählen.

Dank gebührt auch Jo Weldon, der Begründerin der New York School of Burlesque. Mit ihrem *Burlesque Handbook* konnte ich Mallory auf ihre Auftritte „vorbereiten".

Ein weiteres Dankeschön geht nach L. A.: Courtney Cruz ist als Produzentin wie als Künstlerin einfach fantastisch.

Last but not least: Adam Chromy – Mentor, Muse und Gleichgesinnter: Von dir habe ich gelernt, so lange an einem Text zu feilen, bis alles stimmt.

1. KAPITEL

Während der gesamten Taxifahrt sprach er von nichts anderem als von der Überraschung, die er für sie hatte.

„So was mag ich überhaupt nicht“, sagte Mallory und folgte ihm in das dunkle, unscheinbare Gebäude in einer Seitenstraße der Bowery Street.

„Aber du hast doch Geburtstag! Was wäre ein Geburtstag ohne eine Überraschung?“

Er zwinkerte ihr zu, und sie konnte nicht anders, sie musste ihn anlächeln. So war das mit Alec: So sehr er ihr auch manchmal auf die Nerven ging – lange konnte sie ihm nie böse sein. Dafür liebte sie ihn viel zu sehr.

Und warum hätte sie auch schlechte Laune haben sollen? Nach drei Jahren Fernbeziehung waren sie endlich zusammengezogen. Mallory hatte ihr Jurastudium abgeschlossen und arbeitete jetzt in einer Anwaltskanzlei. Sie verdiente gut. Und ja, sie hatte Geburtstag – es war sogar ein besonderer, der fünfundzwanzigste. Alec wollte ihr ihre neue Stadt zeigen. Ein spannender, romantischer Abend sollte es werden.

Allerdings schien es sich bei ihrem geheimnisvollen Ziel nicht um ein lauschiges Restaurant zu handeln.

Im Eingangsbereich begrüßte sie eine Frau mit einem Klemmbrett. Sie hatte ein Schmetterlingstattoo am Hals und ein bildhübsches Gesicht. Was hinter ihr vor sich ging, konnte Mallory nicht erkennen, denn ein blauer Samtvorhang nahm ihr die Sicht.

„Alec Martin und Mallory Dale. Wir stehen auf der Liste“, sagte Alec und nahm Mallorys Hand.

Als sie den nächsten Raum betraten, erkannte Mallory, dass es sich um eine Art Bar handelte. Mit Stühlen, einer Bühne und … Zwergen. Mindestens zwei. Sie sah eine Frau mit bloßen Brüsten, die nur einen Hüftgürtel, Seidenstrümpfe mit schwarzer Borte und Stilettos aus rotem Lackleder trug. Dann war da noch ein Mann. Mit der Peitsche in der Hand sah er aus wie ein Cowboy auf dem Weg zum Rodeo.

„Wo zum Teufel sind wir hier?“, wollte Mallory wissen.

„Im Blue Angel. Einem Burlesque-Club.“ Alec strahlte sie an, als habe er ihr soeben einen Diamantring geschenkt.

Burlesque – zu diesem Thema sollte Alec bei *Gruff*, dem Popkultur-Magazin, für das er arbeitete, einen Artikel abliefern. Der perfekte Vorwand, um ständig andere Frauen zu begutachten.

„Wir verbringen meinen Geburtstag mit Recherchen für deinen Job?“

Er führte sie an den Tisch, der am nächsten zur Bühne stand. Im Raum gab es sonst keinen einzigen freien Platz mehr, aber ihrer war reserviert. Ihr war klar, dass sie dieses Privileg *Gruff* verdankten. Der Eigentümer der Zeitschrift, Billy Barton, hatte Geld wie Heu. Alec kannte ihn über das Absolventennetzwerk der University of Pennsylvania, in dem er fleißig seine Fäden spann. Anders als Alec und die meisten ihrer gemeinsamen Freunde, die erst seit wenigen Jahren in New York lebten, standen Billy alle Türen offen. Eine Tischreservierung im Blue Angel gehörte zu seinen leichtesten Übungen.

„Nein“, erwiderte Alec. „Du hast Geburtstag, und wir probieren etwas Besonderes aus, an dem du bestimmt Spaß hast. Zufällig schreibe ich auch darüber. Und jetzt warte einen Moment – ich hole uns schnell ein paar Drinks.“

Er verschwand, bevor sie etwas sagen konnte.

Mallory wünschte, sie hätte für diesen Abend ein anderes Outfit ausgewählt. Ihr langer Rock mit Hahnentrittmuster erschien ihr viel zu brav. In ihrer Umgebung wurde viel Bein gezeigt: nackte Beine, Strapse, Netzstrumpfhosen und High Heels. Wenigstens trug sie einen schlichten schwarzen Rollkragenpullover, dachte sich Mallory. Insgesamt war sie also nicht overdressed. In einer Ecke am anderen Ende des Raumes unterhielten sich zwei Frauen angeregt mit dem Cowboy von vorhin. Eine von ihnen, die einen Mantel aus Leopardenkunstfell trug, war Mallory beim Betreten des Raumes sofort aufgefallen. Kein Wunder: Sie sah fantastisch aus, wie ein Model, und war perfekt gestylt, hatte einen dramatisch-blassen Teint und volle rote Lippen. Ihr glattes schwarzes Haar trug sie zu einem strengen Bob frisiert. Als spüre sie, dass Mallory sie anstarrte, drehte die Frau sich um, und ein scharfer Blick aus blauen Augen traf Mallory. Sie erschrak und wandte sich rasch ab. Doch als sie es wagte, noch einmal kurz zu der Frau hinüberzuschauen, stellte sie fest, dass sie weiterhin genau in ihre Richtung sah, als habe sie mit Mallorys ungebrochener Aufmerksamkeit gerechnet. Sie blickten einander direkt an, und Mallory fühlte ein leichtes Flattern im Magen.

„Hey“, sagte Alec, als er sich wieder neben sie setzte und ihr eine Flasche Stella Artois zuschob. „Du bist doch nicht etwa sauer, oder?“

Mallory nahm das Bier entgegen und versuchte, nicht schon wieder mit den Augen nach der schwarzhaarigen Schönheit zu suchen. „Wie bitte? Ach, na ja. Ein bisschen vielleicht. Gib’s zu, Alec – dir ist es nur recht, zwei Fliegen mit einer Klappe zu schlagen. Du musst recherchieren, ich habe Geburtstag, also lotst du mich hierher, und fertig. Wie ich gern feiern würde, interessiert dich dabei nicht im Geringsten.“

Sie konnte sich selbst kaum zuhören, fand sich unerträglich. Aber sie machte sich Sorgen. Hier ging es nicht nur um ihren Geburtstag, sondern um sie beide, als Paar. Es fiel ihr schwer, sich das einzugestehen, aber seit sie vor einem halben Jahr nach Manhattan gezogen war, hatte sich zwischen ihnen etwas verändert, etwas stimmte nicht mehr. Alec musste sich in der gnadenlosen New Yorker Medienwelt behaupten, die ihn zu verschlingen drohte. Sie selbst schuftete in der Kanzlei und paukte parallel für das Staatsexamen, das sie nach dem Universitätsexamen ablegen musste. Einmal war sie schon durchgefallen. Zu allem Überfluss fing er immer wieder davon an, sie sollten sich doch eine Frau suchen, für einen Dreier. Anfangs hatte sie das für einen Versuch gehalten, sie zu schockieren. Doch bald war ihr klar geworden: Er meinte es ernst. Aus Unsicherheit, welche Reaktion er von ihr erwartete, hatte sie beschlossen, die Sache zu ignorieren.

Es war nicht so, dass der Gedanke an Sex mit einer Frau sie verstört hätte. Früher hatte sie sich immer mal wieder ein bisschen in Mädchen verknallt, zum Beispiel in Carly Klein damals im Ferienlager. Die trug sogar bei sengender Hitze Kniestrümpfe, und bei Mannschaftsspielen drosch sie auf den Ball ein, als gehe es um olympisches Gold. Mallory hatte sogar einen erotischen Traum gehabt, in dem Carly vorkam, und sich deswegen wochenlang schuldig gefühlt. Aber das hier war kein Sommerlager, und sie schwärmte nicht mehr für andere Mädchen. Sie war erwachsen, und sie war Teil eines Paares zweier erwachsener Menschen.

Alec legte seine Hand auf ihre, doch ehe er erklären konnte, wie sehr sie sich irrte, dröhnte Lady Gagas „Beautiful, Dirty, Rich“ durch den Raum. Die Beleuchtung wurde gedimmt, und der dicke blaue Bühnenvorhang öffnete sich langsam.

Der Cowboy trat ins Scheinwerferlicht. Aus der Menge erklangen Rufe und Applaus.

„Meine Damen … und ihr ungehobelten Kreaturen, die Sie gezwungenermaßen heute Abend mitgebracht haben“, wandte er sich an das Publikum. „Willkommen im Blue Angel!“

Er ließ die Peitsche knallen, und Mallory wäre fast von ihrem Stuhl aufgesprungen.

Das Geschrei aus dem Publikum steigerte sich. Unwillkürlich fühlte Mallory, wie ein leichtes Gefühl der Aufregung von ihr Besitz ergriff. Die Energie, die sich ausbreitete, war ähnlich wie bei einem Rockkonzert. Sie wollte Alec nicht die Befriedigung gönnen, sie lächeln zu sehen. Denn was auch immer er zu seiner Verteidigung vorbrachte, sie wusste, dass es heute Abend nur um seinen Artikel ging. Aber zum ersten Mal, seit sie den Club betreten hatte, war sie ein klein wenig gespannt, was gleich geschehen würde.

Allerdings verspürte sie bei der Erinnerung an vergleichbare Orte, die sie kannte, nur wenig Optimismus. In ihrem zweiten Jahr am College in Philadelphia hatte sie einen Stripclub besucht, später einen zweiten, kurz nach ihrem Umzug nach New York. Beide hatte sie furchtbar gefunden. Die Mädchen wirkten unglücklich, und sie war sich wie eine Perverse vorgekommen, weil sie sie angesehen hatte. Als sie ihnen Geld gab, fühlte sie sich selbst wie entblößt. Ihre Freundinnen hatten damals über sie gelacht und meinten, sie solle alles ein bisschen leichter nehmen. Aber – verdammt noch mal! – sie hatte Frauen- und Genderforschung als Nebenfach gewählt. Da konnte sie nicht einfach einen Club betreten und ihren Verstand an der Garderobe abgeben.

Es bereitete Mallory großes Unbehagen, nicht zu wissen, wohin sie schauen oder was sie mit ihren Händen anstellen sollte. Sie empfand Mitleid mit den Tänzerinnen und schämte sich, überhaupt hier zu sein. So kämpfte Mallory gegen ihre Nervosität an, als das erste Mädchen die Bühne betrat. Aber die Menge war lebhaft, fast wild, und ihr wurde bewusst, dass sie als Einzige im ganzen Club keinen Laut von sich gab. Besonders Alec johlte und klatschte. Er schaute zu ihr hinüber, ganz kurz nur, und zwinkerte ihr zu.

Mallory richtete den Blick wieder auf die Bühne. Der Song „Diamonds Are A Girl's Best Friend“ erklang, und die

Scheinwerfer tauchten die Tänzerin in ein intensives Purpurrot. Sie war blond und trug erstaunlich viel Kleidung: lange, pinkfarbene Kunstlederstiefel mit Plateauabsätzen, ein weißes Korsett, lange weiße Handschuhe und in beiden Händen riesengroße Fächer aus rosa und weißen Federn. Damit wedelte das Mädchen gekonnt herum, sodass sie manchmal ihr Gesicht und den größten Teil ihres Körpers verdeckten, dann wieder verbarg sie nur ihren Körper dahinter und bedachte ihr Publikum mit einem koketten Lächeln. Als die Pfiffe und der Lärm ihren Höhepunkt erreichten, warf sie die Fächer beiseite, stand breitbeinig auf der Bühne und zog sich langsam einen Handschuh aus. Das Gejohle im Zuschauerraum war so laut, als habe sie gerade ihre Brüste entblößt. Zogen sich die Frauen in diesen Shows etwa ganz nackt aus? Mallory wusste nicht, was sie zu erwarten hatte.

Langsam, ganz langsam, schälte sich die Blondine aus ihrem Kostüm, zuerst aus den Handschuhen, dann aus den Stiefeln. Schließlich drehte sie dem Publikum den Rücken zu und öffnete langsam den Reißverschluss ihres Korsetts – so langsam, dass Mallory feststellen musste: Sie wartete ungeduldig darauf, dass die Frau das Korsett endlich auszog. Als sie es endlich abschüttelte und sich, die Hände über den Brüsten, dem Publikum zuwandte, hielt Mallory den Atem an.

Die Tänzerin zog die Hände weg, nahm eine Pose ein, mit der sie Madonna im „Vogue"-Video imitierte. Ihre Brüste waren klein, fest und perfekt geformt; rote, paillettenbesetzte Blumen bedeckten die Brustwarzen. Als sie mit diesen Pasties und ihrem roten Tanga zu tanzen begann, empfand Mallory Erleichterung und Enttäuschung zugleich – die Künstlerin würde sich wohl doch nicht ganz nackt ausziehen.

Die Menge tobte, und auch Mallory ließ nun ihrer Begeisterung freien Lauf und klatschte. Die junge Frau genoss den Beifall, trat mit wiegenden Bewegungen an den Bühnenrand, drehte sich um und beugte sich langsam vor, um den Zuschauern ihren Hintern zu präsentieren. Sie kniff frech in ihre beiden Pobacken.

Erneut stieg der Jubel an, obwohl Mallory schon vorher gedacht hatte, lauter gehe es nicht.

Der Rodeomann betrat die Bühne.

„Auf, noch eine Runde, noch mehr Applaus für Poppy LaRue", spornte er die Gäste an. Die Leute waren völlig aus dem Häuschen.

„Und, was meinst du?", fragte Alec und kniff ihr in den Oberschenkel.

„Es … Es hat mir gefallen", erwiderte Mallory.

„Das wusste ich." Er lehnte sich zu ihr hinüber und küsste sie auf die Wange.

Der Cowboy hielt einen kurzen, erstaunlich geistreichen Monolog voller lustiger politischer Anspielungen und Verweise auf die Pop-Kultur. Da ließ sich Billy Barton auf dem Sitz neben Alec nieder. Er trug ein lavendelfarbenes Hemd und lila Hosenträger. Gut aussehend und reich, wie er war, konnte er sich erlauben, wie Scott Disick in *Keeping Up with the Kardashians* herumzulaufen.

„Habe ich was verpasst?", erkundigte er sich ein wenig zu laut.

„Weiß ich nicht. Hat er das, Mal?"

Sie rollte mit den Augen.

„Meine Damen und Herren, hier ist sie, die fantastische, die unvergleichliche, die *gefährliche* … Bette Noir."

Die Stammgäste im Publikum skandierten den Vornamen der Tänzerin. Noch blieb der Vorhang geschlossen, aber die ersten Töne von Marilyn Mansons „I Put a Spell On You" erklangen. Als die leisen, geheimnisvollen Eröffnungstakte den Raum erfüllten, teilte sich der blaue Stoff und gab die

Sicht frei auf zwei Holzstühle und einen kleinen Tisch mit einer Kristallkugel. Auf einem der Stühle hockte eine Frau, die sich einen großen schwarzen Hexenhut ins Gesicht gezogen hatte.

Langsam erhob sie sich, und man konnte erkennen, dass sie ihren Körper unter einem langen schwarzen Kleid verbarg. Sie schwankte und schaute direkt in die Zuschauermenge, übellaunig und abwehrend. Da begriff Mallory, dass *sie* es war – die unglaublich attraktive Frau im Leopardenmantel.

Mallory kannte den Song gut. Vor langer Zeit hatte sie ihn zum ersten Mal in einem David-Lynch-Film gehört und ihn sofort geliebt. Das war schon viele Jahre her, aber sie erinnerte sich an das Crescendo gleich zu Beginn, und als die Musik diesen ersten Höhepunkt erreichte, zog die Tänzerin das schwarze Kleid aus, um dem Publikum ihren vollkommenen Körper darzubieten. Nun trug sie nur noch einen winzigen BH, ein schwarzes Spitzenhöschen, Strümpfe mit schwarzer Borte, einen Gürtel und Lederstilettos mit hohen Absätzen. In einer Hand hielt sie einen glänzenden schwarzen Zauberstab. Als sie den Blick auf die Zuschauer richtete, konzentrierte sie sich auf Mallory.

Und dann – zuerst glaubte Mallory, sie bilde sich das nur ein – zeigte sie mit dem Stab auf sie und bedeutete ihr durch Gesten, sie solle auf die Bühne kommen.

Mallory wandte sich ab, tat so, als sei ihr die Aufforderung entgangen. Aber die Menge feuerte sie an, und der Cowboy schien sie darin zu bestärken. Dieser verdammte Billy Barton, der ihnen Plätze in der ersten Reihe besorgt hatte! Hilfesuchend drehte sie sich zu Alec, aber der lachte nur und wies mit der Hand auf die Bühne.

Wie genau sie nach oben gekommen war, würde sie nie mit Sicherheit sagen können. Doch plötzlich fand sie sich auf einem der Holzstühle wieder, vor der Kristallkugel, während Bette Noir um sie herumtanzte. Dann ließ die andere sich ihr gegenüber nieder, wandte ihr den Rücken zu und wies sie wortlos an, sie solle ihr den BH öffnen.

Obwohl ihre Hände zitterten, gelang es Mallory irgendwie, den Metallverschluss zu lösen. Mit den Fingerspitzen fuhr sie über die blasse Haut der Frau, die sich wunderbar weich anfühlte. Und als Bette sich umdrehte, um sie anzusehen, ihr die bloßen Brüste hinhielt, fühlte sich Mallory, als seien sie beide allein auf der Welt. Die Menge und die Musik hörte sie nicht mehr, sie hätte nicht einmal sagen können, ob Bette mit ihr sprach – aber sie nahm etwas wahr: Die Tänzerin befahl ihr, das Oberteil auszuziehen. Mallory gehorchte nur, weil sie nicht die Verantwortung dafür übernehmen wollte, die fantastische Aufführung zu ruinieren. Ihr Zögern dauerte vielleicht zwanzig Sekunden. Dann, während ihr das Adrenalin durch die Adern rauschte, zog sich Mallory langsam den Pullover aus.

Bette lächelte nicht, reagierte nicht einmal mit einem Aufschlag ihrer falschen Wimpern. Ganz ruhig nahm sie Mallory den Rollkragenpullover ab, lief zu einer Ecke der Bühne und warf ihn auf den Sitz, aus dem ihre Mallory aufgestanden war. Die Menge tobte – ja, jetzt konnte sie es auch hören, als habe man bei einem Fernseher die Stummschaltung rückgängig gemacht. Mallory, die jetzt nur noch ihren Rock und ihren weißen BH trug, spürte, wie ihr Herz klopfte. Sie fragte sich, wie viel länger sie noch auf der Bühne bleiben musste, doch gleichzeitig wollte sie nicht gehen. Ihr war, als sei sie auf eine ganz neue Weise lebendig. Alles fühlte sich lauter, heller und größer an als das Dasein, das außerhalb der Bühne stattfand. Ihr wurde schwindlig, und um einen Halt zu finden, suchte sie mit den Augen Alec unter den Zuschauern. Sie erkannte, dass sein Blick fest auf sie gerichtet war, nur auf sie. Tief atmete sie ein, blieb regungslos stehen, während Bette um sie herumwirbelte und die Zuschauer immer mehr in Begeisterung versetzte. Die Tänzerin, nur mit einem diamantbesetzten Tanga bekleidet, auf unglaublich hohen High Heels, wiegte sich im Rhythmus und schwang den Zauberstab. Immer weiter tanzte sie, ihre Choreografie war perfekt.

Und dann fiel der Vorhang.

Poppy LaRue spähte in den Zuschauerraum. Sie konnte kaum glauben, dass Bette die Brünette zu sich auf die Bühne gezogen hatte. Sie hatte sich seit ihrem Auftritt noch nicht wieder richtig beruhigt – purer Sadismus von Agnes, Poppy als Erste auftreten zu lassen, obwohl es erst ihr zweiter Abend als Tänzerin war. Das hätte sie ihrer Chefin gern gesagt, aber die war zu sehr damit beschäftigt, Bette anzuschreien, weil sie jemanden aus dem Publikum zu sich geholt hatte.

„Was denkst du dir eigentlich? Wir sind doch hier nicht im Zirkus!“ Agnes schäumte vor Wut, und ihr polnischer Akzent war stärker denn je. Agnieszka Wieczorek, eine frühere Ballerina aus Warschau und die jetzige Besitzerin des Blue Angel, mochte es nicht, wenn jemand gegen die Regeln verstieß.

„Natürlich sind wir das“, antwortete Bette, die sich in aller Ruhe eine Zigarette anzündete. „Warum, glaubst du, kommen diese Leute sonst her?“ Ohne ein weiteres Wort ging sie an ihrer Chefin vorbei in die Garderobe. Sie schloss die Tür so fest hinter sich, dass es knallte.

Wer anders als Bette Noir hätte sich so etwas erlauben können?

„Meine Schuhe sind noch da drin“, sagte Poppy. Agnes murmelte etwas in ihrer Muttersprache, deutete nur vage in Richtung der geschlossenen Tür, Widerwillen im Gesicht.

Poppy wartete, bis die Chefin sich entfernt hatte, klopfte dann leise.

„Verpiss dich", erklang es von drinnen.

„Ich bin's, Poppy." Sie interpretierte das Ausbleiben einer Antwort als Einladung, das Zimmer zu betreten. Als sie vor sechs Monaten angefangen hatte, im Blue Angel zu arbeiten, wäre sie Bette Noir niemals gefolgt, nachdem diese sich zurückgezogen hatte. Aber inzwischen hatten sie sich einander so weit angenähert, dass sie es sich traute. Außerdem hoffte sie, Bette noch viel näher zu kommen. Sie wusste, dass Bette sich nur für Frauen interessierte. Poppy hatte noch nie Sex mit einer Frau gehabt, aber wenn es das war, was die erfahrene Tänzerin dazu bringen würde, sich ihrer anzunehmen und sie in die Kunst einzuweisen, dann hatte Poppy damit überhaupt kein Problem.

„Ich glaube nicht, dass Agnes wirklich wütend auf dich ist", sagte Poppy. Sie blieb kurz vor dem Spiegel stehen und konnte nicht anders, als sich selbst zu bewundern. Vor Kurzem hatte sie sich ihr weißblondes Haar zu einem kinnlangen Bob schneiden lassen, sehr ähnlich dem, den Bette Noir trug. Beide hatten helle Haut und blaue Augen; allerdings war Poppy ein paar Zentimeter größer als Bette. Mit ihren eins fünfundsiebzig war sie immer zufrieden gewesen, doch seit sie ihre Kollegin getroffen hatte, ertappte sie sich bei dem Wunsch, ein wenig kleiner zu sein. Alles an Bette schien ihr vollkommener, geeigneter für die Burlesque, exklusiver. Vom Größenunterschied einmal abgesehen, gefiel Poppy der Gedanke, dass sie mit dem schwarzen und weißblonden Bob wie Fotonegative voneinander waren. Immer öfter malte sie sich aus, wie es wäre, mit Bette Sex zu haben, der gelungeren Version ihrer selbst.

„Das ist mir eigentlich ziemlich egal", meinte Bette und sah von ihrem iPhone auf, richtete ihre Katzenaugen, die Poppy ganz nervös machten, auf ihre Kollegin. „Ich werde bestimmt nicht mein ganzes Leben lang hier arbeiten und

150 Dollar pro Nacht verdienen. Weißt du, wer da an dem Tisch saß?"

„Die Frau, die du zu dir auf die Bühne gezogen hast? Kenne ich nicht – eine Schauspielerin?"

„Die doch nicht! Der Typ mit den albernen Hosenträgern."

Jetzt war es Poppy, die sich albern vorkam. War das jemand vom Film? Sie hatte ihn kaum beachtet. Am besten, sie sagte gar nichts, beschloss sie. Bette würde es ihr sowieso erzählen.

„Das war Billy Barton", kam auch schon die Erklärung. Als Poppy noch immer nicht reagierte, seufzte Bette ungeduldig. „Dem gehört das *Gruff*-Magazin. Das kennst du ja wohl, oder? Die haben jedes Jahr eine Ausgabe mit dem Motto ‚Hot'. Ich glaube, letztes Jahr gab es ein Cover mit Megan Fox."

„Ach ja, klar. Das lese ich immer", log Poppy.

„Jedenfalls war Billy Barton hier – heute Abend! Eine große Sache, Poppy. Wenn das Magazin einen Artikel über den Club druckt, kommen vielleicht ein paar wichtige Leute her. Nicht nur diese notgeilen Kids aus New York."

„Cool. Also, wollen wir was trinken gehen?"

Bette drehte sich abrupt auf ihrem Stuhl um, schaute sich Poppy ganz genau an. Musterte sie von oben bis unten und ließ dabei den Blick besonders lange auf ihren Brüsten verweilen. Poppy, die über Pasties und String-Tanga einen Satinmorgenmantel trug, fühlte sich nackter als vorhin auf der Bühne vor fünfzig Fremden. Sie zwang sich, still stehenzubleiben.

Bette erhob sich, sodass ihre Gesichter fast auf gleicher Höhe waren. Streckte die Hand aus und schob sie unter Poppys Mantel, schloss sie um deren Brust. Poppy wagte kaum zu atmen. Monatelang hatte Bette sie ignoriert. Nie zuvor hatte sie so stark den Eindruck gehabt, für eine andere Person unsichtbar zu sein.

Aber jetzt war alles anders.

„Nimm die Dinger mal ab“, forderte Bette sie auf und fuhr mit dem Daumen über die mit roten Pailletten besetzten Blumen, die Poppys Brustwarzen bedeckten. Bette setzte sich wieder hin, zufrieden mit der Zuschauerrolle, während Poppy langsam die Pasties entfernte. Im Hintergrund konnte sie die Klänge von Peggy Lees „Fever“ hören. Cookies ’n’ Cream war gerade mit ihrer Nummer dran, der letzten des Abends. Normalerweise übernahm Bette diesen Auftritt. Aber sie und Cookie hatten irgendeine verrückte Wette abgeschlossen, und Cookie hatte gewonnen. Poppy wusste nicht einmal, worum es ging. Sie fühlte sich so sehr als Außenseiterin und fragte sich, wann sich das wohl ändern würde. Wie lange würde sie im Blue Angel arbeiten müssen, bevor sie wirklich verstand, wie die Dinge hier liefen? Ein Jahr? Zwei?

Aber all das war jetzt egal. Jetzt zählte nur, dass ihr Morgenmantel auf dem Boden lag, sie ihre Pasties in der Hand hielt und Bettes Blick auf ihre bloßen Brüste geheftet war.

Poppy beschloss, die Initiative zu ergreifen. Das hatte sie zu ihrem neuen Mantra erklärt. Sie hatte es aus dem Fernsehen oder einer Zeitschrift. Oder irgendwoher, wo Leute mit Durchblick einem vermittelten, worauf es ankam. Warte nicht darauf, dass dir Dinge passieren, sondern werde selbst aktiv.

Sie trat einen Schritt nach vorn und sah Bette fest an. Es war eine verstörende Erfahrung, aber zum ersten Mal in ihrem Leben, das musste sie zugeben, hatte sie eine Frau kennengelernt, die attraktiver war als sie selbst.

„Mir ist heute Abend nicht nach Drinks“, erklärte Bette.

Damit wandte sie sich wieder ihrem iPhone zu.

2. KAPITEL

„Mit euch wird es nie langweilig“, meinte Billy Barton, während er auf der Bowery Street ein Taxi anhielt. Es war Mitternacht, und es schien, als sei ganz New York unterwegs. Taxis gab es nur wenige, aber Mallory hätte auch nichts dagegen gehabt, ein paar Blocks zu laufen. Sie befand sich noch immer im Adrenalinrausch.

„Es wird sogar immer aufregender“, erwiderte Alec. Seinem Ton konnte sie nicht entnehmen, ob ihm die Entwicklung des Abends gefallen hatte, oder ob er sauer auf sie war. Seit die Frau sie auf die Bühne gezogen hatte, war er schweigsam geworden. Weil aber Billy Barton für zwei redete, ließ sich nur schwer feststellen, ob Alecs Zurückhaltung etwas zu bedeuten hatte.

„Kann man wohl sagen“, lautete Billys Antwort. Dieser Kerl machte Mallory wahnsinnig. Seine affige Kleidung und die herablassende Art den Kellnern gegenüber stießen sie ab. Auch der Gedanke, dass er es war, der Alecs Gehaltsscheck unterschrieb, missfiel ihr – ebenso wie der, dass Billy mehr über New York City wusste, als sie selbst jemals in Erfahrung bringen konnte. Billy Barton gehörte zu den gebürtigen New Yorkern, die sich selbst für Angehörige einer besonderen, im Universum einzigartigen Spezies hielten. Außerdem war Mallory wütend, weil sie ihn am Hals hatte, und das an ihrem Geburtstag. „Wollt ihr beide mitkommen? Ich treffe ein paar Leute im ‚Standard‘. Die könnten interessant für dich sein, Alec.“

Mallory tauschte einen Blick mit ihrem Freund, und zu ihrer Erleichterung sagte er ohne Zögern: „Ein anderes Mal.“

„Na dann. Happy Birthday, meine Liebe. Kaum zu glauben, dass ich dich fast gesehen hätte wie an deinem allerersten Geburtstag – nackt wie Gott dich schuf.“ Er küsste sie auf die Wange.

Als sie endlich alleine waren, liefen Mallory und Alec schweigend bis zur nächsten Straßenecke. Dort zog er sie an sich.

„So, Geburtstagskind. Ein ganz schönes Spektakel, was?“

„Ja. Es war wirklich … interessant.“

„Ich meine deinen großen Auftritt.“

„Ach, das. Bist du sauer?“

„Warum sollte ich sauer sein?“

„Weiß ich nicht. Besonders zurückhaltend habe ich mich ja nicht gerade benommen.“

„Mal, du hast dich auf die Sache eingelassen. Dazu gehört Mut. Um ehrlich zu sein, war es total sexy.“

„Wirklich?“

„Natürlich! Was hast du denn gedacht? Meine Güte, jeder Mann würde sonst was dafür geben, seine Freundin auf so einer Bühne zu sehen. Besser geht's nicht – außer wir hätten es geschafft, diese Tänzerin danach in unser Apartment einzuladen. Für eine private Show.“

„Alec!“

„Was denn? Du weißt doch, dass ich manchmal über so was nachdenke.“

„Aber musst du an meinem Geburtstag davon anfangen? Außerdem möchte ich nicht unbedingt wissen, welche Frau du dabei genau im Sinn hast.“

Er blieb stehen, zog sie zu sich heran und küsste sie auf die Stirn.

„Ich habe gar keine Frauen im Sinn, nur dich. Da fällt mir ein, eigentlich wollte ich noch irgendwo mit dir hingehen, ein Dessert essen und mit Champagner auf deinen Geburtstag anstoßen. Aber jetzt kann ich, ehrlich gesagt, nur noch daran denken, so schnell wie möglich mit dir nach Hause zu gehen. Bist du einverstanden?"

Mallory sah ihn an. Es gab für sie nichts Besseres auf der Welt als Sex mit ihm. Das Gefühl, ins Schlafzimmer zu gehen und zu wissen, dass er sie gleich berühren würde, war unbeschreiblich. Zu wissen, *wie* er sie berühren würde.

„Natürlich bin ich einverstanden!"

Er winkte ein Taxi heran.

Als sie auf dem Rücksitz saßen, löste Alec seinen Gurt und rückte ganz dicht an Mallory heran. Sie unterdrückte den dringenden Wunsch, ihn zu bitten, er möge sich wieder anschnallen. Der Exfreund ihrer besten Freundin Julie arbeitete in der Notaufnahme des Mount-Sinai-Krankenhauses. Er hatte ihr erzählt, dass man eine viel höhere Chance hatte, einen Autounfall zu überleben, wenn man sich anschnallte. Alec küsste sie wieder, und sie spürte die Schmetterlinge im Bauch. Die konnte er immer noch in ihr auslösen – selbst nach vier Jahren Beziehung. Als sie das Julie erzählt hatte, wollte ihre Freundin ihr nicht glauben.

Sie warf dem Taxifahrer einen vorsichtigen Blick zu. Er telefonierte über die Freisprechanlage. Seine Fahrgäste ignorierte er ganz offensichtlich.

Dann jedoch schob Alec seine Hand unter ihren Rock, und sie stieß ihn weg.

„Alec!", rief sie.

„Pssst … Er sieht uns doch gar nicht. Glaub mir, von seinen Fahrgästen auf dem Rücksitz ist der ganz andere Dinge gewohnt."

Mit den Fingerspitzen fuhr Alec über die Vorderseite ihres Slips.

„Ich meine es ernst, hör auf", wiederholte sie. Er zog die Hand zurück und rückte von ihr ab.

„Was soll das? Bist du jetzt etwa böse auf mich?"

„Ich wünsche mir einfach, du könntest dich auf so was

einlassen. Als diese fremde Frau dich auf die Bühne gezogen hat, hattest du auch nichts dagegen, etwas Neues auszuprobieren."

„Ich möchte es ganz einfach nicht auf dem Rücksitz eines Taxis tun, das ist alles."

Den Rest der Fahrt verbrachten sie schweigend.

Ebenso die Minuten im Aufzug in den zehnten Stock ihres Apartmenthauses in der East 83rd Street.

Alec schloss die Wohnungstür auf und ging sofort zur Couch. Dort ließ er sich nieder und sah Mallory erwartungsvoll an. Sie fragte sich, wie sie die schlechte Stimmung auflockern könnte. Eigentlich wäre es an ihm gewesen, sie zu besänftigen, aber sie wollte jetzt keinen Streit anfangen – pure Zeitverschwendung.

Mallory versuchte Abstand zu gewinnen, indem sie einen Strauß langstieliger gelber Rosen in einer Vase neu arrangierte. Heute Morgen hatte Alec ihr drei Dutzend ihrer Lieblingsblumen geschickt. Sie ordnete die Rosen so an, dass sie einen weiten Kreis bildeten, und fragte: „Was schaust du so?"

„Ich möchte, dass du für mich tanzt", sagte er lächelnd.

„Vergiss es!", war die Antwort.

„Ich meine das ganz ernst", erklärte Alec. „Als du da oben auf der Bühne warst, konnte ich an nichts anderes denken. Ich wollte einfach nur, dass du für mich tanzt."

Typisch Alec. Wenn es um Sex ging, versuchte er immer, ihr etwas abzuverlangen, das Mut erforderte. Das war eine der Eigenschaften, deretwegen sie ihn inzwischen am meisten liebte. Vor Alec hatte sie mit ein paar anderen Männern geschlafen, aber all ihre wichtigen „ersten Male" hatte sie mit ihm erlebt: den ersten gleichzeitigen Orgasmus. Den ersten Sex in der Öffentlichkeit (zwischen Bücherregalen in der Universitätsbibliothek). Ihr erstes Nacktfoto (sie hatte ihn gezwungen, es zu löschen, war aber überrascht, wie scharf sie darauf aussah). Vor einiger Zeit hatte er sie sogar dazu überredet, sich die Bikinizone vollständig mit Wachs enthaaren zu lassen. Der Vorschlag hatte Mallory zuerst wütend gemacht. Sie fand es unverschämt von ihm, ihr vorzuschreiben, was sie mit ihrem Körper zu tun hatte. Aber nach einem Gespräch mit Julie hatte sie es ausprobiert. Und sie war begeistert – nicht von dem Termin im Schönheitssalon selbst, aber von dem Ergebnis: Es fühlte sich glatt und sauber an. Wenn Alec mit einem Vorschlag kam, hatte er meistens recht. Und mit jeder Sache, die sie zusammen neu entdeckten, fühlte sie sich ihm näher, ihm und ihrer eigenen Sexualität. Aber die Idee, einen Dreier mit einer anderen Frau zu probieren … Sie hatte Angst vor den Konsequenzen. Davor, was mit ihr selbst und mit ihrer Beziehung geschehen konnte.

„Ich dachte, du wolltest diese Frau mit zu uns nach Hause nehmen“, meinte Mallory und spürte, wie sich ein ungutes Gefühl in ihrem Bauch ausbreitete.

„Nein. Ich war ganz auf dich konzentriert.“ Seine graublauen Augen hatten diesen umwölkten und zugleich intensiven Ausdruck angenommen, den Mallory manchmal darin entdeckte. Unbeschreiblich sexy. Sie erinnerte sich an das erste Mal, als sie beim Sex oben gelegen hatte. Damals hatte er sie aus schweren Lidern mit diesem leuchtend blauen Blick angesehen, und sie war dadurch zum Orgasmus gekommen.

Er nahm ihre Hand und küsste sie. „Wirklich, Mal. Ich werde dich heute Abend nicht ficken, bevor du nicht für mich getanzt hast.“

Sie wusste, er meinte es ernst.

„Oh, Gott. Also schön. Mach Musik an.“

„Den Song solltest du aussuchen“, erwiderte er und warf ihr seinen iPod zu. „Ich mache uns Drinks zurecht.“

Sie durchsuchte seine Playlist, während er eine Flasche

Rotwein öffnete. Länger als ein paar Sekunden brauchte sie nicht, um zu finden, was sie suchte.

Alec ließ sich wieder auf dem Sofa nieder, reichte ihr ein Glas. Sie dimmte das Licht und machte das iDock bereit für Mos Defs „The Beggar“. Dann nahm sie einen tiefen Schluck und drückte die Play-Taste.

Er hatte sie schon so oft nackt gesehen und sie in vielen verschiedenen Positionen genommen. Darum war es lächerlich, dass sie sich jetzt, als sie so vor ihm stand und ihr Oberteil auszog, schrecklich nervös fühlte. Schließlich hatte sie gerade genau dasselbe vor einer Gruppe völlig Fremder getan. Aber irgendwie hatte es sich unpersönlich angefühlt, weil es auf einer Bühne geschah. Für einige Augenblicke hatte sie dort den Eindruck gehabt, jemand anderes zu sein. Aber jetzt stand da ganz einfach Mallory.

Sie versuchte sich vorzustellen, sie sei eine andere Frau. Dachte an Bette Noir – und das half ihr, in die Stimmung zu kommen, die sie benötigte, um sich mit der Musik bewegen und langsam zu entkleiden. Glücklicherweise hatte sie zwölf Jahre Ballettunterricht hinter sich, und ihre Muskeln folgten von selbst dem einstudierten Programm. Sie wand sich aus ihrem Oberteil und brachte ihre Arme in die Haltung *bras au repos*. Es erstaunte sie, dass ihre Gliedmaßen auch nach den sieben Jahren, in denen sie keine Ballettschule von innen gesehen hatte, geradezu danach strebten, die bekannten Positionen einzunehmen.

Alec betrachtete sie mit einem Gesichtsausdruck, den sie an ihm nicht kannte und den sie unendlich erregend fand. Sie ließ die Arme sinken, entledigte sich ihres Rocks. Nun trug sie nur noch ihren BH, ihren Slip und die Silberkette mit dem Herzanhänger, die er ihr zum Geburtstag geschenkt hatte. Sie wiegte sich im Rhythmus der Musik, deren Text von Liebe und Hingabe handelte.

Sie versuchte sich an eine der burlesquen Choreografien zu erinnern, die sie im Club gesehen hatte. Aber sie passten nicht zu ihr. Stattdessen vollführte sie ein *piqué*, und obwohl sie sich albern dabei vorkam, das in Unterwäsche zu tun, war es auf wunderbare Weise aufregend. Während Alec jede ihrer Bewegungen verfolgte, fühlte sie sich so schön wie lange nicht mehr. Indem sie sich der Musik überließ, fand sie etwas verloren Geglaubtes wieder: das Gefühl der Macht und der Inspiration, das sie immer als pubertäre Exaltiertheit abgetan hatte. Mit den Ballettstunden war Schluss gewesen, als sie ans College gegangen war. Nach der wiederholt geäußerten Ansicht ihrer Eltern hatte Ballett nichts mit dem wirklichen Leben zu tun und war zu zeitaufwendig. Zusammen mit den Heften aus der Highschool hatte sie ihre Liebe zum Tanz buchstäblich fortgeräumt.

„Komm her“, sagte Alec leise und zog sie zu sich auf den Schoß. Sie setzte sich rittlings auf ihn, spürte sofort, dass er eine Erektion hatte. Er rieb sich an ihr.

Mit dem Zeigefinger fuhr Alec am Saum ihres Slips entlang, ließ den Finger dann mit einer sanften Bewegung in sie eindringen. „Du bist wahnsinnig feucht“, stellte er fest.

„Ich weiß.“

„Zieh das aus“, befahl er ihr. Sie schlüpfte aus ihrem Slip, warf ihn auf den Boden. Er schob sie sanft von sich weg, öffnete ihre Beine, sodass er ihre Pussy ansehen konnte. Früher hatte sie das verlegen gemacht, aber er versicherte ihr immer wieder, wie schön sie war, wie unglaublich erregend er diesen Anblick fand, und so hatte sie ihre Schüchternheit überwunden. Außerdem ließ die Art, wie er sie anfasste, jedes Gefühl der Schüchternheit verschwinden. Er konnte sie in weniger als einer Minute zum Höhepunkt bringen, und kurz davor war ihr völlig egal, was er anschaute.

Mallory schloss die Augen. Er rieb ihre äußeren Schamlippen mit Zeige- und Mittelfinger, führte dann seinen Mittelfinger in ihre Muschi ein und zog ihn langsam wieder heraus, wobei er ihre Klitoris mit dem Daumen streifte. Sie musste den Drang bekämpfen, sein Handgelenk zu packen und seine Finger tiefer in sich zu stoßen – er mochte es nicht, wenn sie versuchte, die Kontrolle über das Tempo zu übernehmen.

„Mal, schau mal." Er reichte ihr sein iPhone.

„Was denn?"

„Guck einfach."

Sie nahm das Telefon. Auf dem Bildschirm sah sie Alecs wunderschöne Hände, die ihre empfindlichsten Stellen bearbeiteten.

„Was um Himmels willen hast du da gemacht?"

„Eine Aufnahme von mir, wie ich dich anfasse."

„Was? Lösch das! Jetzt, sofort!"

„Das mache ich, ich schwöre es. Gleich, nachdem du es dir angesehen hast." Er drückte einen Knopf, und die Sequenz lief noch einmal ab. „Leg dich hin." Sie gehorchte, fühlte seine Hände wieder auf ihrem Körper. Diesmal ließ sie die Augen geöffnet, hielt sein iPhone vor sich und sah ihm dabei zu, wie er ihre Klitoris streichelte, seine Hände dieselben Bewegungen wiederholten. Dann führte er vorsichtig einen Finger in sie ein, rein und raus, rein und raus, auf dem Bildschirm und in Wirklichkeit … Sie ließ das Handy fallen. Innerhalb von Sekunden spürte sie, wie sich die wohltuende Spannung in ihr aufbaute, sich ihr Innerstes um seine Hand zusammenzog. Wie seine Finger auf ihren Orgasmus hinarbeiteten, er ihr genau das gab, was sie brauchte. *Ja … Oh, ja!*

Als das Zittern abebbte, setzte sie sich auf, begann an seinem Gürtel herumzufingern. Er half ihr, zog seine Hose und Boxershorts herunter. Sein steifer Schwanz drückte gegen seinen Bauch. Sie fuhr mit der Hand über dessen ganze Länge, von oben nach unten. Wusste genau, wie unglaublich erregt Alec war. Wusste, dass sie Alecs Samen würde schmecken können, wenn sie jetzt sein Teil in den Mund nahm.

„Zieh deinen Slip wieder an“, befahl er ihr mit heiserer Stimme. Verwirrt suchte sie mit den Augen den Fußboden ab, fand ihr Höschen, hob es auf und schlüpfte hinein, während sie immer noch halb auf dem Rücken lag. Wollte er denn keinen Sex?

Er zog sie auf seinen Schoß, sodass sie wieder rittlings auf ihm saß und ihre Brüste sein Gesicht berührten. Öffnete dann ihren BH und begann, an ihren Brustwarzen zu saugen, so kräftig, dass es beinah wehtat. Sie versuchte, sich wieder ganz auszuziehen, doch er hielt sie davon ab. „Nein – bleib so.“ Alec schob ihren Slip zur Seite, und sie senkte sich auf ihn hinab, nahm ihn in sich auf.

„Oh Gott, oh mein Gott“, stöhnte sie. In manchen Nächten – und diese war eine davon – fühlte er sich so riesengroß an, dass es ihr beinahe den Atem verschlug. Ihr schien, sie käme sofort wieder zum Höhepunkt, wenn sie sich nur ein klein wenig bewegte. Sex mit Alec war so intensiv, fühlte sich so richtig an, jedes Mal. Sie hatte ihm gesagt, dass sie sich schämte, weil er sie im Bett so wild machte. Er hatte erwidert, er habe nie etwas Schöneres erlebt.

Während sie das Becken bewegte, rieb der Stoff Ihres Slips gegen ihre Schamlippen, und dadurch fühlte sie Alec umso deutlicher in sich. Sie öffnete die Augen, um ihn ansehen zu können, und als spüre er ihren Blick, hob er seinen zu ihr. Sein Gesichtsausdruck war von solcher Lust, Leidenschaft und Liebe erfüllt, dass sie es nicht mehr aushielt und zum Höhepunkt kam: Ein Beben zog von ihrem Becken durch ihren ganzen Körper. Wie eine Explosion, unglaublich stark, besser als jemals zuvor.

Ihr Orgasmus ließ auch Alec kommen. Er schrie, wie er es immer tat – laut und hemmungslos.

Mallory ließ den Kopf auf seiner Brust ruhen und schloss die Augen, genoss das Gefühl absoluter Zufriedenheit, das sie immer nach dem Sex mit Alec überflutete. Momente wie dieser gehörten zu den wenigen, in denen sie an gar nichts dachte.

„Ich hoffe, du hattest Spaß heute Abend", sagte Alec und küsste sie.

„Machst du Scherze? Es war einfach unglaublich."

„Ich habe mir überlegt, ich könnte die Tänzerin interviewen. Für meinen Artikel", erklärte Alec.

„Wie bitte?", fragte Mallory, obwohl sie ihn ganz genau verstanden hatte und auch wusste, wen er meinte.

„Diese Tänzerin, die dich zu sich auf die Bühne gezogen hat – Bette Noir. Ich mache ein Interview mit ihr, für meinen Artikel." Mallory löste sich von ihm und schaute ihn an.

„Hast du etwa die ganze Zeit an sie gedacht? Während wir Sex hatten?"

„Was? Nein – natürlich nicht. Erst jetzt wieder, weil mir die Arbeit eingefallen ist." Mallory wusste nicht, ob er die Wahrheit sagte, aber was hätte sie tun sollen? Wieder eine der üblichen Diskussionen anfangen, die nirgendwo hinführten, in denen sie ihn beschuldigte und er alles leugnete? Sie wollte nicht die Stimmung verderben.

Also sagte sie einfach: „Mein Geburtstag war fantastisch, danke." Sie küsste ihn.

„Ich glaube, dein neues Lebensjahr wird dein bestes bisher, Mallory." Er lächelte, strich ihr übers Haar.

„Jetzt gibt es noch eine klitzekleine Kleinigkeit, die ich mir heute Abend von dir wünsche", erklärte sie.

„Alles, was du willst, mein Schatz."

„Lösch das Video von deinem iPhone."

„Ach, Mal, bitte nicht. Es ist so gut."

„Löschen!" Sie streckte den Arm aus, um sein Telefon zu finden – er kam ihr zuvor, nahm das Gerät und hielt es von ihr weg, während sie darum kämpfte. Schließlich überwältigte sie ihn und entriss ihm das iPhone. Hektisch drückte sie irgendwelche Knöpfe.

„Hör auf, du machst es noch kaputt. Gib's her, ich lösche das Video – großes Indianerehrenwort."

„Schwörst du?" Sie hielt das Handy so, dass es nur wenige Millimeter von seinen Fingerspitzen entfernt war.

„Also gut, ja. Wie du willst. Aber ich glaube, du unterschätzt deine Karrieremöglichkeiten. Du könntest Jura und Porno miteinander verbinden ..." Sie gab ihm das iPhone zurück und sah zu, wie er die Datei löschte.

„Zugegeben, du bist ein begnadeter Filmregisseur", sagte sie.

„Nun, ich hatte auch eine besonders interessante Darstellerin. Überaus inspirierend. Jetzt weiß ich, wie sich Hitchcock gefühlt haben muss, als er hinter der Kamera stand und Grace Kelly davor. Oder Woody Allen mit Diane Keaton ... oder Scarlett Johansson. Ja, das kann ich jetzt wirklich besser nachvollziehen."

Mallory rollte mit den Augen.

„Du weißt doch ganz genau, was ich eigentlich sagen will." Er lächelte sie an. „Wir beide sind einfach ein fantastisches Team."

3. KAPITEL

Früher hatte Mallory jedes Mal eine freudige Erregung empfunden, wenn sie das hohe, verglaste Gebäude in der Park Avenue betrat. Darin befand sich die Kanzlei Reed, Warner, Hardy, Lutz und Capel – unter Insidern nur als „Reed & Warner" bekannt. Es hatte eine Zeit gegeben, in der sie sich dort wie zu Hause fühlte und sogar dachte, das Schicksal habe sie dorthin geführt. Seit ihrem ersten Tag an der Uni hatte sie gewusst, dass sie Anwältin werden wollte. Wie ihr Vater und ihre Mutter. Wie der Vater ihres Vaters. Welcher Beruf wäre sonst für sie infrage gekommen? Dann kam das Studium an der renommierten Privatuniversität Villanova Law. In den Semesterferien jobbte sie bei Reed & Warner. Als sie die Uni beendet hatte, war dort sofort eine Stelle für sie frei.

Jeder Schritt war ganz selbstverständlich auf den vorherigen gefolgt. Bis zum letzten Monat.

Die breiten Bronzetüren des Aufzugs öffneten sich im 30. Stock.

„Guten Morgen, Ms Dale", begrüßte sie Blanca, die Rezeptionistin.

„Hallo, Blanca."

Ob sie wohl weiß, dass ich durchs Examen gefallen bin? überlegte Mallory. Wusste es jeder in der Kanzlei, bis hin zu der Frau, die nachmittags um drei den Kaffeewagen durch die Flure schob?

„Wenigstens bist du nicht berühmt", hatte ihre Freundin Julie sie getröstet. „Als John Kennedy Junior seine Prüfung vermasselte, stand es auf der Titelseite der *Post*, und zwar mit der Schlagzeile ‚Das war wohl nix'."

Dieser Trostversuch half ihr nicht. Und obwohl Alec meinte, dass es vielen Leuten so erging wie Mallory und sie beim zweiten Versuch im Februar sicher bestehen würde, überwältigte sie ein Gefühl, das sie im Zusammenhang mit ihren Zukunftsplänen noch nie verspürt hatte: Zweifel.

Sogar ihr eigenes Büro empfand sie als fremd. Was sie zuvor als sicheren Hafen guter, sinnvoller Arbeit angesehen hatte, erschien ihr nun als das, was es war: ein kalter, enger Raum ohne ausreichend Tageslicht – ein Katastrophengebiet, begraben unter einer Papierlawine.

Mallory loggte sich an ihren Computer ein. Für die nächsten zehn Stunden würde sie hier sitzen, juristische Webseiten durchforsten und weiter an dem Thema arbeiten, das sie schon seit einem Monat beschäftigte. Ihr Chef war an der Verteidigung von Koomson beteiligt, des landesweit größten Herstellers von Farben. Mallorys Aufgabe bestand darin, zu recherchieren, wie die Chancen bei einer Klage wegen des Bleigehalts der Produkte standen.

„Sind Sie heute nur den halben Tag da?“ Patricia Loomis, eine junge Anwältin, stand in der Tür. Sie war klein, ihre Hosenanzüge saßen schlecht, und ihre Fingernägel waren so heruntergekaut, dass es aussah, als könnten sie jeden Moment zu bluten anfangen. Aber sie war die klügste Frau, der Mallory je begegnet war. Außerdem war sie ihre direkte Vorgesetzte.

Mallory schaute auf die Uhr: acht Uhr dreißig.

„Gestern ist es spät geworden. Ich hatte Geburtstag.“

„Harrison will den Schriftsatz Ende der Woche auf dem Schreibtisch haben.“

„Geht in Ordnung“, sagte Mallory. Doch Patricia war schon weg. *Uff!* Mallory wusste nicht, was ihre Chefin gegen sie hatte, aber seit dem ersten Tag war klar, dass Patricia sie nicht ausstehen konnte. Und als Mallory durchs Examen fiel, verflog sofort das bisschen Anerkennung, das sie durch harte Arbeit erworben hatte. Patricia wartete nur darauf, dass Mallory scheiterte.

Sie öffnete ihre Handtasche, wühlte nach Pfefferminzbonbons. Mallory brauchte unbedingt Zucker, sie war unendlich müde. Ihre Finger ertasteten etwas Kleines, Viereckiges. Als sie die Hand herauszog, stellte sie fest, dass es sich um eine hellblaue Streichholzschachtel mit der Aufschrift „Blue Angel" handelte. Wie kam die in ihre Tasche? Wahrscheinlich hatte Billy, dieser Idiot, sie hineingetan.

Mallory legte die Schachtel auf den Schreibtisch und dachte an die Tänzerin. Bette Noir. Was machte sie wohl tagsüber? Ging sie ins Büro wie alle anderen? Und wusste ihr Chef, was sie abends trieb? Oder verschlief sie den ganzen Tag – ein Geschöpf der Nacht, das seine Höhle nur verließ, um im Blue Angel aufzutreten? Vielleicht drehte sich ihr ganzes Leben um Schönheit, Kunst und Inspiration. Über juristische Prüfungen hatte sie wahrscheinlich noch nie nachgedacht. Und keine Ahnung davon, dass Leute wie Patricia Loomis überhaupt existierten. Außerdem würde ihre Karriere nie von jemandem abhängen, der so eine schlechte Haltung und so wenig Ahnung von Kleidung hatte.

Mallory loggte sich in eine juristische Datenbank ein.

Am Nachmittag klingelte ihr Handy und entriss sie der Welt der bleihaltigen Farben. Als sie sich zu ihrer Handtasche hinabbeugte, wurde ihr sofort schwindlig. Sie hatte vergessen, eine Mittagspause einzulegen, wie üblich.

„Hallo?"

„Hi, ich bin's", erklang Alecs Stimme. „Wann kannst du heute Feierabend machen?"

„Keine Ahnung. Patricia hat's auf mich abgesehen. Ich muss eine eidesstattliche Erklärung für sie transkribieren – unglaublich, oder? So was darf ich noch gar nicht. Und sie hat gesagt, dass Harrison dieses Dokument bis Ende nächster Woche haben will …"

„Du musst heute Abend mit mir ausgehen."

„Ich kann nicht. Was auch immer es ist, geh allein. Ich war heute Morgen schon zu spät, ich bin völlig erschöpft, und ich brauche hier zweimal so lange …"

„Im Ernst, Mal, es geht nicht ohne dich heute Abend."

„Warum nicht? Was gibt es denn so Wichtiges?"

„Ich habe dieser Tänzerin gemailt, Bette Noir, wegen eines Interviews."

Mallory spürte, wie die Eifersucht ihr einen Stich versetzte.

„Und was hat sie geantwortet?"

„Sie hat zugesagt, aber nur unter der Bedingung, dass du auch kommst."

„Was soll das denn? Welchen Unterschied macht es für sie, ob ich dabei bin oder nicht?"

„Das kann ich dir nicht sagen. Sie will auch, dass ich einen coolen Laden aussuche, in den sie ohne mich nicht reinkommen würde."

„Für solche Spielchen habe ich wirklich keine Zeit, Alec."

„Das ist kein Spielchen, sondern mein Job. Jetzt sag schon ja; du weißt genau, dass ich dasselbe für dich tun würde."

Mallory starrte auf den Computerbildschirm. Die Wörter verschwammen vor ihren Augen, der blinkende Cursor machte sie ganz wirr.

„Um wie viel Uhr ist denn der Interviewtermin?"

„Ich weiß es nicht genau. Ich werde Billy anrufen und ihn fragen, ob er uns einen Tisch im Soho House besorgt oder ob er eine bessere Idee hat."

„Vor halb neun komme ich hier unmöglich weg."

„Abgemacht. Danke, Baby. Ich werde mich bei dir revanchieren."

Mallory warf ihr Handy zurück in ihre Tasche.

Dann nahm sie die Blue-Angel-Streichholzschachtel in die Hand, schaute sie nachdenklich an.

Der Laden hieß Boom Boom Room.

Er befand sich im Zentrum des Meatpacking District, im achtzehnten Stock von André Balazs' Hotel „The Standard". Und es war der dekadenteste, eindrucksvollste Club, den Mallory je erlebt hatte. Die Einrichtung war retro und futuristisch zugleich, mit runden, hellen Sofas, Kronleuchtern, die wie explodierende Sterne und Schneeflocken aussahen. Die Etage war komplett verglast, sodass man einen 360-Grad-Blick auf Manhattan und den Hudson River hatte. Es schien, als sei die ganze Stadt überhaupt nur als Kulisse für den Boom Boom Room erschaffen worden.

Mallory hangelte sich an den Fenstern entlang, die vom Boden bis zur Decke reichten. Ihre Absätze waren zu hoch – solche Schuhe trug sie nur selten. Aber Alec hatte gewollt, dass sie gut aussah, und deshalb hatte sie sich gefreut, war sie froh gewesen, noch ein paar geeignete Schuhe unter ihrem Schreibtisch zu finden, die sie letzte Woche im Büro vergessen hatte. Alle anderen Gäste sahen aus, als seien sie einem Modemagazin entstiegen, sie trugen elegante Kleider, kurze Röcke, außerdem Schuhe und Handtaschen, für die Mallory mehr als ein Monatsgehalt hätte hinlegen müssen. Männer in Anzügen, überall Models, Penélope Cruz im Gespräch mit Pedro Almodóvar, Lindsay Lohan und ihr Gefolge … Trotzdem hatten sich viele umgedreht, als Bette Noir den Raum betrat.

„Hierher, hier drüben", rief Bette ihr zu. Sie saß auf einem cremefarbenen Sofa, das Alec für sein Interview erobert hatte. Mallory merkte, dass Billy Barton sie von der anderen Seite des Raumes beobachtete. Schnell wandte er ihr den Rücken zu.

Bei ihrer Ankunft im Boom Boom Room hatte er ihnen zugewunken und zugezwinkert, seinen Platz aber nicht verlassen, um sie zu begrüßen. Mallory störte sich nicht daran, sie war schon mit den Nerven am Ende, als sie den Aufzug verließen. Bette hatten sie vor dem Hotel getroffen, und die Tänzerin war merkwürdig still, während sie an dem roten Samtband entlangliefen, das der Szene etwas von einem Casting für America's Next Topmodel verlieh. Sie trug einen Trenchcoat aus schwarzer Seide, und ihr Bob glänzte so dunkel, dass ihre Haarfarbe im Abendlicht fast violett wirkte.

„Wir sind Gäste von Billy Barton", informierte Alec den furchteinflößenden Türsteher, der Kopfhörer trug. Es war, als teile sich aufgrund dieser Information das Meer vor ihnen, und sie wurden hineingelassen. Im Rücken spürte Mallory die feindlichen Blicke derjenigen, die draußen bleiben mussten. Sie hörte förmlich, wie ihre Neider sich fragten: *Wer sind diese Leute?*

Patricia Loomis und Reed & Warner schienen meilenweit entfernt.

Da waren sie also, in einem der exklusivsten Läden in ganz Manhattan, einer Stadt, in der man die richtigen Leute kennen musste, um an dem Leben teilzunehmen, das sich hinter geschlossenen Türen abspielte. Mallory wäre von selbst nicht im Traum darauf gekommen, sich zu dieser Szene Zutritt zu verschaffen, aber wenn sie Alec glauben durfte, war dies Bettes Bedingung gewesen: ein Ort, zu dem sie ohne den Journalisten keinen Zutritt erhalten hätte. Als ginge es um eine Wette. Oder eine Art Schnitzeljagd.

„Mal, komm her. Setz dich." Alec klopfte auf den Sitz gegenüber, er selbst saß neben Bette.

„Nein, hierhin. Ich brauche eine Zeugin, die ganz genau aufpasst, dass man mich nicht falsch zitiert", erklärte Bette, nahm Mallory bei der Hand und platzierte sie zwischen sich und Alec.

Die Berührung brachte Mallory fast aus dem Gleichgewicht. War es wirklich erst vierundzwanzig Stunden her, dass die Tänzerin sie zu sich auf die Bühne geholt hatte?

„Agnes hat ihre Vision umgesetzt“, sagte Bette. Es ging um den Club. „Nirgendwo sonst in New York gibt es so eine Show.“

Sein Aufnahmegerät konnte Alec nicht benutzen, weil es zu laut war im Raum. Darum schrieb er auf einem Notizblock mit.

Er nickte. „Ich weiß. Als ich zum ersten Mal dort war, hat es mich total umgehauen. Darum wollte ich auch, dass Mallory den Club kennenlernt.“

„Und, was war dein Eindruck?“, wollte Bette von Mallory wissen.

„Ich fand es … interessant.“

„Interessant? Wow. Wenn das keine Begeisterung ist“, sagte Bette.

„Nein, es war mehr als das. Ich konnte heute an nichts anderes denken.“

„Ach ja? Und woran genau hast du gedacht?“ Bette sah Mallory aus ihren katzengleichen blauen Augen an.

„Ich glaube, wir sitzen hier, weil Alec dich interviewen will … Und nicht, damit du mich interviewst“, hauchte Mallory mit einem unsicheren Lächeln.

„Ach, ich habe gar nichts Interessantes zu sagen. Mich muss man live erleben, auf dem Papier wirke ich nicht.“

Hilflos schaute Mallory zu Alec hinüber. Der ließ den Blick zur anderen Seite des Raums wandern.

„Bitte entschuldigt mich kurz … Ich muss zur Toilette. Vorausgesetzt, ich finde sie überhaupt.“

Sie erhob sich, obwohl sie viel darum gegeben hätte, sich jetzt nicht durch die Menge quälen zu müssen. In ihrer weißen Bluse und dem engen schwarzen Rock kam sie sich vor wie eine graue Taube unter lauter Pfauen.

„Wo bitte ist die Toilette?“, fragte sie eine Kellnerin in einem sexy Stewardess-Kostüm. Sie folgte der Wegbeschreibung und landete in einem Gang nahe der Eingangstür. Bisher hatte sie erst ein halbes Glas Champagner getrunken, aber die Gestaltung des Toilettenraums verwirrte sie völlig. Er war rundherum verglast – vom Boden bis zur Decke! Nie im Leben würde sie hier pinkeln können, mit einem Panoramablick über Manhattan. So beschloss Mallory, nur schnell ihr Make-up aufzufrischen. Hätte sie doch nur diese Zeitschriftenartikel gründlicher gelesen, die erklärten, wie man seinen Look ganz leicht für den Abend anpassen konnte. Irgendwo in den Tiefen ihrer Handtasche gab es immerhin einen Lippenstift, und zum ersten Mal seit Monaten nahm sie ihn heraus.

Da klopfte es an der Tür.

„Moment, besetzt.“

„Weiß ich. Ich bin’s, Bette. Lass mich rein.“

„Kleinen Augenblick“, rief Mallory und warf den Lippenstift zurück in ihre Handtasche.

„Mach einfach die Tür auf.“

Mallory gehorchte, wollte den Raum verlassen, um Platz für Bette zu machen. Doch die hielt sie zurück und verriegelte die Tür von innen.

„Cool hier“, meinte die Tänzerin, ging zum Fenster und presste sich eng an die Glasscheibe.

„Vielleicht ein bisschen zu viel für eine Toilette“, antwortete Mallory.

„Hmm. Deine exhibitionistischen Neigungen sind offensichtlich nicht sehr ausgeprägt. Hätte ich aber erwartet, nach gestern Abend.“

Sie sah ihrem Gegenüber direkt in die Augen, und Mallory musste sich am Waschbecken festhalten, damit ihr die Beine nicht wegknickten.

„Komm hier rüber. Das musst du dir ansehen. Es wäre eine Schande, sich diese Aussicht entgehen zu lassen, auch wenn dir die Architektur hier nicht zusagt."

Mallory legte die wenigen Meter zurück, stellte sich neben Bette. Sie fühlte sich, als stehe sie am Rand einer Klippe.

„Leg mal deine Hand ans Fenster. Fühlt sich an, als stünden wir auf dem höchsten Gipfel der Welt, nicht wahr?"

„Ja."

Bette wandte sich ihr zu, strich ihr eine Strähne aus dem Gesicht. Dann fuhr sie mit der Hand Mallorys Haar hinab, machte beim Leberfleck auf ihrem Schulterblatt halt.

„Normalerweise stehe ich nicht auf lange Mähnen. Aber bei dir sieht es sexy aus."

Mallory versuchte, den Blick auf die Stadt gerichtet zu lassen, die sich unter ihnen ausbreitete. Bette ging zur Toilette und zog ihren Rock hoch.

„Oh! Ich gehe dann mal. Moment …"

Doch bevor Mallory den Raum verlassen konnte, pinkelte Bette schon, die Netzstrumpfhose bis zu den Knöcheln hinuntergeschoben.

„Ach was, wozu der Aufwand? Wir sind doch unter uns." Ohne die geringste Scheu tupfte sie sich ab, rückte ihren Rock wieder zurecht und wusch sich die Hände. Dann drehte sie sich zu Mallory um.

„Geh auch, wenn du willst. Ich schaue schon nicht hin."

„Nein – nicht nötig. Ich muss nicht."

„Wetten, dass doch?"

„Wie bitte?"

Bette lachte, heiser und von Herzen. Mallory hätte sofort eingestimmt, wäre sie nicht so nervös gewesen.

„War nur ein Witz."

Da merkte Mallory, dass sie für einen kurzen Moment den Atem angehalten hatte. Weil sie nicht wusste, wohin mit ihren Händen, ging sie zum Spiegel und holte den Lippenstift wieder hervor.

„Warte!", rief Bette.

„Bitte?"

„Nicht die Lippen nachziehen."

„Warum nicht?"

„Das musst du sowieso gleich noch mal machen."

Mit diesen Worten legte Bette beide Hände um Mallorys Gesicht und küsste sie leicht auf die Lippen. Die Berührung war so unendlich zart, dass Mallory kaum hätte sagen können, ob sie nicht vielleicht doch eingebildet war.

„Bis gleich", flüsterte Bette. Einen Augenblick später war sie verschwunden.

Mallory nahm das dritte Glas Champagner vom Tablett der Kellnerin. Alec warf ihr einen Blick zu, vergewisserte sich, dass sie sich noch aufrecht halten konnte.

„Das Beste an den Shows ist sowieso nicht das, was die Zuschauer zu sehen bekommen", erklärte Bette. „Wenn du wirklich darüber schreiben willst, was backstage los ist, solltest du Mallory als Reporterin hinschicken."

„Das ist mein Artikel, nicht Mallorys."

„Stimmt, aber du bist ein Mann. Ich könnte dich nie und nimmer mit in die Garderobe nehmen. Wenn wir Frauen unter uns sind, sieht die Sache ganz anders aus, stimmt's, Mallory?"

Mallory dachte daran, wie Bette sich die Netzstrumpfhose bis zu den Knöcheln hinuntergeschoben hatte.

„Klingt interessant. Darauf komme ich vielleicht zurück. Ich habe noch eine Woche bis zur Abgabe. Gibt es davor noch eine Show, bei der sich etwas arrangieren ließe?"

„Unsere Weihnachtsshow, nächsten Samstag. Da geht es richtig rund." Sie wandte sich Mallory zu. „Bist du dabei?"

„Ist sie", erklärte Alec.

4. KAPITEL

Poppy saß auf dem Bettrand und trug gerade eine zweite Schicht roten Lack auf ihre Zehennägel auf, als ihr Black-Berry summte – eine SMS. Von Bette.

Ruf mich an. Sofort.

Poppy beeilte sich, die Nummer zu wählen.

„Hi – was gibt's?"

„Wir müssen uns treffen. Ich bin im Blue Angel."

Poppy schaute auf ihre noch nicht trockenen Zehennägel. „In einer halben Stunde kann ich da sein."

„Komm in die Garderobe. Oh, und zieh dir einen schwarzen Rock und eine weiße Bluse an. Und eine lange braune Perücke, wenn du eine hast."

Poppy konnte sich keinen Reim darauf machen, aber sie würde keine Zeit damit verschwenden, Bette Fragen zu stellen. Dass ihre Kollegin sie gestern Abend zurückgewiesen hatte, war schmerzhaft für sie gewesen. Sehr schmerzhaft. Aber jetzt ... Vielleicht hatte Bette einfach auf eine günstigere Gelegenheit gewartet. An den Abenden, an denen im Blue Angel keine Show auf dem Programm stand, war es einfach eine normale Bar mit Lounge, und der Umkleidebereich blieb unbenutzt.

Natürlich!

Jetzt musste sie nur noch eine weiße Bluse finden.

Bette war schon am Treffpunkt; sie saß an einem der Schminktische. Sie trug einen schicken Trenchcoat aus Seide, den Poppy noch nie zuvor gesehen hatte. Sie selbst kam sich in ihrer spießigen Bluse-Rock-Kombi wie eine Bibliothekarin vor. Warum sollte sie sich wie eine graue Maus anziehen? War das ein Machtspiel – zum Beweis, dass nur Bette heiß aussah?

„Wo ist die Perücke?", wollte Bette wissen.

„So eine besitze ich nicht."

„Hmmm. Das habe ich mir fast gedacht. Und darum habe ich dir eine mitgebracht." Sie überreichte Poppy eine brünette Perücke. Poppy setzte sie widerwillig auf.

„Perfekt." Bette erhob sich und knöpfte ihren Trenchcoat auf, sodass ihr nackter, vollkommener Körper sichtbar wurde.

Seltsam – Poppy hatte sich noch nie mit einer Frau eingelassen, nie auch nur einen Gedanken daran verschwendet, bevor sie Bette kennenlernte. Doch der Anblick ihrer unglaublichen Brüste, cremefarben, fest und wunderbar gerundet, ließ sie ebensolche Begierde empfinden wie ein Mann. Und als sie Bettes Brüste berührte, sie sanft umfasste und dann mit dem Daumen über die festen Knospen strich, spürte sie ein stärkeres Kribbeln zwischen den Beinen als während der letzten Male, die sie mit Männern geschlafen hatte. Bette zog Poppy zu sich heran und küsste sie, tief, hart und fordernd. Poppy konnte nicht genug von Bettes Mund bekommen – ihre Lippen waren voll und weich, und sie trug ein Parfüm, das nach Vanille, Orangen und Sandelholz duftete.

Bette knüpfte Poppys Bluse auf, knetete ihre Brüste, schob dann beide Hände unter ihren Rock. Über dem Slip streichelte sie Poppys Pussy, und Poppy spürte erstaunt, dass sie allein davon feucht wurde.

„Zieh den Rock aus, dann sorge ich dafür, dass du kommst", wies Bette sie an. Poppy bekam vor Erregung den Reißverschluss kaum auf, und ihre Hände zitterten, als sie sich den Slip herunterzog. Kein Mann hatte jemals auf diese Weise mit ihr gesprochen.

Bette drehte sie um, presste Poppys Hintern gegen ihre eigene Muschi. Poppy sah im Spiegel zu, doch als Bette mit einem Finger in sie eindrang, schloss sie die Augen.

Sie bekam weiche Knie, als Bette ihren Finger in ihr bewegte, herein und heraus, ganz langsam, wobei ihr Daumen

Poppys Klitoris streichelte. Sie vermutete, dass Bette sie im Spiegel beobachtete, und das hätte sie verunsichern können. Doch die pulsierende Lust zwischen ihren Beinen bewirkte, dass sie an gar nichts dachte. Als sie zum Orgasmus kam, stöhnte sie lustvoll auf. Sie erschrak darüber, denn normalerweise gab sie beim Sex keinen Laut von sich. Bette stellte sich nun vor sie, kniete sich hin und leckte ihre Spalte wie eine Zuckerstange.

„Oh Gott", hauchte Poppy.

Bette richtete sich auf, sodass sie einander in die Augen schauen konnten.

„Jetzt wirst du dafür sorgen, dass ich komme."

Bette zog sie hinüber zu der staubigen grünen Couch und legte sich darauf, lang ausgestreckt wie eine Katze in der Sonne.

„Benutz deine Zunge", befahl sie. Poppy war sich nicht sicher, was genau sie tun sollte, deshalb kniete sie sich vor das Sofa. Zwischen ihren Beinen pulsierte es immer noch, und sie wusste: Wenn Bette sie noch einmal berühren würde, und sei es nur für wenige Sekunden, würde sie erneut kommen.

Sie nahm Bettes eine Brust in den Mund, berührte die andere mit den Fingern. Bette schlug die Hand weg. „Nur mit der Zunge."

Poppy umschloss nun Bettes andere Brust mit den Lippen, spielte mit ihrer Knospe, biss dann sanft hinein. Bette gab ein leises Geräusch von sich, legte dann eine Hand fordernd auf Poppys Kopf.

„Ich will, dass du's mir mit dem Mund machst", sagte sie.

Wäre Poppy nicht so schrecklich erregt gewesen, hätte sie dieser Anweisung wohl nicht nachkommen können. Doch so, wie sie sich jetzt fühlte, wollte sie es sogar tun. Wollte Bette nahe sein, auf jede nur mögliche Weise. Sie wünschte sich, eine von ihnen beiden wäre ein Mann. Dann hätten sie richtig ficken können – so hart, dass es ein klein wenig wehtat.

Sie küsste Bettes Busen, bewegte sich dann an ihrem Körper hinab. Als sie bei Bettes Muschi angelangt war, leckte sie deren Schamlippen, wie Bette es wenige Minuten zuvor bei ihr getan hatte. Bettes Geruch war überraschend aufregend – fremd, aber zugleich vertraut. Sie presste die Zunge gegen Bettes Klitoris, und Bette legte ihr beide Hände in den Nacken, zog sie dichter zu sich heran. Dann machte sie ein Geräusch, und Poppy drang mit der Zunge ganz in sie ein, stieß so tief, wie sie nur konnte, versuchte sie damit zu ficken. Bette bewegte rhythmisch ihr Becken, und Poppy umfasste mit beiden Händen ihren Hintern. Sie konnte fühlen, wie Bette zum Höhepunkt kam, und sie schmeckte es auch. Dann führte sie eine Hand an ihre eigene Pussy, spielte mit sich selbst und kam zum zweiten Mal, während Bette noch am ganzen Körper zitterte. Ihr Orgasmus hielt lange an.

Poppy sank auf die Knie und blickte zu Bette, die die Augen mit einem Arm bedeckt hatte. Ihre Brust hob und senkte sich deutlich; sie atmete schwer. Auch Poppys Herz schlug heftig. Sie ließ die Hände über den Fußboden wandern, fand ihre Unterwäsche und zog sie an. Ihre Bluse hatte sie gar nicht erst ausgezogen. Die Perücke störte sie jetzt, darum nahm sie sie ab. Bette blickte sie schläfrig an.

„Ich mag deine Pussy“, sagte sie.

Darauf fiel Poppy keine Antwort ein.

„Vorhin war ich auf einer Party“, erklärte Bette. „Das hat mich total angemacht.“

„Wo denn?“

„Im The Standard. In diesem verrückten Club – die angesagtesten Leute aus der ganzen Stadt hingen da ab. Ich hab dir doch gleich gesagt, es lohnt sich, Billy Barton zu beeindrucken.“

Poppy musste an die Brünette denken, die Bette gestern Abend zu sich auf die Bühne gezogen hatte. Plötzlich war ihr unbehaglich zumute.

„Hat Billy Barton dich mitgenommen?"

„Nicht ganz. Er war auch da, aber gekommen bin ich mit dem Mädchen, das ich gestern auf die Bühne geholt habe, und mit ihrem Freund. Alec – so heißt er – wollte mich für irgendeinen Artikel interviewen, den er für das Magazin schreibt."

Poppy sah die Frau vor sich – ihr langweiliges Outfit, ihr glattes braunes Haar. Schlagartig wurde ihr übel.

„Die Party hat dich also scharfgemacht."

„Die Party, ja, und die Gespräche. Ich weiß nicht – vielleicht auch Mallory. Gestern fand ich sie gar nicht so attraktiv, aber heute Abend habe ich mich bei dem Gedanken erwischt, ob ich sie wohl ins Bett kriegen könnte."

Poppy suchte nach ihrem Rock. Sie hätte nicht sagen können, wen sie in diesem Augenblick mehr hasste – Bette oder die blöde Schlampe aus dem Publikum.

Bette setzte sich hin und lächelte sie an.

„Danke fürs Kommen. Das war heiß."

„Ja, klar", erwiderte Poppy. „Bis dann."

Schnell verließ sie die Garderobe und schloss die Tür hinter sich. Draußen, im Backstage-Bereich, wo es dunkel war und sie allein sein konnte, lehnte sie sich gegen die Wand und legte ihr Gesicht in beide Hände. Als sie wieder aufblickte, stellte sie fest, dass Agnes sie beobachtete. Die Chefin schüttelte langsam den Kopf, als wolle sie sagen: *Du armes dummes Mädchen*.

Alec betrat das Schlafzimmer, wo Mallory aufrecht auf dem Bett saß, ein paar Kissen im Rücken. Sie hatte noch gearbeitet, klappte nun aber den Laptop zu.

„Danke noch mal, dass du heute Abend mit dabei warst, Mal", sagte Alec und knipste die Nachttischlampe aus.

„Willst du schon schlafen? Ich bin noch total aufgedreht", antwortete Mallory. Das war eine Untertreibung. Die Party, die Gespräche ... der Kuss im Waschraum. Sie fühlte sich wie nach drei Espressi. Oder wie nach einer Line Koks. Das hatte sie zwar noch nie genommen, wusste also nicht, was genau dann passierte. Doch sie stellte sich vor, dass man sich danach ungefähr so fühlte wie sie im Moment – als halte sie es in ihrer eigenen Haut nicht mehr aus und würde sie abwerfen wollen. Als werde es ihr nie wieder gelingen, einzuschlafen. Im ganzen Leben nicht mehr.

Gleichzeitig war sie erregt. Und es hatte eine Zeit gegeben, in der auch Alec nach einer solchen Nacht unbedingt Sex gewollt hätte. Ihr auf der Rückfahrt in den Ohren gelegen hätte, sie sei das aufregendste Mädchen des Abends gewesen. Und das hatte er auch so gemeint. Doch er war tief in seine eigenen Gedanken versunken. Seit ihrem Umzug nach New York kam das häufiger vor.

Vielleicht war sie auch überempfindlich – und sicher überkritisch. Schließlich hatte sie sich von einer fremden Frau küssen lassen. Obwohl von Küssen eigentlich kaum die Rede sein konnte. Außerdem sagte Alec immer, das zähle nicht. Seiner Ansicht nach hatte ein Kuss nicht mehr Bedeutung als ein Händedruck.

„Möchtest du wirklich, dass ich nächsten Samstag zu dieser Show gehe?", erkundigte sie sich.

Alec rollte sich auf die Seite, damit er sie ansehen konnte. „Ja, natürlich möchte ich das. Zusätzliche Details werden dem Artikel guttun. Sich eine Show ansehen, das kann jeder. Aber wer kommt schon in den Backstage-Bereich?"

„Okay. Das wollte ich nur wissen."

„Es ist in Ordnung für dich, oder?"

„Ja. Ich möchte nur nicht, dass sich unser ganzes Leben um diese Sache dreht."

„Wir gehen da ein einziges Mal hin, Mal. Das ist wohl kaum unser ganzes Leben."

„An meinem Geburtstag haben wir uns eine Show angesehen, und heute Abend musste ich früher von der Arbeit weg, nur um dann während eines Interviews wie eine Statistin neben dir zu sitzen. Jetzt auch noch das Wochenende."

Alec knipste das Licht wieder an.

„Worüber sprechen wir hier gerade wirklich?"

„Über gar nichts. Beziehungsweise über genau das, was ich dir gerade erklärt habe."

„Ich glaube, du hast Probleme damit, einmal nicht im Mittelpunkt zu stehen."

Sie setzte sich auf. „Was soll denn das bitte heißen?"

„Während unserer Fernbeziehung, als du studiert hast, war unsere gemeinsame Zeit jedes Mal wie Urlaub – wir haben immer alles andere stehen und liegen lassen. Jetzt, wo wir beide arbeiten, gefällt es dir nicht, dass du nicht ständig meine ungeteilte Aufmerksamkeit bekommst."

„Das ist nicht fair. Dass sich unsere Beziehung verändert hat, denke ich auch. Aber es hat nichts damit zu tun, dass ich immer deine ungeteilte Aufmerksamkeit verlange."

„Worum geht es dann? Du hast selbst gesagt, dass dir die Show gestern Abend gefallen hat."

„Ja, stimmt."

„Aber jetzt beschwerst du dich darüber?"

„Es geht mir ums Prinzip."

„Du willst dich aus Prinzip streiten?"

„Nein, ich will überhaupt keinen Streit."

„Gut, dann sind wir schon zwei." Er zog sie an sich, küsste sie. Mallory schaute ihm in die Augen, zwei wunderschöne, tiefblaue Seen, und wusste, dass sie ihm nicht böse sein konnte.

Sie war hoffnungslos in ihn verliebt.

5. KAPITEL

Mallory lebte jetzt schon ein halbes Jahr in Manhattan, und noch immer war es ihr ein Rätsel, warum Menschen freiwillig jeden Samstag und Sonntag entlang der Upper West Side Schlange standen, um zu völlig überhöhten Preisen Eier zu essen. Vom Restaurant Sarabeth zog sich die Reihe der Wartenden um den halben Block. Sie selbst war nur bereit, sich an diesem verrückten New Yorker Ritual zu beteiligen, weil Allison und Julie einen nachträglichen Geburtstagsbrunch für sie veranstalten wollten. Einen Abend zu finden, an dem sie alle drei Zeit hatten, wäre ein Ding der Unmöglichkeit gewesen.

Seit dem ersten Jahr an der Universität waren die drei beste Freundinnen. Damals hatte die alphabetische Zuteilung der Schlafsäle zu Semesterbeginn dafür gesorgt, dass sie im selben Zimmer landeten: Dale, Delmar und Diamond. Die drei Ds, so nannten sie sich selbst. Sieben Jahre später konnte immer noch nichts ihre Freundschaft erschüttern.

Mallorys Handy vibrierte in ihrer Tasche – eine Nachricht von Allison: *Schon da? Stehen ganz vorne & wollen unbedingt noch einen Platz kriegen – beeil dich!*

Mallory schaute auf die Uhr: Noch fünf Minuten bis zur vereinbarten Zeit, und trotzdem benahmen sich ihre Freundinnen, als sei sie spät dran. Wie sollte man es nur mit solch zwanghaften Kontrollfreaks aushalten?

Stehe wohl einen halben Block hinter euch. Bis gleich, ihr hyperaktiven Tussis.

Im vorderen Teil der Schlange drehte sich Allison um und winkte ihr zu. Kein Wunder, dass Mallory die beiden übersehen hatte – in ihren fast identischen Outfits, Jeans und langen schwarzen Mänteln fielen sie in der Menge überhaupt nicht auf.

„Alles Gute zum Geburtstag, Mally-Boo!“, rief Allison und winkte Mallory zu sich.

„Wie lange steht ihr schon hier?“, fragte Mallory, als sie sich unauffällig hinter ihren Freundinnen einreihte.

„Seit fünfzehn Minuten.“

„So lange?“

„Uns war klar, was hier los sein würde.“

Eine Kellnerin winkte sie herein und führte die drei zu einem perfekten Tisch – er stand dicht am großen Fenster.

„Hattest du denn gestern einen schönen Tag? Ich hoffe, *Smart Alec* hat einen angemessenen Weg gefunden, mit dir deinen Fünfundzwanzigsten zu begehen.“ Der Spitzname stammte aus ihrem letzten Jahr an der Uni, als Allison entschieden hatte, Mallorys Freund sei eingebildet.

„Arrogant, aber sexy“, lautete ihr Standardkommentar.

„Es war interessant.“

„Interessant?“, wiederholten Allison und Julie im Chor.

„Ja. Er, äh, hat mich in einen Burlesque-Club mitgenommen.“

„Wow. Dabei war es doch dein Geburtstag, nicht seiner“, sagte Julie.

„Unglaublich“, schloss sich Allison ihr an. „Und wohin geht ihr an eurem Jahrestag? Ins Fußballstadion?“

„Seid doch nicht so gemein. Es war spannend! Ganz im Ernst, so was kannte ich bisher noch gar nicht, und ich habe mich wirklich köstlich amüsiert. Ihr müsst euch das vorstellen wie eine normale Show, etwa so wie im Theater.“

„Ja, und im Stück kamen Stripperinnen vor.“

„Keine Stripperinnen – jedenfalls nicht solche, wie ihr denkt. Das hat alles sehr viel mit Kunst zu tun: die Musik, die Kostüme … Jede Nummer erzählt ihre eigene Geschichte.“

Ihre Freundinnen starrten sie an, als sei sie völlig verrückt geworden.

„Für mich einen Mimosa-Cocktail, bitte", wandte sich Mallory an die Bedienung.

„Den nehmen wir beide auch", fügte Allison hinzu.

„Die Sache hat mich ziemlich beschäftigt. Und gestern hat Alec eine der Tänzerinnen für einen Artikel interviewt, den er gerade schreibt. Wir waren in diesem angesagten Laden ganz oben im Standard."

Allison nickte wissend. „Im Boom Boom Room. Krasser Schuppen."

„Genau. Jedenfalls waren wir da. Und ich weiß nicht, wie ich es ausdrücken soll – die Frau fasziniert mich einfach. Am Samstagabend gehe ich zu einer Show. Kommt doch mit."

„Nein, danke", erklärte Julie. „Mit so etwas kann ich nun wirklich nichts anfangen."

„Ich bin dabei", meinte Allison. „Darf ich noch jemanden mitbringen? Oder meint ihr, das kommt beim dritten Date nicht so gut?"

Mallory und Julie schauten sie an.

„Beim dritten Date? Was hast du uns denn da verschwiegen? Erzähl schon!"

„Er ist bei Bloomberg. Wir haben zusammen diese riesige Veranstaltung für das Büro des Bürgermeisters im Guggenheim-Museum organisiert." Allison arbeitete für eine der angesagtesten, erfolgreichsten PR-Agenturen. Die Telefonliste in ihrem BlackBerry las sich wie ein Telefonbuch der New Yorker High Society, und mit jedem Date angelte sie sich einen Typen, der noch reicher und noch besser vernetzt war als der davor. „Zwischen uns stimmt einfach die Chemie. Was soll ich noch erzählen?"

„Wie er heißt, zum Beispiel?"

„Andrew Goldmark."

„Dann ist er Jude?", fragte Julie nach. Allison nickte. „Da wird deine Mutter aber erleichtert sein."

Seit ihrem Auslandsjahr in Florenz hatte Allison eine Schwäche für Italiener.

„Bisher sind wir erst zweimal miteinander ausgegangen. Mal sehen, wie sich das Ganze entwickelt.“ Wenn Allison „Mal sehen“ sagte, drückte das nicht ihre Befürchtung aus, ihr neuer Schwarm könnte vielleicht nicht mehr anrufen, sondern die, ihr eigenes Interesse könnte abflauen. „Ich darf ihn also mitbringen?“

„Ich würde sagen, es ist gut zu wissen, wie ein Mann auf heiße Frauen in Pasties und Stringtangas reagiert“, neckte Mallory ihre Freundin.

„Das bedeutet wohl, dass ich mir Mühe geben muss. Am besten, ich ziehe gleich los und kaufe mir schicke Dessous.“

„Ich verstehe nicht, wie man so viel Geld dafür ausgeben kann“, meinte Mallory.

Allison blätterte in der Speisekarte. „Wenn dein Freund dich schon an deinem Geburtstag in einen Burlesque-Club mitnimmt, solltest du vielleicht damit anfangen.“

Das Blue Angel sah ganz anders aus als bei Mallorys letztem Besuch. Glitzernde Schneeflocken hingen von der Decke. Kunstschnee bedeckte den Boden, Stechpalmenzweige und Lametta schmückten die Bar, und der Kleinwüchsige, der Mallory schon beim ersten Mal aufgefallen war, trug heute ein Elfenkostüm.

Die Empfangsdame mit dem Klemmbrett präsentierte den Gästen das gewagteste Nikolausoutfit, das man sich vorstellen konnte: ein enges, kurzes rotes Kleid mit einem breiten, schwarzen Taillengürtel samt schwerer Messingschnalle; weißer Kunstpelz und Glöckchen säumten die kurzen Ärmel.

„Wir sollten auf der Gästeliste stehen“, sagte Alec und nannte der Frau ihre Namen.

„Zu wievielt sind Sie denn?“ Eine Frau mit langem weißem Haar kam hinter dem Vorhang hervor.

„Zu dritt“, erwiderte Alec.

„Wer hat Sie auf die Liste gesetzt?“ Die Frau sprach mit starkem osteuropäischem Akzent. Russisch vielleicht? Oder Polnisch?

„Bette.“

„Sie passt nie auf. Nur zwei Gäste pro Person. Also muss einer von Ihnen zahlen“, bestimmte die Frau und verschwand.

Alec gab der Nikolausfrau mit dem Klemmbrett 20 Dollar.

„Viel Spaß heute Abend“, sagte sie.

„Ich glaube, für Sie ist ein Tisch reserviert“, sprach jemand die drei an, als sie den großen Raum betraten. Mallory erkannte sie wieder: Es war das Mädchen, das nach jeder Nummer die Kleidung aufhob, die die Künstlerinnen bei ihrem Auftritt ablegten. Der Moderator hatte sie als „Kitty Klitty“ vorgestellt. Heute prangte ein grün glitzerndes Geweih auf ihrem Kopf; sie war oben ohne und trug einen grünen Strumpfgürtel, der das buschigste Schamhaar einrahmte, das Mallory je gesehen hatte. „Sie sind Mallory, richtig?“

„Äh, ja.“

„Bette hat Plätze für Sie reserviert. Da drüben, gleich bei der Bühne.“ Sie lief voraus, und Mallory gab sich Mühe, ihr nicht auf den nackten Hintern zu starren.

„Wirklich interessant hier“, meinte Allison. „Andy wird sich schwarz ärgern, weil er nicht mitgekommen ist. Und ich glaube, ich brauche jetzt einen Drink.“

„Ich auch. Die Runde geht auf mich. Ach, Mallory, es gibt da ein paar Dinge, auf die du achten solltest, wenn du in den Backstage-Bereich gehst. Merk dir genau, was alle anhaben, worüber sie reden. Ob sie diskutieren, wer wann an der Reihe ist … Ob es Streit wegen der Kostüme gibt … Trinken sie Alkohol? Einfach alles, was die Sache lebendig macht.“

„Ich werde mir Mühe geben."

Alec küsste sie auf die Stirn und verschwand in Richtung Bar. Mallory griff nach dem Programm auf dem Tisch, das nur aus einem einzigen Blatt bestand. Aus grünem Karton, auf dem eine Frau in einem kurzen Elfenkostüm abgebildet war. Sie beugte sich weit genug nach vorne, um dem Betrachter ihren Hintern zu präsentieren, und hielt sich etwas an die eine Pobacke, das wie eine Fliegenklatsche aussah. Der Text darunter lautete: „Frohe Weihnachten! Das Warten hat ein Ende: Das Blue Angel und seine Burlesque-Künstler präsentieren die dritte Weihnachtsshow. Wer nicht brav war, kriegt seine gerechte Strafe. Mit dabei: Bette Noir, Cookies 'n' Cream, Scarlett Letter, Missy Pink, Poppy LaRue, Kitty Klitty, der Daumenlange Dustin … Durch den Abend führt Ihr Lieblingsmoderator, Rude Ralph."

„Schön, dass es mit heute Abend geklappt hat. Kommst du mit nach hinten?"

Bette stand plötzlich neben ihnen. Sie trug den Leopardenmantel, den sie bei ihrer ersten Begegnung angehabt hatte. Ihre Lippen waren knallrot geschminkt, glänzten unglaublich, wie die Tongefäße, die Mallory im Kunstunterricht produziert und zum Schluss glasiert hatte. Der Gedanke daran, dass diese Lippen ihre eigenen berührt hatten, erschien ihr merkwürdig, doch sie verdrängte ihn schnell.

„Ja. Und du bist sicher, dass das in Ordnung geht?"

„Absolut sicher. Hallo, ich bin Bette." Sie hielt Allison die Hand hin.

„Oh, Entschuldigung. Allison Delmar, Bette Noir." Mallory kam sich ein wenig albern dabei vor, Bette mit ihrem Künstlernamen vorzustellen. Sie fragte sich, welcher Name wohl in ihrem Pass stand. Mallory wollte einfach kein bürgerlicher Name einfallen, der zu ihr passte.

„Viel Spaß", sagte Bette. „Die Show heute wird fantastisch."

Dann nahm sie Mallory bei der Hand, die spürte, dass die anderen Gäste sie anstarrten. Sie schielte zur Bar hinüber, um noch einen Blick mit Alec tauschen zu können, doch der sprach mit der weißhaarigen Polin.

„Wer ist die ältere Dame da drüben?“, wollte Mallory wissen.

„Agnieszka Wieczorek. Ihr gehört der Laden. Sie treibt uns alle an. Früher war sie Balletttänzerin, deshalb legt sie großen Wert auf das künstlerische Element in unseren Aufführungen. Darum mag ich diesen Club lieber als alle anderen in der Stadt. Aber ein großer Teil der modernen Musik, den die Neo-Burlesque-Tänzerinnen auswählen, gefällt der Chefin nicht. Da wird sie sich umstellen müssen, denn ich denke, das Publikum findet moderne Musik besser als klassische.“

Mallory verstand nicht, worum es ging, nickte aber trotzdem. Es erfüllte sie mit Respekt, dass der Club einer ehemaligen Balletttänzerin gehörte.

Die Garderobe war kleiner, als Mallory sie sich vorgestellt hatte. Sie hatte etwas erwartet wie bei den Fernsehsendungen über die Fashion Week: einen Backstage-Bereich mit verspiegelten Wänden und strikt durchorganisiertem Kleiderständer, dazwischen vielleicht die eine oder andere Champagnerflasche. In Wirklichkeit hatte der Raum weniger Fläche als Mallorys Wohnzimmer und sah aus, als sei im Kleiderschrank einer Drag Queen eine Bombe explodiert: Schuhe, Boas, Schminksets, Perücken, Flakons und Spraydosen, außerdem Unterwäsche, wie sie sie noch nie zuvor gesehen hatte – alles lag wild durcheinander.

„Alle mal herhören: Das hier ist Mallory Dale“, verkündete Bette. „Sie will uns heute in unserem natürlichen Lebensraum beobachten. Ihr Freund schreibt einen Artikel für *Gruff*.“

Ein paar der Anwesenden reagierten mit halbherzigen Hallos, und eine Blondine warf ihr aus einer Ecke einen bitterbösen Blick zu. Mallory erkannte sie wieder: Es war die Tänzerin, die letzte Woche als Erste aufgetreten war.

„Bist du auch wirklich sicher, dass ich nicht störe?", wandte sich Mallory an Bette.

„Nur keine Sorge. Setz dich einfach da drüben hin." Sie nahm einen Klappstuhl aus einer Ecke, und Mallory ließ sich schnell darauf nieder. Am liebsten hätte sie sich unsichtbar gemacht.

„Wo ist das Panty-Spray?", rief eine blonde Frau mit großem Busen und Irokesenhaarschnitt in die Runde. Jemand reichte ihr eine Dose, und sie machte sich daran, ihre Beine mit dem Inhalt zu besprühen.

„Was ist denn das?", wollte Mallory von Bette wissen.

„Funktioniert wie eine Strumpfhose, nur aus der Dose. Damit sieht jedes Frauenbein makellos aus."

„Wirklich? Wow."

Bette betrachtete sie wie ein Wesen von einem anderen Planeten. Mallory beschloss, nichts mehr zu sagen, eine stille Beobachterin zu sein. Sie sah zu, wie die Frauen sich falsche Wimpern anklebten, Glitzerpuder über den ganzen Körper verteilten, sich Federn ins Haar steckten, Perücken auf ihren Köpfen befestigten, in stelzenähnliche Schuhe stiegen, Strümpfe mit Klammern und Haken sicherten und sich in enge Korsagen zwängten. Ihr schien, als gehörten diese Frauen zu einer ganz anderen Gattung, die darüber Bescheid wusste, wie man mit Federn, Farben und hauchdünner Kleidung umgehen musste, um sich in eine einzigartige, außergewöhnliche Kreatur zu verwandeln. Die Künstlerinnen verkörperten die perfekte Weiblichkeit.

Außerdem hatten sie offensichtlich nicht das geringste Problem damit, diese Weiblichkeit zur Schau zu stellen. Sogar in Anwesenheit von Mallory, dem Eindringling, schien sich keine von ihnen etwas daraus zu machen, nur in Unterwäsche und mit bloßen Brüsten herumzulaufen. Eine kurvige Brünette hatte nichts als hochhackige Schuhe aus rotem Kunstleder am Leib. Mallory nahm an, dass Nacktheit für sie nichts Besonderes mehr war – schließlich gehörte es zu ihrem Job, jeden Abend auf der Bühne alles auszuziehen. Aber war es nicht trotzdem etwas anderes, wenn man sich mit den Kolleginnen in der Garderobe aufhielt? Noch dazu mit einer Fremden dabei?

Ihre Verwunderung steigerte sich noch, als Rude Ralph, der Moderator, den Raum betrat, in der Hand einen Eimer mit Bierflaschen. Keine der Künstlerinnen machte auch nur die geringsten Anstalten, sich zu bedecken.

„Missy, du nimmst jetzt doch ‚Jingle Bell Rock', richtig?"

„Genau, und Scarlett kommt vor mir dran." Missy Pink war wie eine riesige Schneeflocke gekleidet.

„Geht in Ordnung – aber das war's dann. Keine weiteren Änderungen mehr. Ich stelle jetzt die Playlist zusammen."

„Ja, keine Änderungen mehr, großes Ehrenwort", sagte die vollbusige Frau mit den braunen Haaren. Der Moderator verteilte Bierflaschen.

„Für dich auch eins?", wandte er sich an Mallory.

„Oh – nein, danke", antwortete sie.

„Darfst du nicht mitspielen, weil du nicht brav warst? Ist das hier die Strafbank?", witzelte er.

„Äh …"

„Genau, sie war ein ganz böses Mädchen. Gleich werde ich ihr den Hintern versohlen. Und jetzt raus mit dir", befahl Bette, während sie ihn zur Tür hinausschob. Mallory wartete vergeblich darauf, dass Bette sie anschaute. Aber sobald sich Ralph außer Sichtweite befand, wandte die Tänzerin ihre ganze Aufmerksamkeit den falschen Wimpern zu, die sie sich eine nach der anderen aufklebte. Mallory musste daran denken, wie sie das einmal an Halloween versucht und schließlich in ihrer Verzweiflung alle Wimpern auf einmal aufgeklebt hatte. Es hatte ausgesehen, als hänge ein Fächer über ihren Augen. Schrecklich. Noch bevor sie die Wohnung verließ, hatte sie die Dinger wieder abgenommen.

Mallorys Gefühl sagte ihr, dass sie noch nichts Nützliches für Alecs Artikel erfahren hatte. Sie zweifelte daran, dass es die *Gruff*-Leser interessierte, wie man falsche Wimpern befestigte oder dafür sorgte, dass der Glitzerpuder lange genug am Körper haften blieb. Vielleicht sollte sie den Artikel eher für eine Frauenzeitschrift schreiben. Vielleicht sollte sie auch Journalistin werden – dann würde sie sich das blöde Jura-Examen sparen.

„Ich bin als Letzte dran – vielleicht gehe ich raus und schaue mir die ganze Show vom Bühnenrand aus an. Wenn du möchtest, kannst du hierbleiben. Aber ich würde mich freuen, wenn du dir meine Nummer ansiehst", meinte Bette und zwinkerte Mallory zu.

„Na, wie war's?", fragte Alec und nahm ihre Hand.

Mallory war zum Tisch bei der Bühne zurückgekehrt, als die Comedy-Einlage des Daumenlangen Dustin zu Ende ging. Aus dem Programm, das hinter der Bühne auslag, wusste sie, dass Bettes Nummer die nächste sein würde.

„Einfach super. Ich erzähle dir gleich alles."

Alec sah unglaublich gut aus – bei seinem Anblick floss ihr Herz vor Liebe beinahe über. Sie musste daran denken, was Allison beim Lunch über Dessous zu ihr gesagt hatte. Vielleicht hatte ihre Freundin ja recht. Sie lebten in einer Stadt voller wunderschöner Frauen – wahrscheinlich sollte sie sich wirklich ein wenig mehr Mühe geben. Möglicherweise war es ihre Schuld, dass ihr Sexleben ein wenig langweilig geworden war – oder, wie Jennifer Aniston es in einem Film ausgedrückt hatte, „zu oft aufgewärmt". Allerdings lief es im Film so, dass ihr Ehemann sie gegen Cameron Diaz austauschte, und das Jahre, bevor Brad Pitt sie im richtigen Leben für Angelina Jolie verließ.

Nicht vergessen: Dessous besorgen, notierte sie im Geiste.

„Wie hat dir die Show gefallen?", wollte sie von Allison wissen.

„Unglaublich! So was habe ich noch nie gesehen. In einem Paralleluniversum wäre genau das mein Traumberuf!"

„An deiner Stelle würde ich meinen normalen Job noch nicht sofort kündigen", witzelte Alec.

Allison boxte ihn in die Seite. „Ach! Du bist so ein Idiot. Wie hältst du es nur mit dem aus?"

„Und jetzt, meine sehr verehrten Damen und Herren, kommt der Moment, auf den Sie alle gewartet haben: die Tassle-Queen, das Pin-Up-Girl ihrer Träume, die Königin der Nacht … Applaus für Bette Noir!"

Die Zuschauer brachen in Jubel aus, der Vorhang hob sich, und auf der Bühne waren vier Kisten in einer Reihe zu sehen, die von links nach rechts immer größer wurden. Jede von ihnen war mit dickem rotem Geschenkband verschnürt. Bette erschien auf der Bühne, während die ersten Takte des Weihnachtsliedes „You're a Mean One, Mr Grinch" erklangen. Sie trug ein Minikleid, das rot-weiß gestreift war wie eine Zuckerstange. Dazu lange weiße Handschuhe, rote, hochhackige Stiefel mit geschnürtem Schaft und eine Nikolausmütze aus rotem Samt.

Bette wiegte sich in den Hüften und ging auf die erste, kleinste Kiste zu. Nahm die Schleife ab, hob den Deckel und kippte den Karton um, damit alle sehen konnten, dass nichts darin war. Achselzuckend schob sie die Kiste beiseite und zog sich langsam die Handschuhe aus. Das Publikum feuerte sie mit Rufen an.

Sie öffnete die zweite Kiste, stellte dann fest, dass sich auch darin nichts befand. Mit einem Schmollmund warf sie sie hinter sich, riss sich wütend das Kleid vom Leibe. Zum Vorschein kamen glänzende Pasties, die wie Zuckerstangen geformt waren. Das Publikum schrie und pfiff. Bette wandte ihre Aufmerksamkeit der dritten Kiste zu, nur um herausfinden zu müssen, dass sie nicht mehr enthielt als die beiden vorigen. Diesmal flog die leere Kiste in den Zuschauerraum, wo jemand aufstand und sie auffing.

Bette stand still, die Hände in die Hüften gestemmt, die Stirn gerunzelt wie ein wütendes Kind. Sie stampfte mit dem Fuß auf und pflückte sich die Pasties herunter, sodass sie nur noch in einem roten Spitzenhöschen dastand. Die Menge geriet völlig außer sich. Alec und Mallory tauschten einen Blick.

„Oh mein Gott." Mehr brachte Allison nicht heraus.

Auch Mallory war überwältigt: Bette hatte einen vollkommenen Körper. Superschlank mit Kurven an genau den richtigen Stellen. Große Brüste mit kleinen, zarten Nippeln.

Die Tänzerin machte sich daran, die letzte und größte Kiste zu öffnen. Mit einem breiten Grinsen wandte sie sich den Zuschauern zu, zog eine Bahn roten Samtstoff heraus. Lachen und Applaus erklangen, während sie sich darin einwickelte, als handele es sich um eine riesige Schleife. Bette kreuzte die Stoffbahn zwischen den Beinen über jeder Brust, band sie dann hinter ihren Schultern zusammen. Als sie sich wieder vom Publikum abwandte und die Bühne verließ, war nur noch eine riesige rote Schleife über einem perfekten Hintern zu sehen.

Rude Ralph nahm den Platz der Künstlerin ein.

„Kann man diese Darbietung noch steigern? Ganz offensichtlich nicht. Und darum sind wir für heute Abend fertig."

Aus dem Publikum erklang ein kollektives Stöhnen der Enttäuschung.

„Ich weiß, das ist hart", entgegnete Ralph. „Und selbiges trifft auf einen meiner Körperteile zu. Irgendwie habe ich das Gefühl, dass ich nicht allein dastehe, was das betrifft. Stimmt's, mein Freund?" Er zeigte auf einen Mann am Nebentisch. Der Mann klatschte. „Ganz ruhig, Junge. So eine Show ist das bei uns nicht. Meine Damen und Herren, unsere fleißige Helferin Kitty Klitty geht jetzt mit dem Hut herum. Seien Sie großzügig. Unterstützen Sie Nacktheit in Ihrer Stadt."

Als das Mädchen an ihrem Tisch auftauchte und ihnen eine Nikolausmütze hinhielt, gab Alec ihr einige Zwanzigdollarscheine.

„Eine fantastische Show", sagte er zu ihr.

„Danke!" Dann wandte sich Kitty an Mallory: „Bevor ich's vergesse – Bette möchte, dass du noch mal hinter die Bühne kommst."

„Ich?"

Kitty nickte.

„Bin gleich wieder da", erklärte Mallory.

„Wir treffen uns draußen vor dem Eingang, wenn ihr fertig seid. Und frag Bette, ob sie noch was trinken gehen möchte", schlug Alec vor. Mallory verdrehte ihre Augen.

„Was hast du? Das machen sicher alle."

Mallory ignorierte ihn und ging hinter die Bühne. Die Blondine mit dem kantig geschnittenen Bob saß auf den Stufen zum Backstage-Bereich.

„Wo willst du denn hin? Hinter der Bühne findet keine Show statt", sagte sie.

„Oh, tut mir leid. Bette hat mir ausrichten lassen, ich solle noch mal zurückkommen."

„Wer hat dir denn das gesagt?"

„Äh …“ Mallory brachte es nicht über sich, den Namen *Kitty Klitty* laut auszusprechen.

„Genau das habe ich mir gedacht.“

Der Vorhang raschelte, und Bette erschien. Sie trug ein schwarzes Seidenkleid, das unter ihren Brüsten eng geschnürt war.

„Flirtest du schon wieder, Poppy? Beachte sie einfach nicht“, wandte sie sich an Mallory. „Sie versucht immer, mir die Tour zu vermasseln.“

Bette lachte laut auf, und Mallory hätte schwören können, dass die Blonde unter ihrem Bühnen-Make-up blass wurde.

„Ich muss mich sowieso auf den Weg machen. Vielen Dank, dass ich mit dir hinter die Bühne kommen durfte. Das ist für den Artikel sicher sehr nützlich“, log sie.

„Tatsächlich? Dann wird das wohl ein ziemlich langweiliger Text.“ *Wieder dieses Lachen.* „Wie hat dir die Show gefallen?“

„Einfach unglaublich.“

„Ja, die Weihnachtszeit macht uns alle ein bisschen sentimental. Letztes Jahr hat Scarlett ein Rentierkostüm getragen, aus dem ihr nackter Po herausguckte. Total niedlich. Wie auch immer, ich schaue mir in einer halben Stunde die Show einer Freundin an. Solltest du auch tun – das ist eine ganz andere Art von Burlesque.“

„Da müsste ich eben Alec fragen …“

„Nein, wir gehen ohne ihn. Ich möchte nicht, dass er über die Show eines anderen Clubs schreibt. Er soll sich auf das Blue Angel konzentrieren, in Ordnung?“

„Ich würde sehr gern mitkommen, aber nicht heute Abend.“

Bette wandte sich Poppy zu. „Die Frau ist nicht leicht rumzukriegen. Also schön, bring Alec mit. Aber schreiben darf er darüber nicht.“

„Wohin geht ihr denn?“, erkundigte sich Poppy.

„Ins The Slit.“

„Dann komme ich mit.“

„Ich stehe nur mit einer Begleitung auf der Liste, und jetzt bringe ich schon zwei Leute mit. Ein anderes Mal.“

Mallory konnte förmlich spüren, wie der nächste bitterböse Blick aus Poppys Augen sie durchbohrte.

„Wir treffen uns in zehn Minuten draußen“, schlug Bette vor.

Alec und Allison standen zusammen im Eingangsbereich des Clubs.

„Schrecklich kalt da draußen. Können wir los?“, wollte Alec wissen.

„Bette hat uns eingeladen. Sie geht noch zu einer Show … In irgendeinem Laden, der The Slit heißt.“

„Ich kann jedenfalls nicht mehr. Ihr seid ja verrückt“, verkündete Allison.

„Ich fürchte, wir könnten dich sowieso nicht mitnehmen“, gab Mallory zu.

„Ach … So ist das also. Ich bin wohl nicht cool genug für die nächtliche Burlesque-Szene?“

„Cool genug bin ich dafür selbst nicht, das kannst du mir glauben. Weißt du was, ich sage ihr Bescheid, und wir gehen ein andermal.“

„Sei nicht albern – wir haben schließlich Samstag. Warum sollten wir uns beeilen, nach Hause zu kommen?“, mischte sich Alec ein.

Ich weiß nicht, Alec. Vielleicht sollte es reichen, dass wir anderthalb Stunden zugeschaut haben, und jetzt gehen wir heim und reißen uns lieber gegenseitig die Kleider vom Leib?

„In Ordnung“, sagte Mallory. „Dann gehen wir mit.“

„Es lohnt sich – keine Sorge“, meinte Alec.

„Woher willst du das denn wissen?"
„Ich kenne den Laden."
Mallory und Allison schauten ihn an.
„Wie das denn?"
„Letzten Monat. Vielleicht ist es auch schon länger her. Billy hat mich mitgenommen. Er ist mit der Besitzerin befreundet, einer total eingebildeten Szenetussi namens Penelope Lowe."
Mallory fragte sich, welche Ausrede ihr Alec damals aufgetischt hatte – denn an ein Lokal namens The Slit – *Die Ritze* – hätte sie sich bestimmt erinnert.
Ob Alecs Ausflug ihn wohl auf die Idee gebracht hatte, sie solle zum Waxing gehen?
„Wenn das so ist, brauchst du ja kein zweites Mal hin. Tu dir keinen Zwang an. Ich gehe gern alleine mit Bette."
„Bist du sauer?"
„Nicht, weil du den Laden kennst – ich weiß ja nicht mal, was da abgeht. Aber ich habe das Gefühl, du hast es mir absichtlich verschwiegen. Normalerweise sprechen wir doch immer darüber, wo wir abends hingehen, und diesen Namen hätte ich bestimmt nicht vergessen."
„Ich bin sicher, ich habe das damals erwähnt."
„Also dann, ihr beiden Turteltauben. Ich mache mich auf den Heimweg", verabschiedete sich Allison. Sie küsste Mallory auf die Wange und winkte ein Taxi heran.
„Sei nicht sauer auf mich, ja?", bat Alec. „Es ist schon ein paar Monate her – das Ende einer langen, wilden Nacht. Nichts, worüber du dich aufregen müsstest."
„Geht es da ähnlich zu wie im Blue Angel?"
„Nein. So würde ich das nicht sagen."
„Was passiert dort?"
„Es gibt auch eine Show, aber die Atmosphäre ist ganz anders. Einen Tisch bekommt man nur sehr schwer, und man

muss für mindestens fünfhundert Dollar Getränke bestellen. Eher wie in einem exklusiven Club. Und die Shows sind … intensiver."

„Was meinst du denn damit?"

„Das wirst du schon sehen."

6. KAPITEL

Der Name des Clubs stand nicht auf dem Türschild. Stattdessen war dort das Wort „Tanzsaal“ zu lesen. Wie ein paar Tage zuvor bei dem Hotel bewachte auch hier ein massiger Mann im Anzug mit einem Headset den Eingang.

„Bette Noir und zwei Gäste“, sagte die Tänzerin zu ihm. Der Türsteher sprach in sein Headset, dann öffnete er ihnen die Tür. Mallory beschäftigte der Gedanke, dass sie fünfundzwanzig Jahre lang ohne Weiteres Clubs und Restaurants betreten hatte – jetzt musste man dafür plötzlich auf der richtigen Liste stehen.

Bette ging voran. Eine Frau, die in einem Flapper-Kleid der Zwanziger Jahre gekleidet war, begrüßte sie und bat sie, sich in eine Liste einzutragen. Die plüschige Einrichtung überraschte Mallory – sie kam sich vor, als betrete sie gerade das Set des Films *Moulin Rouge*.

Genau in diesem Moment flüsterte Alec ihr eine Liebeserklärung zu – und zitierte aus genau diesem Film. Erstaunt lächelte sie ihn an. Es machte sie unglaublich glücklich, wenn sie beide im selben Moment das Gleiche dachten. Er war der erste Mann, mit dem sie das erlebte – kurze Augenblicke des völligen Einklangs. Das war ihr mit ihrer besten Freundin in der Highschool so gegangen, aber noch nie mit einem Partner.

Die Hostess führte sie eine mit Teppich ausgelegte Wendeltreppe hinauf ins Zwischengeschoss. Auf der Bühne waren zwei Frauen, die sich eine brennende Fackel zuwarfen. Sie trugen Domina-Outfits und Slips, die im Schritt offen waren.

Ihnen wurde eine runde, mit rotem Leder ausgekleidete Sitznische zugewiesen. Alec drückte Mallory die Hand und bedeutete ihr dann, als Erste hineinzurutschen. Sie erwartete, dass er sich neben sie setzte, doch er bat zuerst Bette, Platz zu nehmen, und setzte sich dann als Letzter.

Eine Kellnerin, ebenfalls im Zwanziger-Jahre-Kleid und mit einem Kopfschmuck aus Federn, erschien mit einer geöffneten Champagnerflasche. Sie goss ihnen ein und stellte die Flasche auf den Tisch.

„Cheers", rief Bette.

Alec sagte etwas, das die Tänzerin zum Lachen brachte, aber Mallory konnte es nicht hören. Sie war zu sehr vom Geschehen auf der Bühne abgelenkt; sie hätte schwören können, eine der Künstlerinnen habe die Flamme an ihrer Muschi gelöscht, aber da musste sie sich ja wohl irren. Und anders als im Blue Angel verfolgte das Publikum die Darbietung, ohne eine Reaktion zu zeigen. Kein Applaus, keine Zwischenrufe – nur teilnahmsloses Beobachten.

Im nächsten Moment fühlte sie, wie Bette ihr die Hand auf den Oberschenkel legte.

Mallory schielte zu Alec hinüber, und die Art, wie er sie ansah, weckte in ihr den Verdacht, dass Bettes andere Hand auf seinem Bein gelandet war.

„Ich gehe mal eben wohin", erklärte Mallory und stand auf.

Sie stieg die Treppe wieder hinunter. Auf dem Weg zur Toilette traf sie Frauen in den raffiniertesten Outfits und fühlte sich einmal mehr langweilig – sie war auf diese Nacht nicht gut genug vorbereitet gewesen.

Sie empfand es als große Erleichterung, kurz für sich zu sein. Zur Toilette musste sie nicht, deshalb verbrachte sie ein paar Minuten damit, alles zu begutachten, was dort für die Gäste bereitlag: Haarspray, Puderdosen, Kämme, Mundwasser, Bonbons, Kaugummi und Kondome in verschiedenen Farben. Dann nahm sie sich ein Pfefferminz und verließ den Raum.

„Hey, du", sprach Alec sie an.

„Hast du mich jetzt erschreckt! Das Männerklo ist auf der anderen Seite."

„Ich weiß – ich wollte mit dir reden."

„Was ist?"

„Nichts. Alles in Ordnung bei dir?"

„Ja. Alles bestens." Sie sah ihm an, dass er ihr etwas sagen wollte, doch er zögerte. „Was hast du?"

„Wäre es für dich in Ordnung, wenn sich heute Nacht die Gelegenheit für einen Dreier mit Bette ergäbe?"

Vor Schreck hielt Mallory den Atem an. „Du meinst wirklich, das könnte passieren?"

Er sah sie ernst an und nickte. Mallory wünschte sich, sie hätte das erste Glas Champagner nicht so schnell heruntergekippt. Sie hatte Schwierigkeiten, sich klarzumachen, was er sie da fragte. Natürlich wusste sie, dass er davon träumte, mit ihr und einer anderen Frau zugleich Sex zu haben – aber hatten nicht alle Männer solche Fantasien? Sie hatte nie geglaubt, dass es wirklich passieren könnte. Doch jetzt war es vielleicht so weit. Der Moment der Wahrheit war gekommen. Hier stand sie – grade hatte sie noch bedauert, dass ihr Sexualleben immer langweiliger wurde. Und da stand er – der Mann, den sie über alles liebte – und offenbarte ihr, was er sich im Bett wünschte. Wenn sie Nein sagte, wäre sie allein schuld daran, dass ihre Beziehung reizlos wurde.

„Wenn es das ist, was du möchtest …", hörte sie sich selbst antworten. Alec schaute ihr tief in die Augen, küsste sie auf die Stirn, auf die Nasenspitze, auf den Mund.

„Ich liebe dich, mein Schatz", sagte er. „Nur dich – das weißt du, oder?"

Sie nickte.

„Ich möchte dieses Abenteuer mit ihr zusammen erleben."

„Das weiß ich", gab sie zurück.

„Vertraust du mir?"

„Ja“, erwiderte sie. Und das war die Wahrheit.

Er nahm sie bei der Hand. Zusammen gingen sie zurück zum Tisch.

Bei der Nische standen zwei Frauen und ein Mann und unterhielten sich mit Bette. Die stellte sie als Camille, Valerie und Max vor.

„Max entwirft ganz außergewöhnliche Kostüme“, erklärte sie. „Was Reißverschlüsse betrifft, ist er ein Genie.“

In Mallorys Kopf herrschte ein zu großes Durcheinander, als dass sie sich auf neue Bekannte hätte einstellen können. Darum überließ sie Alec den Small Talk, nahm sich noch ein Glas Champagner und sah sich die Show an. Eine Frau zog sich zu den Klängen des Weihnachtsliedes „Chestnuts Roasting On An Open Fire“ das Nikolauskostüm vom Körper. Sie trug keine Pasties, und auch ihres Stringtangas entledigte sie sich schnell. Dann setzte sie sich auf einen Stuhl, machte die Beine breit und holte etwas aus ihrer Pussy; es sah aus wie eine Esskastanie. Mallory unterdrückte ein Lachen und wandte sich Alec zu, um zu sehen, wie er reagierte, aber er schaute gar nicht in Richtung der Bühne.

Er war dabei, Bette zu küssen.

Mallory wollte die beiden nicht anstarren, aber es gelang ihr nicht, den Blick abzuwenden – wie bei einem schrecklichen Autounfall am Straßenrand. Doch dann wandte sich Bette ihr zu und küsste sie. Diesmal war es keine sanfte, flüchtige Berührung der Lippen wie im Waschraum des Hotels, sondern ein tiefer, richtiger Kuss. Als Erstes schoss ihr durch den Kopf, wie anders sich das anfühlte – sie konnte spüren, wie weich Bettes Haut und ihr Mund waren. Und es überraschte sie, dass sie nicht wollte, dass Bette aufhörte. Doch Bette hörte auf, viel zu schnell.

„Ich muss los“, erklärte sie. „Camille und ihre Freunde nehmen mich mit auf eine Party. Bleibt hier – die Show wird sicher noch spannend."

Mallory nickte, nahm einen weiteren Schluck Champagner und wagte nicht, in Alecs Richtung zu schauen. Stattdessen wandte sie ihre Aufmerksamkeit der Kastanienlady zu, die inzwischen mit drei Maronen jonglierte. Sie wollte lieber nicht darüber nachdenken, wo die anderen beiden herkamen. Plötzlich spürte sie, wie Alec an sie heranrückte. Er strich ihr das Haar aus dem Gesicht und flüsterte ihr ins Ohr: „Geh in die Damentoilette. Mach die Kabinentür hinter dir zu, aber schließ nicht ab. Dann ziehst du dich ganz nackt aus. Schick mir eine SMS, wenn die Luft rein ist."

Sie sah ihn an, als sei er verrückt geworden.

„Das war ernst gemeint – los."

Und Mallory ging. Vielleicht war sie es ja, die den Verstand verloren hatte. Oder sie handelte aus Erleichterung darüber, dass sie in der Toilette nicht zu dritt sein würden. Denn sie hatte zwar behauptet, es gehe in Ordnung für sie. Aber seit sie miterlebt hatte, wie Alec Bette küsste, wusste sie es besser. Bei dem Gedanken daran, zusehen zu müssen, wie er noch viel mehr mit ihr anstellte, krampfte sich ihr Magen zusammen.

Vor dem Spiegel zog sich eine Frau die Lippen nach. Mallory tat so, als sei auch sie mit ihrem Make-up beschäftigt, und stellte dabei fest, dass ihre Hände zitterten. Sie zog sich in eine Kabine zurück, verriegelte die Tür, zog sich dann Strumpfhose, Rock und Bluse aus. So gut es ging, hängte sie alles über den einzigen Haken an der Wand, und zog sich dann die Schuhe wieder an. Dabei hoffte sie, sich nichts geholt zu haben. Ihre Mutter hatte sie immer vor den Gefahren gewarnt, die auf dreckigen Fußböden lauerten.

Mallory klappte den WC-Deckel hinunter und setzte sich darauf. Hoffentlich würde die Frau den Waschraum bald verlassen. Sie hörte ein Klimpern, als die andere etwas durchwühlte – die Bonbons? Die Kondome? Kurz darauf schloss sich endlich die Tür hinter ihr. Schnell zog Mallory ihr BlackBerry heraus, schrieb Alec eine SMS.

Alles klar. Hinterste Kabine.

Sie entriegelte die Tür, stand in BH und Slip da. Fühlte sich unbehaglich – was, wenn jemand den Waschraum betrat, bevor Alec es zu ihr nach unten schaffte? Und was stellte er sich überhaupt vor? Die Kabine war zu eng für ausgefeilte Akrobatik. Dazu das Risiko, dass jeden Augenblick jemand den Raum betreten und sie hören konnte. Oder, noch schlimmer, das zweite Paar Beine in der Kabine entdeckte.

Trotzdem erregte die ganze Aktion sie unglaublich. Prüfend griff sie sich mit einer Hand zwischen die Beine. Schon jetzt war sie feucht. Jemand kam herein, und sie erstarrte vor Schreck, prüfte, ob die Kabinentür auch wirklich verschlossen war. „Ich bin's", sagte Alec und klopfte sachte an. Mallory erhob sich und öffnete ihm. Die Art, wie er sie anblickte, ließ sie alle Unsicherheit vergessen „Großer Gott, du siehst umwerfend sexy aus", erklärte er.

Sie schlang die Arme um ihn, und sie küssten sich. Dass Alec nur zwanzig Minuten zuvor dasselbe mit Bette getan hatte, verwirrte Mallory, doch sie bemühte sich, nicht daran zu denken. Durch den Stoff seiner Hose konnte sie spüren, wie hart er schon war, und sie rieb das Becken an seiner Erektion. Er umfasste mit beiden Händen ihren Hintern, drang dann von hinten mit einem Finger in sie ein. Bewegte den Finger herein und wieder heraus, und sie stöhnte leise. Wusste, dass er sie zum Orgasmus bringen würde, wenn sie einfach weiter so hier standen. „Runter damit", sagte er.

Nachdem sie ihr Höschen ausgezogen hatte, fummelte sie an seinem Gürtel herum, und er half ihr dabei, ihm die Hose abzustreifen. Sie nahm seinen Schwanz in die Hand, rieb mit festen Bewegungen darüber und streichelte vorsichtig mit dem Daumen die Spitze.

„Warte“, wies er Mallory an, nahm ihre Bluse vom Haken und breitete sie über den geschlossenen Toilettensitz aus. Dann hob er sie vorsichtig darauf, sodass er in seiner ganzen Pracht vor ihr stand. Sie nahm sein hartes Glied in den Mund, verwöhnte ihn mit Zunge und Lippen, genau so, wie er es mochte. Er reagierte mit sanften Stößen, und sie umfasste seinen Hintern, zog ihn zu sich heran. Mit allen zehn Fingern zugleich wühlte er in ihrem Haar.

Genau in diesem Moment öffnete sich die Tür zum Waschraum. Jemand betrat die Kabine direkt neben ihnen.

Mallory hörte auf und schaute hoch. Alec schüttelte den Kopf und bewegte lautlos die Lippen. „Alles okay.“ Doch sie konnte nicht weitermachen.

Er zog sie hoch.

„Dreh dich um“, flüsterte er.

Alec drückte sie nach vorn, sodass sie sich vorbeugte, und sie stützte sich mit den Händen auf dem Toilettensitz ab. Mit beiden Händen fuhr er ihren Rücken hinab, über ihren Hintern, begann dann, ihre Klitoris zu massieren, während er mit einem Finger in sie eindrang. Mallory musste sich auf die Lippen beißen, um nicht zu stöhnen.

Die Frau nebenan fing an zu pinkeln. Mallory wollte aufhören, warten, bis sie den Raum verließ, doch Alec schob seinen steifen Schwanz schon in sie hinein. Zog ihn dann langsam heraus, um kurz darauf die Bewegung zu wiederholen; er wusste, dass sie das an den Rand des Höhepunkts brachte. Mit einem heftigen Stoß drang er nun ganz in sie ein und bewegte sich nicht. Mallory kam sofort – zu ihrem großen Entsetzen mit einem lauten Schrei. Ob die andere Frau noch in der Nachbarkabine war, hätte sie nicht sagen können. Würde sie einen Mitarbeiter des Clubs darüber informieren, was hier vor sich ging? Bette malte sich aus, wie der Clubmanager die Polizei alarmierte und man sie wegen Erregung öffentlichen Ärgernisses verhaftete. Oder wegen Exhibitionismus … Oder beidem.

Der gleichmäßige, unbarmherzige Rhythmus, mit dem sich Alec in ihr bewegte, verriet ihr, dass auch er jeden Moment zum Orgasmus kommen konnte. Normalerweise erlebte sie dann einen weiteren Höhepunkt. Anders als alle ihre vorherigen Liebhaber konnte Alec dafür sorgen, dass sie wieder und wieder kam – zwei- oder dreimal war kein Problem. Doch jetzt wurde sie zu sehr abgelenkt von der Sorge, was die Frau nebenan wohl hörte, sah oder vorhatte.

Alec kam, und Mallory war erleichtert darüber, dass sie diesen Raum bald verlassen würden.

Schnell zogen sie sich an, und als sie aus der Kabine stolperten, stellte Mallory zu ihrem Schrecken fest, dass eine junge Frau vor dem Spiegel stand. Sie tat nicht einmal so, als würde sie ihr Make-up auffrischen oder sich das Haar kämmen. Stattdessen tat sie das, was sie ganz offensichtlich schon die letzten Minuten getan hatte: ihnen zuhören.

„Einen schönen Abend noch“, wünschte Alec ihr mit ruhiger Stimme, während Mallory blitzschnell den Raum verließ.

„Hat ja schon mal vielversprechend angefangen“, lautete die Antwort der jungen Frau.

„Verdammt“, meinte Alec ein paar Minuten später, als sie den Club verließen. „Ich glaube, die hätte sogar mitgemacht.“

Mallory schüttelte den Kopf.

„Das meinst du nicht ernst, hoffe ich“, sagte sie.

„Warum denn nicht?“

„War dir das da drin nicht genug?“

„Baby, es war wunderbar, und ja, du bist mir genug. Mehr als genug. Aber manchmal will ich einfach was Neues, Anderes, Interessantes. Und ich glaube, dir geht es genauso.

Darum passen wir auch so gut zusammen. Hat es dir nicht gefallen, von Bette geküsst zu werden?"

„Doch. Ich meine, ich denke schon."

„Fandest du es schlimm, dass sie mich geküsst hat?"

„Ja, es hat sich ein bisschen merkwürdig angefühlt, Alec. Ich sehe nicht gern dabei zu, wenn du eine andere küsst – mir gefällt der Gedanke nicht, dass eine andere dich erregt. Dass du daran denkst, mit einer anderen Sex zu haben. Das sollte nur zwischen uns beiden stattfinden."

„Bist du deswegen schlecht drauf?"

Das war sie tatsächlich – jetzt, als er sie direkt danach fragte, spürte sie es.

„Ja", gab sie zu.

„Mallory, hör mir zu." Er versuchte, sie zu einer Bank vor einem orientalischen Restaurant zu ziehen, doch sie wehrte sich.

„Es ist kalt. Und wir haben zwei Uhr morgens. Lass uns einfach ein Taxi nehmen."

Sie winkte eines heran, ein großes, in dem man nicht einmal dicht nebeneinandersitzt. Ihr war das nur recht.

„Kannst du mir bitte zuhören?"

Ihn zu ignorieren war zwecklos, wusste sie – er würde nicht aufhören zu reden, bis sie reagierte.

„Gut. Ich bin ganz Ohr." Er zog an ihren Armen, die sie vor der Brust verschränkt hatte.

„Verdammt. Deine Körpersprache ist so abweisend."

„Sag einfach, was du loswerden willst, Alec." Nach dem Champagner fiel ihr Blutzuckerspiegel jetzt rapide ab.

„Ich liebe dich, das weißt du. Ich gehöre dir – seit dem Tag vor vier Jahren, an dem wir zusammenkamen. Was immer wir mit jemand anderem tun, es ist nur eine Ergänzung dessen, was uns beide verbindet. Mit unserer Beziehung hat es nichts zu tun, es ist etwas anderes. Spaß."

„Aber in Wirklichkeit bedeutet es, dass dir nicht genügt, was wir miteinander haben – dass ich dir nicht genüge."

„Findest du mich nach deinem Kuss mit Bette weniger attraktiv?"

„Nein."

„Liebst du mich weniger?"

„Nein."

„Warum kannst du dann nicht akzeptieren, dass ich genauso empfinde? Du bist mein Ein und Alles, Mallory. Meine Seelenverwandte. Wenn ich eine andere Frau küsse oder sie mit zu uns ins Bett nehme, um eine Nacht lang Spaß zu haben, ändert das meine Gefühle für dich nicht im Geringsten. Sieh es doch mal so: Du warst auf der Bühne eines Burlesque-Clubs. Das hast du noch nie vorher erlebt und fandest es aufregend. Aber daran, wer du bist, hat es nichts geändert. Du lässt jetzt nicht alles stehen und liegen, hörst nicht auf, als Anwältin zu arbeiten, und willst nicht jede Nacht auf die Bühne. Es ging einfach nur um Spaß. Geändert hat sich dadurch nichts, oder?"

„Nein", erwiderte sie.

Ganz insgeheim fragte sie sich jedoch, ob das auch wirklich stimmte.

7. KAPITEL

Mallory schloss die Bürotür.

„Okay, jetzt können wir reden", sagte sie zu Allison.

„Ich wollte nur mal hören, wie der Abend noch war."

„Wo hast du denn gestern die ganze Zeit gesteckt? Ich habe dreimal versucht, dich anzurufen."

„Bei Andrew. Er findet es am schönsten, wenn man den Sonntagnachmittag zusammen verbringt. Ein Romantiker eben!"

„Ach ... *Andrew.* Wann lernen wir ihn denn kennen, deinen Andrew?"

„Bald. Aber das gehört nicht hierher. Also leg los – wie war's im Slit?"

„Wie soll ich sagen ... Interessant." Sie schielte zu ihrer Tür hinüber. Patricia Loomis hatte ihr gerade per E-Mail mitgeteilt, sie werde demnächst vorbeischauen, um das Schriftstück zu besprechen, das sie Ende der Woche einreichen sollte. „Ich habe jetzt keine Zeit, dir alles genau zu erzählen. Aber Allison – ich kann mich kaum auf die Arbeit konzentrieren. Keine Ahnung, was mit mir los ist. Seit ein paar Wochen vergehen die Tage hier in Zeitlupe. Früher bin ich völlig in der Recherche aufgegangen; es hat sich angefühlt wie ein großes Puzzle, und wenn ich es geschafft hatte, die Fälle zueinander in Bezug zu setzen und meine Dokumente zu erstellen, hat mir der Erfolg jedes Mal einen Kick gegeben. Jetzt muss ich mich quasi über die Ziellinie schleppen."

„Das geht doch jedem manchmal so. Arbeiten macht halt nicht immer Spaß. Konzentriere dich einfach darauf, deine Sache gut zu machen, und abends schließt du die Kanzleitür hinter dir und genießt den Feierabend. Du brauchst nicht für die Arbeit zu leben."

„Ich weiß. Es ist nur ... Wenn es jetzt schon so schlimm

ist, wie wird es mir in fünf Jahren gehen?“

„Du wirst alles noch unangenehmer finden, aber dafür wirst du wenigstens gut bezahlt.“

„Stimmt. Das scheint mir im Moment allerdings nur ein schwacher Trost.“

„Du hast ganz einfach den Montagsblues. Lass uns später was trinken gehen.“

Patricia Loomis öffnete die Tür und marschierte ins Zimmer. Mallory schaltete schnell ihr Handy aus.

„Harrison will das Dokument morgen auf dem Tisch haben“, verkündete sie – ohne jede Begrüßung, ohne weitere Einleitung. Sie trug einen schlammfarbenen Anzug und hatte das Haar zu einem Knoten gebunden. Ihr Gesicht glänzte, obwohl es erst elf Uhr vormittags und nicht besonders heiß draußen war.

„Wie bitte? Letzte Woche war doch noch von Freitag die Rede?“

„Und heute haben wir Montag, und ich will das Dokument morgen.“ Die Chefin drehte sich auf dem Absatz um, blieb an der Tür noch einmal stehen. „Man erwartet, dass Sie erstklassige Arbeit leisten, Mallory. Sie dürfen nicht davon ausgehen, dass die Kanzlei ihre Erwartungen hinunterschrauben wird, nur damit Sie ihnen entsprechen können. Haben Sie sich schon fürs Examen angemeldet?“

„Ja. Der Termin ist Anfang Februar.“

„Ich kenne das Datum. Harrison will sichergehen, dass Sie gut vorbereitet sind.“

„Das bin ich.“

„Nun … Also gut. Dann wollen wir nur hoffen, Sie schaffen es dieses Mal.“

Mallory sackte auf ihrem Stuhl zusammen. Sie schickte Alec eine SMS.

Heute Abend wird es sehr spät bei mir.

Zurück am Computer, loggte sie sich bei Westlaw, einer juristischen Datenbank, ein. Ihr Handy klingelte.

„Was ist denn los?“, wollte Alec wissen.

„Das Schriftstück, von dem es hieß, wir hätten Zeit bis Ende dieser Woche, muss plötzlich morgen fertig sein. Alec, ich bin total im Stress. Gemocht hat mich Patricia noch nie, aber seit ich durchs Examen gefallen bin, zeigt sie mir deutlich ihre Verachtung. Sie wartet richtiggehend darauf, dass ich wieder etwas vermassele.“

„Lass dich von ihr bloß nicht runterziehen.“

„Ich versuche ja, es mir nicht so zu Herzen zu nehmen. Aber das ist schwierig – in letzter Zeit habe ich immer öfter Selbstzweifel. Früher war es ganz selbstverständlich für mich, dass ich es schaffe und Anwältin werde, wie meine Eltern. Das Studium war hart, aber auch interessant. Es fühlte sich richtig an. Das hier hingegen …“

„Dass du beim ersten Versuch durchs Examen gefallen bist, sollte dich auf keinen Fall so fertigmachen, Mal. Du wirst mal eine fantastische Juristin. Du bist schon eine.“

„Ich weiß nicht. Ich kann dir nicht einmal sagen, ob ich das überhaupt noch will.“ Diese Worte gingen Mallory nicht leicht über die Lippen, aber sie drückten aus, was sie fühlte. Es lag nicht nur daran, dass sie ihre Fähigkeiten anzweifelte – sie hinterfragte ihre Berufswahl im Ganzen. Und das machte ihr furchtbare Angst.

„Das klingt aber gar nicht nach dir, Mal. Du bist müde und gestresst … Schau einfach, dass du irgendwie durch den Tag kommst. Morgen sieht alles schon wieder ganz anders aus.“

„Okay.“ Sie beendete das Gespräch, legte den Kopf auf den Tisch und ließ die Tränen fließen.

Ihr BlackBerry vibrierte. Hoffentlich war das Alec. Aber was sollte er jetzt noch schreiben? Dass es in Ordnung war, zu glauben, sie hätte bei der Entscheidung für diesen Beruf einen grundsätzlichen Fehler gemacht? Oder vielleicht Allison, die noch mal betonen wollte, dass es keinen Grund zur Sorge gab, dass jeder seinen Job hasste? Oder, und das wäre die amüsanteste aller Optionen, Julie könnte sie daran erinnern, einen früheren Plan in die Tat umzusetzen: reich heiraten und Hausfrau werden.

Doch die SMS kam von einer ganz anderen Absenderin. Sie lautete: *Lust auf ein bisschen Spaß? Wir sind Kostüme shoppen. LG Bette.*

Mallory saß ganz still da, starrte auf ihr BlackBerry, als sei es ein Lottoschein mit sechs Richtigen.

Noch auf der Arbeit, tippte sie.

Die Antwort kam schnell.

Einfach abhauen. M&J Trimming, Sixth Avenue.

Mallory schaute auf die Uhr. Gegen eine frühe Mittagspause war nichts einzuwenden, oder? Sie musste sowieso bis spät in die Nacht im Büro bleiben.

Bis gleich.

Poppy und Bette liefen gegen den Wind die Sixth Avenue hoch. Die Kälte machte Poppy nichts aus – sie trug einen schweren Kunstpelzmantel, den sie bei „Trash and Vaudeville" gekauft hatte. Allerdings blieb Bette alle paar Schritte stehen, um SMS zu verschicken, und es frustrierte Poppy, dass ihre Kollegin ihr keine zwei Minuten am Stück zuhören konnte.

„Wem schreibst du denn da ständig?", wollte sie wissen.

„Ich schaue nur meine E-Mails nach", erwiderte Bette.

Poppy entschied sich, das Thema fallen zu lassen. Schließlich hatten sie erst einmal Sex gehabt, und das berechtigte sie nicht, Bette über SMS und Mails auszufragen. Ein einziges Mal Sex – mehr war da nicht. Die Szene im Backstage-Bereich hatte sich nicht wiederholt. Doch Poppy musste jeden

Tag daran denken. Sie war stolz darauf, mit anderen zu schlafen, wie es Männer taten: ohne Gefühle, ohne Verpflichtungen, ohne Probleme. Aber plötzlich fühlte sie sich wie ein liebeskrankes Schulmädchen. Und nur wegen Bette, dieser Verrückten! Vielleicht lag es daran, dass sich die Männer um Poppy bemühten und Bette nicht. Vielleicht auch daran, wie Bette sie berührt hatte, an dieser perfekten Kombination aus Behutsamkeit und erfahrener Selbstsicherheit. Und wie sie duftete ... Erdig und zugleich süß wie Vanille. Dass sie so unglaublich gut aussah, schadete auch nicht gerade. Poppy war schon mit vielen attraktiven Männern zusammen gewesen, hatte aber deshalb nie so etwas wie Ehrfurcht vor ihren Partnern empfunden.

„Hier ist es."

Poppy arbeitete gerade an einem Morticia-Kostüm – Morticia aus der „Addams Family". Dafür brauchte sie eine Schleife aus Stretchstoff mit schwarzen Pailletten und Perlenfransen. Agnes hatte angeboten, ihr beim Nähen zu helfen, wenn Poppy das Material selbst besorgte. Keine billige Angelegenheit, aber Bette hatte gemeint, M&J Trimming sei beinahe günstig, wenn man sich ein bisschen zurückhielt.

„Du musst einfach schon wissen, was du kaufen willst, wenn du reingehst. Denk gar nicht erst an zusätzliche Anschaffungen, egal wie cool die Sachen aussehen oder wie sicher du zu wissen glaubst, dass du die Extras irgendwann mal für ein Kostüm verwenden wirst", hatte ihre Kollegin sie gewarnt. „Ich habe ganze Schubladen voller Spontankäufe zu Hause – Fransen in Farben, die ich niemals tragen werde; ganze Tüten voller Pailletten, wunderschöne Quasten in der falschen Größe. Konzentriere dich einfach auf das, was du wirklich brauchst."

Natürlich wünschte sich Poppy, Bette würde sie spüren lassen, dass sie wieder Sex mit ihr haben wollte. Aber immerhin war ein anderer Wunsch in Erfüllung gegangen: Offensichtlich hatte Bette Interesse daran, dass Poppy eine anerkannte Künstlerin wurde. Diese gemeinsame Unternehmung nahm sie als Beweis dafür. Poppy wollte zum festen Ensemble des Clubs gehören – dann würde keines der Mädchen, die nach ihr beim Blue Angel anfingen, eine Gefahr für sie darstellen. Das galt ganz besonders, wenn Bette ihre Mentorin wurde: Agnes wusste, dass Bette ihr bestes Pferd im Stall war. Sie würde alles dafür tun, sie im Blue Angel zu halten. Poppy wiederum würde alles dafür tun, Bette ganz für sich zu haben.

Dass die Kollegin sie zu diesem Shopping-Ausflug eingeladen hatte, wertete sie als gutes Zeichen: Nach Poppys Erfahrung war Shoppen immer ein Vorspiel – zumindest mit Männern. War das bei zwei Frauen anders? Doch wohl nicht.

Gerade als sie sich an der Rechenübung „Bette + Poppy + Shopping = heißer Sex“ erfreute, entdeckte sie *sie*. Das konnte doch nicht wahr sein. Was hatte Mallory Dale hier verloren?

„Schau mal, die Frau da drüben sieht aus wie Mallory Dale.“

„Es *ist* Mallory“, erwiderte Bette und winkte ihr zu.

„Wie kommt sie wohl hierher?“

„Ich habe ihr eine SMS geschickt.“

Poppy konnte spüren, wie sie abwechselnd rot und blass wurde.

„Wow. Was für ein toller Laden. Da möchte man fast nähen können“, erklärte Mallory.

So ungern Poppy es zugab – Mallory war eine sehr attraktive Frau, selbst in ihrem spießigen Wollmantel und mit dem glatt herunterhängenden braunen Haar, dem ein Schnitt gutgetan hätte. Oder Strähnchen. Oder beides.

„Das kannst du nicht? Nicht mal einen Knopf annähen oder so was?", fragte Poppy. Bette warf ihr einen bösen Blick zu.

„Nein. Gar nichts. Schrecklich, oder? Meine Mutter ist nicht ganz so unbegabt und hat immer meine Röcke umgenäht. Jetzt bringe ich einfach alles in eine Änderungsschneiderei an der 82. Straße, Ecke York."

„Ich habe vor dem Job als Tänzerin auch nicht so viel genäht. Aber Kostüme von der Stange sind einfach zu teuer. Und persönlicher ist Selbstgemachtes auch. Allerdings kriegt das niemand so gut hin wie Agnes."

„Eure Chefin näht für euch?"

„Ab und zu, ja. Wenn wir mit einer konkreten Idee zu ihr gehen und ihr das Material geben. Sie macht gerade ein Alice-im-Wunderland-Outfit für mich."

„Bette hilft sie am meisten", erklärte Poppy.

„Du arbeitest ja auch noch nicht so lange im Blue Angel", meinte Bette. „Irgendwann macht sie sicher auch was für dich. Du musst es dir eben verdienen." Sie lächelte Poppy an. War das ein Zeichen? Auch wenn Bette diese graue Maus eingeladen hatte, die immer störte, war nicht zu übersehen, dass zwischen ihnen beiden eine besondere Verbindung bestand.

Am besten, sie sorgte dafür, dass dieser unselige Shoppingausflug bald ein Ende fand. Mit ihren Pailletten und Fransen in der Hand steuerte Poppy auf die Kasse zu und hoffte, Bette werde ihr folgen. Stattdessen machte sich ihre Kollegin jedoch daran, Mallory jede Ecke des Ladens zu zeigen. Sogar aus einigen Metern Entfernung konnte sie überdeutlich sehen, dass die Maus – so wollte sie die Frau in Zukunft insgeheim nennen – sich alles total begeistert anschaute, als hätte Bette ihr die Schlüssel zu einem Märchenpalast überreicht.

„Alles klar, wir können gehen“, verkündete Poppy und hielt den beiden anderen ihre Einkaufstasche hin.

„Jetzt müssen wir noch etwas unternehmen, um Mallory aufzuheitern“, war Bettes Antwort. „Sie hat eine berufliche Sinnkrise.“

Na, super. Jetzt hängte sich die Maus auch noch an Bette und nervte sie mit ihren Problemen bei der Arbeit. Wenn man sich ihre Klamotten ansah, gab es zumindest keinen Grund, sich über das Gehalt zu beklagen.

„Kannst du denn so einfach mitten am Tag das Büro verlassen?“, wollte Poppy wissen und bemühte sich um einen freundlichen, unschuldigen Tonfall.

„Na ja, eigentlich nicht. Das hier ist offiziell meine Mittagspause, aber ich sollte wirklich zurück. Ich muss noch etwas ganz Wichtiges fertig machen und weiß jetzt schon, dass ich die halbe Nacht daran sitzen werde.“

Poppy nickte verständnisvoll. „Es fühlt sich gut an, Verantwortung zu tragen“, sagte sie.

„Sei doch nicht albern! Wenn du jetzt schon weißt, dass du noch ewig da festsitzen wirst, kommt es auf eine Stunde früher oder später auch nicht mehr an“, fand Bette. „Wir sollten noch ein bisschen shoppen. Gibt es irgendetwas, das du sowieso noch besorgen wolltest?“

Jetzt war es die Maus, die abwechselnd rot und blass wurde.

„Nun ja“, sagte sie langsam. Ihrer Art zu sprechen bewirkte, dass man ihr ständig auf die Lippen schauen wollte. „Vor Kurzem meinte meine beste Freundin, ich solle ein bisschen mehr Geld für schöne Unterwäsche ausgeben.“

Unglaublich! Diese miese kleine Intrigantin. Was hatte sie vor? Warum wollte sie sich an Bette heranmachen? Und woher wusste sie, dass Bette von Dessous geradezu besessen war? Natürlich interessierten sich dafür alle im Blue Angel; jede von ihnen besaß eine ansehnliche Sammlung von Strumpfbändern, Tangas und Ähnlichem. Aber Bette hatte so viel davon, dass sie fast schon eine Zweitwohnung dafür brauchte.

„Machen wir. Gibt es irgendein Geschäft, in dem du besonders gern einkaufst?"

„Hm. Vielleicht La Petite Coquette?"

Poppy und Bette tauschten einen vielsagende Blicke aus.

„So viel kannst du ausgeben?", fragte Poppy.

„Ja, mein Gehalt ist so ziemlich das Einzige, was mich mit meinem Beruf versöhnt."

Und mich würde es versöhnen, wenn du dich sobald wie möglich wieder auf den Weg zu deinem Schreibtisch machst. Aber das sagte Poppy nicht laut.

Wie es aussah, würde sie die Maus noch eine Weile am Hals haben.

Mallory kam sich paranoid vor, doch sie wurde das Gefühl nicht los, als durchbohre Poppy sie im Taxi mit heimlichen Blicken. Was hatte sie bloß falsch gemacht, dass die Blondine sich ihr gegenüber so feindselig aufführte?

„Nenn mir auch nur einen guten Grund dafür, weiterhin in einem Beruf zu arbeiten, den du hasst", sagte Bette.

Vorhin im Laden hatte ihr Mallory anvertraut, welche Zweifel sie plagten. Sie wusste nicht, warum, aber es war leichter, der Tänzerin davon zu erzählen als ihren engsten Freunden – Alec eingeschlossen.

„Da ist zum einen das Finanzielle. Ich muss schließlich irgendwie über die Runden kommen."

„Unsinn", erklärte Bette. „Den größten Erfolg hat jemand, der das tut, was er am liebsten macht."

„Gut, aber viele dieser Menschen leiden auch unter chronischem Geldmangel. Darum gibt es Ausdrücke wie ‚armer

Poet‘ oder ‚brotlose Kunst‘. Außerdem habe ich Jura studiert. Das kann ich nicht einfach so wegwerfen.“

„Ach ja, die alte Leier von den Investitionen in die Zukunft.“

Mallory sah Bette an.

„Was denn? Meinst du etwa, ich hätte keine anderen Möglichkeiten gehabt, als die Kunst zum Hauptberuf zu machen? Ich war in Michigan an der Uni. Englisch im Hauptfach, Psychologie im Nebenfach. Jetzt könnte ich ohne Weiteres in einem Büro arbeiten und mich jeden Monat über ein festes Gehalt freuen. Aber seit den ersten Auftritten kann ich mir kein anderes Leben mehr vorstellen.“

Das Taxi hielt vor dem Geschäft am University Place, schon von außen unschwer zu erkennen an der Markise in grellem Rosa.

Drinnen nahm Poppy ein Paar französische Spitzenhöschen in die Hand.

„Ganz schön happige Preise“ kommentierte sie.

„Ich weiß. Darum muss ich ja auch meinen Job behalten!“

Bette lief direkt in den hinteren Bereich des Geschäfts, wandte sich kurz um und rief: „Wenn du nur meckern willst, kannst du gleich nach Hause gehen, Poppy.“

Mallory zuckte zusammen. Poppy sah aus, als habe sie gerade einen Schlag ins Gesicht bekommen. Sie warf die Slips auf einen Tisch.

„Gut. Das werde ich tun“, verkündete sie und fügte leise hinzu: „Viel Spaß noch beim Ausgeben des Geldes, das du in deinem Horrorjob verdienst.“

Dann stürmte sie nach draußen. Mallory überlegte, ob sie ihr vielleicht folgen sollte.

„Mallory, komm mal her“, rief Bette. „Ich bin bei der Umkleide.“

„Dort entlang“, wies ihr eine Verkäuferin den Weg.

„Probier das hier mal an.“ Die Tänzerin überreichte ihr eine Handvoll schwarzer Spitze. „Ach ja, und das hier auch.“ Sie reichte Mallory ein Paar lange schwarze Strümpfe.

„Poppy ist gegangen. Vielleicht warst du ein bisschen zu grob zu ihr?“

„Ach was, die Gute hat einfach Diva-Allüren. Sie wird sich schon wieder einkriegen. Spätestens heute Abend kommt es zur großen Versöhnung, mit Kuss und allem Drum und Dran.“

Die meisten Leute hätten das als Klischee verstanden. Aus Bettes Mund klang es allerdings so, dass Mallory annehmen konnte, es werde wirklich so passieren.

„Falls du Hilfe brauchst – ich warte hier draußen“, meinte Bette.

Sie zog den Vorhang der Umkleidekabine hinter sich zu, überließ Mallory einen Haufen Dessous und … Was war denn das da überhaupt?

Mallory steckte den Kopf nach draußen.

„So was habe ich noch nie gesehen.“

„Du machst Witze, oder?“

„Nein.“ Das Teil war schwarz und hatte Haken wie ein BH, außerdem aber vier Stoffstreifen, die daran herabhingen … Es sah aus wie eine Spinne aus Stoff.

„Ein Strumpfhalter ist das! Jetzt sag bloß nicht, du hast noch nie einen getragen.“

„Das stimmt aber. Und es entspricht, glaube ich, auch nicht meinem Stil.“

„Womit befestigst du dann deine Strümpfe?“

„Ich … Na ja, ich trage Strumpfhosen.“

„Ach so. Nun, die kannst du gleich aussortieren. Strumpfhosen sind einfach nicht sexy.“

Mallory musste an Allisons Abschiedsworte nach dem

Brunch denken. *Wenn dein Freund dich schon an deinem Geburtstag in einen Burlesque-Club mitnimmt …*

„Okay. Dann zeig mir bitte, wie man so ein Ding trägt."

„Sicher doch. Dafür musst du dich allerdings ausziehen."

„Ich will es doch nur anprobieren …"

„Über deinem Kostüm? Mallory, ich kann sehr gut sehen, dass du einen ganz fantastischen Körper hast. Warum so prüde? Ich helfe dir schließlich dabei, ein paar Sachen zu besorgen, die deinen supersexy Freund heiß machen sollen. Glaub mir, wenn er rauskriegt, was du da unter deinem Juristinnen-Outfit trägst, wird er mir das nächste Mal nicht unterm Tisch die Hand auf den Oberschenkel legen."

Mallory spürte, wie sich ihr Magen zusammenkrampfte. Dann war die Initiative also von Alec ausgegangen. Nun, er und Bette hatten sich geküsst, sie sollte also nicht überrascht sein. Trotzdem spürte sie einen Stich der Eifersucht.

„Gut – warte eine Minute, dann rufe ich dich rein."

Mallory schloss den Vorhang wieder, betrachtete sich selbst im Spiegel. Meine Güte, war sie froh, dass sie heute anständige Unterwäsche angezogen hatte. Nichts Spannendes, eine cremefarbene Spitzenunterhose und einen weißen BH, aber immer noch besser als die fünf Jahre alten Baumwollschlüpfer mit Blümchenmuster, auf die es manchmal hinauslief, wenn sie nicht zum Waschen gekommen war.

Sie zog ihren blauen Nadelstreifenrock aus, ließ ihn auf den Boden fallen. Hier drinnen war es ein wenig zu warm, und sie schwitzte bereits unter ihrer weißen Bluse, aber die würde sie auf keinen Fall ausziehen. Wieder schaute sie sich selbst im Spiegel an und fühlte sogar eine gewisse Zufriedenheit. Natürlich war sie keine Bette und keine Poppy – die beiden konnte man getrost als nahezu vollkommen bezeichnen. Und nicht alle Tänzerinnen im Blue Angel sahen so aus. Bette und Poppy hatten Körper, die man Kunstwerke nennen konnte, genau wie ihre Kostüme und Auftritte wahre Kunstwerke waren. Doch für eine fünfundzwanzigjährige Juristin – oder besser: angehende Juristin – sah sie wirklich gut aus, das musste Mallory zugeben. Trotzdem schwor sie sich, wieder mit Pilates anzufangen. Bald. Und vielleicht sogar zweimal pro Woche.

Sie zog sich die Strumpfhose aus und die Strümpfe an, die Bette für sie ausgesucht hatte.

„Wie lange dauert das denn noch da drin? Ich wusste ja, dass du Hilfe brauchst, um die Sachen anzuziehen. Aber ganz offensichtlich schaffst du auch das Ausziehen nicht alleine!"

Mallory öffnete den Vorhang.

„Ich bin so weit", sagte sie und hielt den Strumpfhalter hoch.

„Gut, dann leg dir das Ding jetzt um die Taille. Es sollte auf der Hüfte liegen. Nicht so – die Strapse müssen runterhängen. Du bist wirklich völlig unbedarft, was Dessous betrifft."

Mallory schloss die Haken vor dem Bauch, schob den Verschluss dann auf den Rücken – wie sie es früher mit BHs gemacht hatte.

Bette kniete neben ihr und zog an einem der Strapse.

„So, die machen wir jetzt an den Strümpfen fest", erklärte sie und befestigte den ersten. „Probier's mal." Mallory beugte sich vor und versuchte ihr Glück mit dem Häkchen und dem dünnen Stoff, aber es klappte nicht. Sie kam sich vor wie eine unfähige Idiotin. Gehörte das wirklich zum Alltagsrepertoire anderer Frauen?

„Hier – den Haken nach hinten, dann den Strumpf, und jetzt hoch damit. Genau! Wunderbar. Ich übernehme die auf der Rückseite, dafür braucht man ein bisschen Übung."

Mallory fühlte sich ein wenig unbehaglich, weil Bette so

dicht hinter ihr stand. Das änderte sich allerdings, als sie ihr Spiegelbild betrachtete. Was sie sah, gefiel ihr, und zwar besser als sonst in letzter Zeit. Vielleicht sogar besser als jemals zuvor.

Bette machte alles dort fest, wo es hingehörte, trat dann einen Schritt zurück und bewunderte ihr Werk.

„Wow. Das passt ja wie angegossen."

Im nächsten Moment streichelte die Tänzerin Mallory über den unteren Rücken, berührte dann ihren Hintern. Mallory erschauerte.

„Warte einen Moment. Es gibt noch etwas, das du anprobieren solltest." Bette verließ die Kabine und ließ Mallory in ihrem Gedankenwirrwarr zurück.

Sie wandte sich um und betrachtete sich erneut im Spiegel. Wie war es nur möglich, dass eine Frau ihre Weiblichkeit stärker zum Vorschein brachte, als es je einem ihrer Freunde gelungen war?

Sie schlüpfte wieder in ihre hochhackigen Schuhe, begutachtete sich von oben bis unten. Schwarze Spitze umrahmte ihren flachen Bauch.

„Jetzt brauchst du wirklich meine Hilfe!", verkündete Bette, die ganz außer Atem war. Mit theatralischer Geste hielt sie Mallory eine Korsage aus schwarzem Satin hin.

„Oh, das sieht toll aus!"

„Warte erst mal ab, wie es sich anfühlt." Bette begann, die feine schwarze Schnürung zu weiten. Sie schaute auf. „Dafür musst du aber dein Oberteil und deinen BH ausziehen."

Mit zitternden Händen begann Mallory ihre Bluse aufzuknöpfen. Sie hängte sie an einen Haken, nahm dann den BH ab. Bette, die die Korsage vorbereitet hatte, bemühte sich nicht einmal zu verhehlen, dass sie Mallory anschaute.

„Warum bist du so schamhaft?"

„Bin ich doch gar nicht."
„Oh, doch. Los jetzt – du hast schließlich schon zweimal dabei zugesehen, wie ich alles ausziehe."
„Stimmt, aber das gehört schließlich zu deinem Beruf! Was ich sagen will – dir gefällt es doch, wenn andere dabei zusehen, oder?"
„Natürlich mag ich das. Es ist unglaublich erregend, so begehrt zu werden. Findest du es etwa nicht spannend, dass ich dich gern anschaue – und dass ich dich ganz offensichtlich attraktiv finde?"
Mallory musste heftig schlucken.
„Auf jetzt, wir machen weiter." Bette legte die Korsage um Mallorys Oberkörper. „Halte das hier vorne fest, während ich dich einschnüre." Sie zog die Bänder fest zu, und Mallory bekam keine Luft mehr.
„Oh, mein Gott!", kicherte sie erschrocken.
„Ich weiß – das fühlt sich großartig an, oder?"
Mallory wandte sich ihrem Spiegelbild zu. Bette konzentrierte sich voll auf das Schnüren; das glänzende dunkle Haar fiel ihr ins Gesicht. Ihre blassen Finger schienen wie von selbst den Weg an dem Korsett herunter zu finden, und ihr tiefroter Nagellack glänzte im Licht der Umkleidekabine. Mallory stellte sich vor, wie diese Finger ihre Haut berührten, verscheuchte das Bild jedoch sofort wieder.
„Jetzt vorne einhaken."
Mallory fing unten an. Die Korsage war so steif, dass es ihr Schwierigkeiten bereitete, Haken und Ösen miteinander zu verbinden, ohne dass sich alles gleich wieder löste.
„Langsam, langsam", ermahnte sie Bette. Mallory spürte, wie sie wieder ins Schwitzen geriet, doch sie holte tief Luft und konzentrierte sich auf ihre Aufgabe. Als sie fertig war, wandte sie sich erneut ihrem Spiegelbild zu.
Vor ihr stand eine Frau, die sie noch nie gesehen hatte.

„Nein“, stieß sie hervor. Zwischen der Frau dort im Spiegel und den Künstlerinnen auf der Bühne des Blue Angel gab es keinen Unterschied.

„Oh, doch“, erwiderte Bette. „So sehe ich dich. Und so solltest du dich selbst sehen.“

8. KAPITEL

„Jemand zu Hause?“

Dafür, dass Alec versprochen hatte, er werde daheim sein, wenn sie spät abends von der Arbeit kam, war es in ihrer Wohnung verdächtig ruhig. Kein Licht im Wohnzimmer und im Schlafzimmer auch nicht. Möglicherweise hatte er sich gelangweilt, schließlich war es schon nach zehn Uhr.

Mallory machte Licht, während sie durch das Apartment ging. Vielleicht war es sogar besser – so konnte sie ihre Neuanschaffungen unauffällig verstecken und ihn am Wochenende damit überraschen.

Gerade, als sie die Korsage in ihrer Wäscheschublade verstaute, hörte sie, wie ein Schlüssel im Schloss umgedreht wurde. Die Korsage nahm viel Platz weg und wäre in einem Schrank wahrscheinlich besser untergebracht gewesen, aber jetzt musste es schnell gehen. Sie faltete die Einkaufstüten zusammen und stopfte auch sie in die Kommode.

„Hallo! Ich bin hier“, rief sie.

„Eigentlich wollte ich auf dich warten, aber Billy hat angerufen und wollte mit mir was trinken gehen. Du kennst ihn ja … Bei einem Drink ist es nicht geblieben.“

„Oh. Gar kein Problem.“ Doch in Wirklichkeit wurmte es sie ein wenig, dass er mit Billy ausgegangen war. Schließlich wusste Alec, dass sie einen harten Tag in der Kanzlei gehabt hatte und sich auf ein Glas Wein mit ihm freute. Mehr als ein oder zwei alkoholische Getränke schaffte er für gewöhnlich an einem Abend nicht. „Ist noch eine Flasche von dem Cabernet übrig?“

„Ich glaube schon. Soll ich sie für dich aufmachen?“

„Ja, bitte.“

Sie ging zur Couch und spürte, wie sie sich ein wenig entspannte. Alec war da, wollte ihr ein Glas Wein bringen …

Sie mussten einfach mehr Zeit füreinander finden. Und jetzt, nachdem sie Bette gegenüber hatte gestehen können, wie sehr sie unter ihrem Job litt, war sie bereit, das Thema auch ihrem Freund gegenüber zur Sprache zu bringen.

„Ich würde ja mittrinken, aber ich glaube, die Runden Bier mit Billy reichen mir", erklärte Alec, wie sie es vorausgesehen hatte, und reichte ihr ein Glas.

„Hm", antwortete Mallory.

„Bist du denn weitergekommen mit dem Schriftstück?"

„Schon. Aber eben nur weitergekommen, nicht fertig geworden. Ich hätte länger bleiben sollen, es ging nur einfach nicht."

„Hattest du denn wenigstens eine Mittagspause? Es ist wichtig, dass man mal rauskommt. Ich weiß, die meisten bei euch in der Kanzlei bestellen sich was und essen am Schreibtisch, aber es bringt viel mehr, eine kurze Pause zu machen."

„Heute war ich zwischendurch sogar ziemlich lange draußen. Bette hat mir eine Nachricht geschickt, als sie unterwegs war, um Material für Kostüme zu kaufen. Sie hat mich eingeladen, sie zu begleiten. Sie und diese Blondine, Poppy."

„Du machst Witze."

„Nein."

„Was sollte das denn?"

„Ich weiß es nicht." Plötzlich hatte Mallory das Gefühl, sich verteidigen zu müssen. „Vielleicht hat sie gedacht, du brauchst noch Informationen für deinen Artikel."

„Dann kannst du ihr ausrichten, dass der fertig ist. Sie braucht dir also nicht mehr auf die Nerven zu gehen."

„Davon kann gar keine Rede sein. Ich hatte einen schrecklichen Vormittag. Wenn ich die Kanzlei nicht für eine Weile verlassen hätte, wäre ich wahnsinnig geworden."

„Jetzt wirst du aber dramatisch."

„Ich meine es ernst, Alec. Meine Arbeit ist grässlich, ich hasse sie."

Er sah sie an.

„Seit wann das denn?"

„Ich weiß nicht. Seit einer Weile. Oder schon immer." Mallory spürte, wie ihr die Tränen in die Augen stiegen. „Es war ein riesiger Fehler, mich für dieses Fach zu entscheiden. Es passt einfach nicht zu mir. Das Studium fand ich spannend, interessant, und ich dachte, es würde mir wunderbar gelingen, die Theorie in die Praxis umzusetzen. Aber ich hasse die Kanzlei, ich hasse es, wie es dort zugeht. Ich kann mir nicht vorstellen, das noch ein weiteres Jahr durchzuhalten. Mein ganzes Leben lang? Undenkbar."

„Jetzt warte. Beruhige dich erst mal. Liebling, ich glaube, das ist eine reine Stressreaktion. Du bist immer noch fertig, weil du durchs Examen gefallen bist. Dabei habe ich dir schon so oft gesagt, dass das nicht schlimm ist; lass diesen einen Misserfolg hinter dir und sieh ihn nicht als Omen für das, was in deinem Berufsleben auf dich wartet. Außerdem stehst du unter Druck, weil Patricia dich so mies behandelt. Aber du wirst eine ganz fantastische Juristin. Dies ist nur eine besonders schwierige Phase."

Mallory schüttelte den Kopf. „Das glaube ich nicht. Und als ich heute mit Bette darüber gesprochen habe, ist mir klar geworden, dass es nicht normal ist, seine Arbeit jeden Tag zu hassen. Dass man am Montagmorgen aufwacht und ein Gefühl des Grauens empfindet. So kann ich nicht weitermachen. Ich muss herausfinden, was ich wirklich will. Ich darf nicht einfach den falschen Weg weitergehen, nur weil ich ihn einmal eingeschlagen habe."

„Na gut", sagte er in einem Tonfall, als spreche er mit einem kleinen Kind. „Was willst du denn stattdessen machen?"

„Das weiß ich nicht. Vielleicht etwas Kreatives. Weißt du, Bette hat in Michigan studiert, aber dann hat sie ihre wahre Leidenschaft entdeckt …“

„Ich kann einfach nicht glauben, dass du es zulässt, dass diese Frau dich in eine solche Verwirrung stürzt. Meine Güte, Mallory. Wir haben drei Jahre lang eine Fernbeziehung geführt, damit du Jura studieren konntest. Die letzten beiden Sommer hast du damit verbracht, dir einen Arbeitsplatz in dieser Kanzlei zu sichern. Wir haben Zukunftspläne geschmiedet und besprochen, wie wir zusammen leben, wenn du als Juristin arbeitest und ich als Journalist. Jetzt willst du plötzlich alles hinschmeißen, was du dir in den vergangenen Jahren aufgebaut hast, und das wegen einer Burlesque-Show, die dir fixe Ideen in den Kopf gesetzt hat?“

„Fixe Ideen? Ich? Du bist doch derjenige, der Bette unterm Tisch begrapscht hat. Wenn du etwas ausprobieren willst, ist das in Ordnung – aber wenn ich es hinterfrage, bringt das zu viel Unruhe in unser Leben?“

„Aha, jetzt kommen wir der Sache schon näher. Es geht hier ums Prinzip – du willst mich dafür bestrafen, dass ich mir einen Dreier wünsche.“

„Mein Gott! Es geht doch nicht um dich.“

„Da hast du recht – es geht darum, dass du nicht damit klarkommst, dass es im wahren Leben anders zugeht als am College. Dass man dir nicht jeden Tag sagt, wie absolut fantastisch du bist.“

„Du bist ein solches Arschloch.“

Sie kippte den Rest Wein hinunter, knallte das Glas auf den Tisch und rannte ins Schlafzimmer. Alec folgte ihr.

„Seit deinem Umzug nach New York bist du launisch, nörgelig und völlig durcheinander. Billy kannst du nicht leiden, weil er mich oft mit Beschlag belegt, mein Job gefällt dir nicht, weil ich mich darauf konzentrieren muss, und deine

Karriere willst du aufgeben, weil sie mehr an Aufwand erfordert, als du dir vorgestellt hast …"

„Und du versteckst dich hinter deinem Job, weil du dich nicht mit unserer Beziehung auseinandersetzen willst. Bei dieser ganzen Geschichte geht es doch nur darum, dass du dich mit mir langweilst. Aber mit mir Schluss zu machen, ist dir zu anstrengend." Inzwischen liefen die Tränen, die ihr schon im Wohnzimmer in die Augen gestiegen waren, in Strömen über ihre Wangen, und ihr Körper wurde von heftigen Schluchzern geschüttelt. Sie nahm eine Reisetasche vom Schrank und packte ein paar Arbeitsklamotten zusammen.

„Glaub mir, wenn ich ein Zauberwort wüsste, das dich davon überzeugt, dass ich dich liebe, dass ich dich und diese Beziehung will, hätte ich es längst ausgesprochen. So musst du es wohl alleine herausfinden. Das und alles andere auch."

„Gut. Dann fange ich am besten gleich damit an."

Mit diesen Worten verließ sie die Wohnung.

Draußen rief sie zuerst Julie an, dann Allison. Doch keine von beiden nahm ab. Mallory winkte ein Taxi heran und fuhr damit zu Allisons Apartmentblock: Als sie auf die Klingel drückte, kam keine Antwort.

„Scheiße!" Wahrscheinlich war Allison bei ihrem neuen Freund. Und Julie wohnte weit weg, auf der Upper West Side. Schön dumm von ihr – dort hätte sie es zuerst versuchen sollen.

Mallory setzte sich auf die Stufen vor dem Haus und sah ihre Telefonliste durch. Ihr Blick blieb an Bettes SMS von heute Mittag hängen – waren wirklich erst wenige Stunden vergangen, seit sie die bekommen hatte? Sie zögerte kurz und tippte dann: *Wo bist du? Brauche jemanden zum Reden.*

Es dauerte nur wenige Sekunden, bis eine Antwort kam.

114 East 4th Street, 2A. Komm her.

Bette Noir wohnte in einem kleinen Zweizimmerapartment. Aber die Einrichtung war überwältigend: leuchtende Farben überall, blaue Wände, transparente grüne Plastiktische und eine Couch im weißen Retro-Look. Das Wohnzimmer war fast komplett mit einem Teppich aus künstlichem Zebrafell ausgelegt, und an der Wand hinter dem Sofa hingen vier Fotografien: eine Kunstserie halbnackter Frauen in Strapsen und Korsagen.

„Ganz fantastisch eingerichtet, deine Wohnung", kommentierte Mallory.

„Danke. Also, ich habe nur Wodka im Haus. Aber so wie du hier aufgeschlagen bist, mitten in der Woche und um Mitternacht, kann ich mir vorstellen, dass du nicht abgeneigt bist. Ich trinke einen mit."

Bette verschwand in der kleinen Kochnische und kam mit zwei gefüllten Schnapsgläsern zurück. Sie setzten sich auf die schneeweiße Couch.

„Swoboda", sagte Bette und erhob das Glas.

„Swoboda", wiederholte Mallory. Sie kippten den Wodka hinunter. Er war perfekt gekühlt.

„Das heißt ‚Freiheit' auf Russisch."

„Bist du Russin?"

„Meine Mutter. Und mein Vater Franzose. Eine schreckliche Kombination, das kann ich dir sagen. Aber du bist ja wohl nicht hergekommen, um über meine Eltern zu sprechen, *n'est-ce pas*?"

„Das stimmt. Aber es ist trotzdem eine nette Ablenkung, etwas über dich zu erfahren."

„Manchmal darf man sich nicht ablenken lassen, wenn man ein Problem lösen muss."

„Weiß ich." Mallory ließ den Blick über die Fotoserie an der Wand wandern. Die rothaarige Frau sah umwerfend aus. „Diese Haarfarbe wollte ich schon immer", meinte sie.

„Was hindert dich daran?“

„Oh … nein. Das könnte ich nicht.“

„Warum denn nicht, um Himmels willen? Das ist doch schließlich keine Schönheitsoperation. Wenn es dir nicht gefällt, färbst du es einfach wieder um. Du liebe Güte, Mallory. Was hat man denn davon, eine Frau zu sein, wenn man nichts ausprobiert?“

„Weiß ich nicht. Gute Frage.“

Mallory lehnte sich wieder auf der Couch zurück und spielte mit dem Gedanken, um einen zweiten Wodka zu bitten.

„Ich nehme an, es war nicht die Frage nach der perfekten Haarfarbe, die dich heute Nacht hergeführt hat. Warum erzählst du mir nicht einfach, worum es wirklich geht?“

„Alec und ich hatten Streit. Ich weiß, es klingt albern, aber ich konnte einfach nicht dortbleiben. Ich habe meine zwei besten Freundinnen angerufen, aber die waren beide unterwegs. Und dann bist du mir eingefallen – weil du mir heute Mittag zugehört hast, ohne mich zu kritisieren.“

„Wofür hätte ich dich kritisieren sollen?“

„Für die Sache mit meiner Arbeit.“

„Das ist doch kein großes Ding. Du hasst deinen Job, na und?“

„Als ich das Alec erzählt habe, ist er völlig ausgeflippt. Hat mir vorgeworfen, ich hätte keinen Spaß mehr an der Juristerei, weil alles schwieriger ist, als ich dachte. Ich habe ihm gesagt, dass ich daran zweifle, ob ich diese Karriere weiterverfolgen soll, und er hat gleich meine Persönlichkeit infrage gestellt.“

„Seltsame Reaktion.“

„Na ja, du kennst Alec nicht. Er erwartet viel von den Menschen – sich selbst eingeschlossen. Mit Misserfolgen oder Schwächen kann er nicht gut umgehen.“

„Du hattest aber keinen Misserfolg."

„Doch. Ich bin durchs Examen gefallen."

„Kannst du es nicht wiederholen?"

„Schon, und das werde ich auch. Im Februar. Das ändert aber nichts daran, dass ich einmal durchgefallen bin."

„Hast du eine Ahnung, wie oft ich vorsprechen musste, bevor ich zum ersten Mal auf die Bühne durfte?"

„Da muss man sich bewerben?"

„Natürlich. Wie hast du dir das denn vorgestellt? Dass ich einfach ins Blue Angel spaziert bin und mich auf der Liste eingetragen habe, wie für eine Schulaufführung?"

„Ehrlich gesagt habe ich gar nicht weiter darüber nachgedacht."

„Alles habe ich von der Pike auf gelernt: wie man auftritt, Nummern einstudiert, sich völlig unfähig vorkommt und alles falsch macht. Dann bin ich besser geworden, aber ich wusste nicht, wie ich einen Club dazu bringen sollte, mich aufzunehmen. Als ich mich im Slit beworben habe, hat die Jury so gelacht, dass ich von der Bühne geflohen bin. Dann hat man mir im Bell Jar eine Chance gegeben, später auf ein paar privaten Partys für einen bekannten Kunstmäzen. Und dann hat Agnes irgendwie von mir gehört und mich im Blue Angel vortanzen lassen. Seit zwei Jahren arbeite ich jetzt da. Aber deshalb sage ich nicht, dass ich Misserfolge hatte und darum eine schlechte Tänzerin bin." Bette tätschelte Mallory das Knie. „Und jetzt hole ich uns beiden noch ein Glas."

Mallory legte den Kopf auf die Sofalehne und schaute zu der Rothaarigen auf dem Foto. Sie stellte sich vor, wie sie selbst mit roten Haaren aussehen würde, wie Karen Elson, das Model. Vielleicht sogar ein guter Look. Sie fragte sich, wie Alec ihn wohl finden würde, bis ihr einfiel, dass das vielleicht schon keine Bedeutung mehr hatte.

„Was heißt ‚Freiheit‘ nochmal auf Russisch?“, wollte sie wissen, während sie den Drink herunterkippte.

„Swoboda.“

„Ach ja. Du weißt doch, was man über Freiheit sagt.“

„Wer frei ist, hat nichts zu verlieren?“

„Genau das.“

„Ich glaube nicht, dass das stimmt“, erklärte Bette. Sie stellte ihr Glas auf dem Wohnzimmertisch ab. „Die Bilder gefallen dir also?“

„Ja. Sehr sogar.“

„Da kann ich dir bessere zeigen. Komm mit.“

Mallory folgte ihr quer durchs Wohnzimmer, und stolperte dabei fast über den Rand des Zebrateppichs. Mehr sollte sie wirklich nicht trinken – zwei Wodka reichten völlig.

Bettes Schlafzimmer war ganz in Hellblau gestaltet. Ein Spiegel nahm eine komplette Wand ein, und über ihrem Bett hing eine schwarz gerahmte Fotoserie, drei Aufnahmen in einer geraden Linie. Schon von Weitem konnte Mallory erkennen, dass sie Bette zeigten. Niemand sonst hatte solche kurzen schwarzen Haare, solche Alabasterhaut.

Auf dem ersten Foto trug die Tänzerin eine schwarze Korsage, schwarze Nahtstrümpfe und lange Handschuhe in derselben Farbe, auf dem zweiten nur die Strümpfe und hochhackige rote Schuhe aus Kunstleder – sie hatte den Rücken der Kamera zugewandt, beugte sich vornüber und schaute von unten in die Linse. Auf dem dritten Bild saß sie gegen eine weiße Wand gelehnt, trug kniehohe Strümpfe mit Rautenmuster und schwarze Mary Janes mit hohen Absätzen. Die Arme hatte sie vor den Brüsten verschränkt, doch ihre Beine waren geöffnet, und man konnte tief in ihre Muschi sehen.

„Wow. Diese Bilder … Einfach unglaublich.“

„Danke. Meine Freundin Evangeline hat sie gemacht, eine fantastische Fotografin. Sie ist auf Mode- und Fetischmotive spezialisiert. Wenn sie mal wieder in der Stadt ist, stelle ich sie dir vor."

„Fandest du es nicht unangenehm, diese Aufnahme zu machen?"

„Nein. Warum denn auch?"

„Sie wirkt so ... intim."

„Beziehungen sind etwas Intimes. Darum geht es doch in der Kunst." Sie setzte sich auf den Bettrand, winkte Mallory zu sich heran. Stell dich mal hier vor mich."

„Warum?", fragte Mallory nervös.

„Weil ich dich anschauen will."

„Nein", erwiderte Mallory mit einem nervösen Lachen.

„ Warum nicht? Du schaust mich schließlich auch die ganze Zeit an."

„Aber dir gefällt das!"

„Es gefällt allen Frauen. Nur können einige dazu stehen und andere nicht. Also los jetzt – stell dich vor mich."

Sie nahm Mallorys Hand, zog sie näher zu sich heran, und Mallory gehorchte widerwillig. „Na also – tu es mir zuliebe", sagte Bette augenzwinkernd. Plötzlich wirkte sie lebhaft und aufgeregt wie ein Schulmädchen.

„Warte hier und rühr dich nicht vom Fleck!", befahl sie. „Hier, dreh dich so hin." Sie positionierte Mallory vor der verspiegelten Wand.

„Gut, und jetzt schließ die Augen." Mallory ließ sie einen Spalt offen.

„Nein, ganz fest. Ich will Falten sehen."

„Die habe ich noch nicht."

„Richtig zukneifen, dann kriegst du schon welche. Ja, genau so. Ich bin sofort wieder da."

Mallory konnte hören, wie Schubladen geöffnet und wieder geschlossen wurden. „Augen zu!", rief Bette von der anderen Seite des Zimmers aus. „Habe ich doch!" Allerdings hätte Mallory lieber etwas gesehen. Nach den zwei Wodka fiel es ihr nicht gerade leicht, das Gleichgewicht zu halten.

„Zu, habe ich gesagt."

Sie spürte, dass Bette wieder näher kam, und im nächsten Moment fühlte sie weichen Stoff auf ihrem Gesicht: Ihr wurden die Augen verbunden.

„Bette! Was machst du da?"

„Ich ermögliche es dir, wie eine Fotografie zu sein – beobachtet werden, nicht beobachten. Ich denke, du musst einfach loslassen und dir zugestehen, auch mal ein Objekt zu sein. Das ist sehr befreiend."

„Für meinen Geschmack sogar ein bisschen zu befreiend. Ich mag Grenzen … Ich meine, ich bin Anwältin. Ich brauche Grenzen … Struktur."

„Du bist keine Anwältin. Du bist durchs Examen gefallen, weißt du noch? Jetzt entspann dich und lass dich drauf ein."

„Ich soll also ganz still hier stehen, während du mich anstarrst. Und das ist dann befreiend?"

„Nein, du sollst ganz still hier stehen und dein Oberteil ausziehen. Das würde uns schon mal einen Schritt weiterbringen."

Mallory lachte auf, musste dann kichern. „Das mache ich nicht."

„Natürlich. Sei nicht albern."

„Nur, wenn du aus dem Zimmer gehst. Und das meine ich ernst – ich will hören, wie die Tür hinter dir zufällt, und du musst laut mit mir reden, damit ich weiß, dass du auch draußen bleibst."

„Wie soll ich dich denn beobachten, wenn ich gar nicht hier drin bin? Aber gut, wenn du dich dann besser fühlst, drehe ich mich um, während du dich ausziehst."

„Oh mein Gott – da kannst du lange warten." Mallory

lachte jetzt wirklich. Und zum ersten Mal seit Wochen lebte sie ganz für den Moment.

„Jetzt tu's einfach – dann musst du auch nicht ständig an Alec denken. Im Ernst, wenn dir daran gelegen wäre, die ganze Nacht heulend auf einer Couch zu liegen, hättest du genauso gut zu deiner Freundin fahren können."

„Zu welcher Freundin?"

„Zu diesem Stepford Wife, diesem Hausmütterchen, das du neulich mit in den Club gebracht hast."

„Allison? Die ist doch kein Hausmütterchen."

„Dann wird sie noch eines – vertraue mir, ich habe einen Blick dafür. Außerdem weiß ich gar nicht, warum du dich so zierst. Schließlich bin ich selber mit Brüsten ausgestattet – und zwar mit zwei Prachtexemplaren, auch wenn das sehr nach Eigenlob klingt."

Dem hatte Mallory nichts entgegenzusetzen.

„Und vergiss nicht", fuhr die Tänzerin fort, „dass ich dich schon in der Umkleidekabine bei La Petite Coquette halb nackt gesehen habe. Also tu mir den Gefallen und zieh dein Oberteil aus. Oder soll ich das vielleicht für dich erledigen?"

Etwas an Bettes Tonfall sorgte dafür, dass Mallory ein Flattern in ihrem Bauch spürte. Und als habe sie das bemerkt, begann Bette, den obersten Knopf zu öffnen.

„Schöne Bluse. Woher hast du die?"

„Thomas Pink." Mallorys Stimme war nicht mehr als ein Hauchen.

Sie spürte einen Luftzug auf ihrer Haut, dann waren alle Knöpfe geöffnet. Bette stellte sich hinter sie und schob ihr den Stoff sanft von den Schultern. Mit den Fingern fuhr sie Mallorys Wirbelsäule entlang, zuerst nach unten, dann wieder nach oben; hielt zwischendurch kurz inne, um ihr den BH zu öffnen. Mallory wollte sie bitten, aufzuhören, wusste aber plötzlich nicht mehr, warum sie das hätte tun sollen.

Der BH fiel zu Boden. Als Nächstes spürte sie, wie Bette ihr das Tuch von den Augen nahm.

„Und jetzt schau ganz genau hin", wies die Tänzerin sie an. Mallory öffnete die Augen und sah sich unmittelbar mit ihrem Spiegelbild konfrontiert. Doch sich selbst konnte sie nicht wahrnehmen – stattdessen war ihre ganze Aufmerksamkeit auf Bette gerichtet, die inzwischen kein T-Shirt mehr trug. Obwohl Mallory ihre nackten Brüste schon zweimal gesehen hatte, erschien es ihr, als sei dies das erste Mal.

„Nicht mich anschauen – hier geht es um dich. Siehst du, wie schön du bist?"

Dann umfasste sie Mallory von hinten und legte beide Hände auf ihre Brüste. Ihre Blicke begegneten sich im Spiegel, und Mallory spürte, wie etwas tief in ihrem Inneren pulsierte.

Bette streichelte sanft Mallorys Brustwarzen, die sich zusammenzogen, fest wurden. Gleichzeitig presste sie ihre Brüste gegen Mallorys Rücken. Mallory merkte, dass sie feucht wurde.

„Dreh dich um", flüsterte Bette. Mallory fühlte ihren Atem an ihrem Hals. Sie gehorchte, und als die Tänzerin die Lippen auf ihre presste, öffnete sie gierig den Mund. Plötzlich wurde ihr klar, dass sie diesen Moment seit ihrem ersten flüchtigen Kuss in der Toilette des Hotels herbeigesehnt hatte.

Bette zog sie aufs Bett, schob Mallorys Rock hinunter, dann ihre eigenen Jeans. Mallory war plötzlich unsicher. Erwartete Bette, dass sie sie anfassen würde? Sie wusste nicht, was sie tun sollte. Wie oft hatte sie Sex mit Männern gehabt, und jetzt, wo sie mit einer Frau im Bett war, wusste sie nicht weiter. Wie konnte das nur sein?

„Ganz ruhig", sagte Bette, als könne sie ihre Gedanken lesen. Mallory legte sich auf den Rücken, und Bette beugte sich über sie, berührte mit den Lippen ihre Brust. Alles fühlte sich so weich an, und Mallory, spürte, wie warm Bettes Mund war – sie empfand alles ganz anders als mit einem Mann. Bette umkreiste mit der Zunge Mallorys Brustwarze, biss dann vorsichtig zu. Gleichzeitig ließ sie beide Hände an den Innenseiten ihrer Schenkel hinabgleiten. Mallory hob ihr Becken an, schob ihren Slip hinunter. Sie erschrak darüber, wie sehr sie sich danach sehnte, Bettes Finger in sich zu spüren.

Die Tänzerin bewegte sich langsam abwärts, fuhr mit dem Mund über Mallorys Bauch, küsste und leckte sie immer weiter. Mallory bog den Rücken durch, krallte beide Hände in Bettes Haar. Immer näher kam deren Mund ihrer Pussy, und sie spannte alle Muskeln an. Aber warum hätte sie eigentlich nervös sein sollen? Schließlich war Bette auch eine Frau – der beste Grund dafür, sich völlig zu entspannen.

Dann kam der Moment: Sie spürte, wie Bettes Zunge ihre Klit berührte, sanft weiter nach unten glitt, den Eingang zu Mallorys Muschi fand und in sie eindrang, ganz tief. Mit einem Schrei bäumte sie sich auf, zog Bettes Kopf noch dichter zu sich heran. Bette leckte sie wieder, führte einen Finger in sie ein und hörte nicht auf, ihn rhythmisch zu bewegen. Vor und zurück, immer wieder.

„Oh, Gott!“ Mehr brachte Mallory nicht heraus. Sie spürte, wie ihr Innerstes Bettes Finger umschloss, dann wieder losließ, wie sich die Wellen der Lust in ihr aufbauten und ihren ganzen Körper durchströmten. Bette änderte ihre Position, schmiegte sich dicht an Mallory. Die intensive Liebkosung mit den Fingern unterbrach sie dabei nicht. Mallory küsste die vollen Lippen der Tänzerin, leckte sie, schmeckte dabei sich selbst im Mund dieser geheimnisvollen, unglaublich schönen Frau.

Bette schien zu spüren, dass Mallorys Orgasmus langsam abklang. Sie fuhr mit der Hand langsam außen an ihrer Pussy entlang, küsste ihre Brüste.

„Was soll ich jetzt tun?“, wollte Mallory wissen.

Bette sah sie an, ließ ihre Finger träge über Mallorys Oberschenkel gleiten.

„Warum schaust du mir nicht einfach zu?"

„Wirklich?"

„Ja. Du weißt doch, ich bin berühmt für meine Shows."

Die Tänzerin legte sich neben sie, öffnete ihre Beine. Mallory fühlte sich erst unbehaglich dabei, sie zu beobachten, doch sie wusste, dass es das war, was Bette wollte. Darum ließ sie deren Hände nicht aus den Augen. Bette umfasste ihre Brüste mit der linken Hand, saugte am Finger der rechten, rieb sich dann sorgfältig die Muschi ein. Zu ihrer Überraschung stellte Mallory fest, dass auch sie selbst wieder erregt wurde.

„Ich hab's mir anders überlegt", erklärte Bette, während sie mit den Fingern an ihrer Klit spielte. „Ich möchte, dass du mich berührst."

„Ich weiß nicht, wie das geht", erwiderte Mallory.

„Leg dich neben mich." Mallory gehorchte und schmiegte sich eng an die Tänzerin. Sie küssten sich, mit weit geöffneten Mündern, hungrig aufeinander. Mallory schob eine Hand zwischen Bettes Beine, um zu spüren, wie feucht sie war. Bette griff sie am Handgelenk und presste Mallorys Hand gegen ihre Pussy. Vorsichtig ließ Mallory einen Finger hineingleiten.

„Ja", stöhnte Bette, und Mallory spürte, wie ein aufregendes, wohliges Gefühl in ihr aufkam. Bette legte Mallorys Hand auf ihre Perle, massierte sie, führte dann Mallorys Finger wieder in sich ein. Mallory bewegte ihn hin und zurück, hinein und heraus, spürte, wie sich Bettes Inneres fest um sie schloss. Sie fragte sich, ob es sich wohl so für Alec anfühlte, wenn er dasselbe mit ihr machte.

Zitternd kam Bette zum Orgasmus, und als Mallory die Hand zurückzog, packte die Tänzerin ihre nassen Finger und drückte sie ihr gegen den Mund. Ihre Blicke trafen sich, hielten einander fest, und Mallory wusste, dass Bette wollte, dass sie ihren Finger ableckte, sie kostete. Kurz zögerte sie, dann leckte sie Bettes Feuchte von ihrer Hand. Bette setzte sich auf und küsste sie lange, zog sie dann zu sich hinunter in die Kissen.

„Ich stehe völlig neben mir“, gestand Mallory. Ihr Kopf ruhte an Bettes Schulter. Sie konnte spüren, wie deren Brust sich im Rhythmus ihrer Atemzüge hob und senkte. Und diese Intimität überraschte sie mehr als die sexuelle Begegnung, die gerade zwischen ihnen stattgefunden hatte. Sie dachte daran, wie sie Bette bei ihrem ersten Zusammentreffen wahrgenommen hatte, als unendlich abgehobenes Wesen, das fast nicht von dieser Welt schien. Und hier war sie nun, lag neben ihr im Bett.

„Warum? Weil ich eine Frau bin?“

„Na ja, schon. Und weil ich in den letzten vier Jahren mit niemand anderem als Alec Sex hatte.“

Bette drehte sich um, sah Mallory an. „Ich denke, du solltest ihm lieber nichts von uns beiden erzählen.“

„Das muss ich aber – so etwas kann ich einfach nicht für mich behalten und vor ihm verbergen. Das wäre ja, als hätte ich ihn betrogen oder so was.“

„Nimm's mir nicht übel, Süße, aber es ist sehr wahrscheinlich, dass er das als Betrug ansehen wird.“

„Nein, wird er nicht. Er wollte doch, dass ich mit dir schlafe.“

„Sicher – während er dabei ist. Ich verstehe ja, wie du denkst. Aber glaub mir, er wird es dir trotzdem übelnehmen.“

„Oh Gott. Das bedeutet, ich habe alles noch schlimmer gemacht. Nicht nur, dass wir uns nach unserem Streit versöhnen müssen – jetzt haben wir auch noch ein neues Problem.“

„Sag einfach, es lag am Wodka. Steckt nicht vielleicht auch in dir eine Russin? Außer, wenn ich meine Finger in dir habe, meine ich."

„Bette, das ist kein Spiel! Ich liebe Alec. Und ich will ihn nicht verlieren. Ich glaube, ich sollte das Problem von heute Abend mit ihm klären, den Streit beenden. Und ihm erst später erzählen, was zwischen uns beiden gelaufen ist."

„Das klingt nach einem guten Plan."

Beide lagen da und starten an die Decke.

„Übrigens bist du wirklich sexy", erklärte Bette, wandte sich Mallory zu und küsste sie auf die Wange. „Ich werde jetzt duschen und dann schlafen gehen. Um zwölf Uhr Mittag muss ich Agnes im Club treffen, für eine Kostümprobe, und dann eine neue Nummer üben, die ich morgen Abend zum ersten Mal auf die Bühne bringen will. Möchtest du auf der Couch schlafen? Du kannst auch gerne hierbleiben, wenn du magst. Allerdings muss ich zugeben, dass ich keine gute Bettgenossin bin, wenn es nur ums Schlafen geht."

„Die Couch wäre super", antwortete Mallory, wusste jedoch ganz genau, dass sie kein Auge zutun würde.

9. KAPITEL

Mallory warf ihre Tasche aufs Sofa, dann ihren Mantel obendrauf.

„Hallo? Alec, bist du da?"

Es war fast acht Uhr abends, und das Schweigen zwischen ihnen, das den ganzen Tag angehalten hatte, quälte sie. Sie konnte nicht eine Minute länger warten, sie musste den Streit beenden und einen Weg finden, wie es weitergehen sollte.

Mallory sank auf die Couch, versuchte sich zu erinnern, wann sie sich das letzte Mal so schrecklich müde gefühlt hatte. Vielleicht, als sie einmal in ihrem ersten Jahr die Nacht hatte durcharbeiten müssen. Oder an ihrem allerersten Wochenende mit Alec. Damals war sie so aufgeregt gewesen, neben ihm zu liegen, dass sie nicht schlafen konnte. Letzte Nacht war es ihr ähnlich ergangen – ab und zu war sie eingenickt, aber gleich wieder hochgeschreckt. Dann wurde ihr jedes Mal bewusst, wo sie sich befand. Ihr Körper hatte noch immer gebebt von Bettes Berührungen.

Auf Bettes Couch hatte sie unter dem Foto der Rothaarigen gelegen. Dann hatte sie geträumt, sie hätte sich das Haar gefärbt, es sei aber lila statt rot geworden. Die Kollegen in der Kanzlei hatten sie heimgeschickt und ihr befohlen, sie solle sich erst wieder blicken lassen, wenn sie wie eine Anwältin aussah. Also war sie gegangen, doch als sie im Traum zu Hause ankam, hatte sie sich in eine Doppelgängerin von Bette verwandelt, und Alec erklärte ihr, er könne nie eine Lesbe lieben.

Mallory hörte, wie der Schlüssel im Schloss umgedreht wurde. Dann kam Alec herein. Er freute sich sichtlich, dass sie da war.

„Hey", begrüßte er sie.

„Hey."

Er ließ sich Zeit damit, seinen Mantel in den Schrank zu hängen. Als er sich ihr zuwandte, war sein Gesichtsausdruck fröhlich, doch sie nahm deutlich wahr, dass er ihr mit vorsichtiger Zurückhaltung begegnete.

„Ich bin froh, dich zu sehen. Wir müssen reden", sagte er.

„Ich weiß."

Er kam durch das Zimmer auf sie zu, zog sie an sich. Wie gut war es, wieder von ihm gehalten zu werden, seinen vertrauten Geruch einzuatmen, seine Lippen zu spüren, mit denen er ihr über die Schläfe strich. So fühlt sich Liebe an, dachte sie.

„Das mit letzter Nacht tut mir schrecklich leid", erklärte er, als er sich neben ihr auf der Couch niederließ. „Ich habe völlig überzogen reagiert. Darüber habe ich nachgedacht, nachdem du gegangen warst, und eigentlich wollte ich dir eine SMS schicken. Aber dann habe ich mir überlegt, dass es besser ist, wenn wir beide uns bis zum nächsten Tag Zeit nehmen, uns zu beruhigen. Hast du bei Julie geschlafen?"

„Alec, ich habe ein richtig schlechtes Gewissen wegen letzter Nacht."

„Das Ganze war meine Schuld. Ich weiß doch, dass du nicht einfach so aufgibst, und wenn du dich in der Kanzlei gar nicht wohlfühlst, sprechen wir darüber und finden einen Weg, um das Problem zu lösen. Ich liebe dich – ich möchte, dass du in deinem Beruf genauso glücklich bist wie ich in meinem. Und ich dachte, das wäre für dich als Juristin der Fall. Nach all den Jahren, die du investiert hast, wirkt es einfach unüberlegt, wenn du plötzlich deine Meinung änderst."

„Ich weiß. Derselbe Gedanke ist mir auch gekommen. Aber bevor ich in der Kanzlei angefangen habe, hatte ich keine Vorstellung davon, was es wirklich bedeutet, als Anwältin zu arbeiten. Rechtswissenschaften an sich finde ich spannend, die Ideen, die dahinterstecken, sprechen mich an … Auch alles zu lernen hat mir Spaß gemacht. Aber ich möchte nicht mein ganzes Leben damit verbringen, das Recht anzuwenden. Deswegen denkt ein Teil von mir, wenn ich das jetzt schon weiß, warum sollte ich dann weitere fünf Jahre wissentlich den falschen Weg weitergehen? Wird es dann nicht noch schwerer und ist es nicht eine noch größere Zeitverschwendung, wenn ich mich später umorientiere?"

„Was würdest du denn stattdessen machen wollen?"

„Ich weiß es nicht."

„Dann wäre es, glaube ich, am besten, wenn du noch eine Weile darüber nachdenkst – schau einfach, ob dir eine Alternative einfällt. Bis dahin solltest du versuchen, im Job so gut zu sein wie bisher. Triff auf keinen Fall eine Entscheidung, bevor du nicht die Prüfung noch mal gemacht hast. Ich weiß genau, dass du sie mit ganz hervorragenden Ergebnissen schaffen wirst, und ich will, dass du diese Erfahrung machst. Dann wirst du dir auch die letzte Pleite nicht mehr so zu Herzen nehmen."

Wieder zog er sie an sich, küsste sie auf die Stirn, die Nase, die Lippen. Dann schob er eine Hand in ihre Bluse, und als er mit den Fingern über ihre Brustwarze strich, musste sie an Bette denken.

„Alec", sagte sie und zog sich zurück.

„Schon gut, Baby. Wir finden bestimmt eine Lösung", sagte er heiser und begann, ihr den Hals zu küssen.

„Warte – es gibt da noch etwas."

Sie nahm seine Hand in ihre.

„Letzte Nacht stand ich wirklich neben mir. Du und ich, wir sollten immer über Probleme sprechen können. Ich habe dir etwas gestanden, das ich mir sogar selbst nur schwer eingestehen konnte. Und du bist total ausgeflippt. Nach unserem Streit habe ich versucht, Julie zu erreichen, aber sie war nicht zu Hause. Allison auch nicht, ich war sogar bei ihrer

Wohnung. Hierher wollte ich nicht zurück, darum habe ich es bei Bette probiert und sie zum Glück auch erreicht."

„Du hast Bette Noir angerufen?"

„Ja. Gestern Mittag bei unserem Treffen hatte ich ihr erzählt, dass ich so unglücklich bin in meinem Job. Und sie war voller Verständnis."

„Nun, dann freut es mich, dass sie dir helfen konnte. Ein bisschen merkwürdig ist es schon, dass du dich gerade ihr anvertraut hast, aber was soll's." Er streckte die Hand aus, strich ihr übers Haar.

„Ja. Um ehrlich zu sein, ist da noch mehr gelaufen als nur Zuhören."

Er hielt in der Bewegung inne.

„Was meinst du damit?"

„Ich weiß wirklich nicht, wie ich es dir erklären soll, Alec. Ich war so aufgewühlt – nicht nur wegen unseres Streits gestern Abend, sondern auch, weil alles nicht so besonders gut läuft, seit ich nach New York gezogen bin."

„Was soll das heißen, seit du nach New York gezogen bist?"

„Es ist schwer zu erklären."

„Versuch's trotzdem."

„Ich finde, zwischen uns gibt es weniger Vertrautheit als vorher. Ich fühle mich wie ein Anhängsel in deinem Leben, nicht wie ein richtiger Teil davon. An meinem Geburtstag habe ich mich auf die Bühne ziehen lassen, weil ich wollte, dass du mich endlich wahrnimmst. Ich habe nicht das Gefühl, dass du mich noch so sehr begehrst wie früher."

„Meiner Meinung nach ist unser Sexleben so gut wie früher – wenn nicht sogar besser als jemals zuvor."

„Warum schaust du dich dann die ganze Zeit nach anderen Frauen um? Und warum bist du so scharf auf einen Dreier, als ob ich dir nicht genüge?"

„Alle Männer schauen sich nach anderen Frauen um. Das liegt in ihrer Natur. Und ich bin auch nicht von dem Gedanken besessen, einen Dreier zu haben. Ich denke einfach, es könnte interessant sein, und ich möchte diese Erfahrung mit dir zusammen machen. Wenn es nicht dazu kommt, ist das überhaupt nicht schlimm."

„So kommt das bei mir aber nicht an."

„Ich glaube, du denkst zu viel nach."

„Kann sein. Aber so empfinde ich es. Darum war ich letzte Nacht also ziemlich aufgewühlt. Dann bin ich zu Bette gefahren und habe ein bisschen was getrunken und dann … haben wir rumgemacht."

Auf Alecs Gesicht erschien ein merkwürdiges Lächeln. Er schüttelte den Kopf. „Wovon redest du?"

„Du hast schon richtig gehört. Wir haben rumgemacht."

Er rückte ein Stück von ihr ab, sah sie an wie eine Fremde. „Kannst du ein bisschen präziser werden?"

Mallory dachte daran, wie Bette ihr die Augen verbunden, ihr dann die Bluse aufgeknöpft hatte …

„Sie hat mich geküsst und … Ich habe ihr erlaubt, mich anzufassen."

„Das ist ja unglaublich. Du bist so eine verdammte Heuchlerin! Spielst die Beleidigte, wirst richtiggehend wütend, weil ich dir gegenüber zugebe, dass ich gerne eine andere Frau mit zu uns ins Bett nehmen würde – und die Betonung liegt hier auf *uns*. Dann rennst du beim allerersten Streit weg und hast Sex mit einer anderen Frau."

„Wir haben nicht … Wir hatten keinen Sex. Sex kann man das nicht nennen. Sie hat mich einfach angefasst … Keine große Sache."

„Bist du gekommen?"

„Was?"

„Hattest du einen Orgasmus?"

„Schon, aber …"

Alec sprang vom Sofa auf und rannte nach draußen, ins Schlafzimmer. Schlug die Tür hinter sich zu.

Oh, Gott. Mallory stützte den Kopf in die Hände. Bette hatte recht gehabt – das hier war eine absolute Katastrophe. Wie hatte sie so etwas nur tun können? Die ganze Zeit hatte sie befürchtet, er könne das Interesse an ihr verlieren. Die Verbindung zwischen ihnen könnte abreißen. Und dann zog sie los und hatte Sex mit jemand anderem. Aber zählte es denn wirklich, wenn diese andere Person eine Frau war? Sie, Mallory, war nicht lesbisch. Es bestand nicht das geringste Risiko, dass sie eine Beziehung mit Bette anfangen und Alec für sie verlassen würde. Das war schließlich das Grundproblem, wenn es um Untreue ging – die Gefahr, dass jemand seinen Partner wegen eines anderen Menschen verlassen würde. Bette bedrohte ihre intime Beziehung zu Alec nicht – wenn Mallory mit einem Mann geschlafen hätte, wäre das etwas anderes gewesen. Dann hätte sie sich in diesen Mann verlieben und eine Affäre mit ihm haben können. Was zwischen ihr und Bette geschehen war, bedeutete gar nichts. Und es war auch nicht das Gleiche, als wenn er Sex mit einer anderen Frau gehabt hätte, selbst in Mallorys Anwesenheit. Er, Alec, hatte Beziehungen zu Frauen; sie nicht, und es würde auch nicht passieren. Außerdem hatte nicht sie den Wunsch geäußert, ihr Sexleben aufzupeppen. Sie hatte sich die ganze Zeit auf ihn konzentriert, auf ihn und auf ihre Beziehung. Warum reagierte er also dermaßen böse darauf, dass sie etwas getan hatte, was ein wenig verrückt war? Hatte er nicht genau das von ihr verlangt? Mach was Außergewöhnliches – besuche Clubs wie The Slit. Sei nicht so engstirnig – lass mich Bette unter dem Tisch angrapschen. Sei experimentierfreudiger – lass mich dich in einer Damentoilette rannehmen. Aber genau in dem Moment, als sie die Abenteuerlust an den Tag legte, die er gefordert hatte, reagierte er mit einem Wutausbruch.

Sie folgte ihm ins Schlafzimmer.

„Der Heuchler von uns beiden bist ja wohl du!“, erklärte sie. „Du verlangst von mir, dass ich Dinge tue, bei denen ich mich unbehaglich fühle – nimmst mich an meinem Geburtstag mit in einen Club, in dem Frauen sich ausziehen, dabei weißt du noch nicht einmal, ob mir das überhaupt gefällt. Du willst, dass ich für dich strippe, als müsste ich mich mehr anstrengen, damit ich dein Interesse auch verdiene. Du küsst vor meinen Augen eine andere Frau, bittest mich, ich solle mich doch auf einen Dreier mit ihr einstellen, treibst es mit mir in einer Damentoilette, denn ansonsten wären wir ja ganz spießig zum Blümchensex nach Hause gefahren. Dann bietet sich mir die Gelegenheit, an meine eigenen Grenzen zu gehen, und ich nutze sie auch, und du kannst nicht damit umgehen!“

Er schüttelte den Kopf. „Du verstehst es einfach nicht. All diese Dinge hatten etwas mit uns als Paar zu tun, Mallory. Bei dem, was du gestern gemacht hast, ging es nur um dich. Aber du bist zu unsicher, um diesen Unterschied wahrnehmen zu können. Seit deinem Umzug hast du dich von meinem Leben hier bedroht gefühlt, von dem Leben, das ich mir aufgebaut habe. Ich freute mich darauf, dass du dein Studium abschließt und hierher zu mir kommst, damit wir alles teilen können. Ich konnte es kaum erwarten, bis du hier bist und wir diese Welt zusammen erforschen. Ich bin Journalist, Mallory. Immer auf der Suche nach neuen, spannenden Geschichten, nach einer neuen Perspektive auf das Leben.“

„Ich weiß ... Und genau das liebe ich ja an dir.“

„Das tust du, aber du empfindest es auch als Bedrohung. Deswegen rennst du plötzlich weg und machst etwas, von dem du weißt, dass es mir wehtun wird. Hast du überhaupt nur einen Augenblick lang darüber nachgedacht?“

„Nein … Ich meine, ich dachte nicht, dass es dich verletzen würde.“

Er schaute sie an, als habe sie ihn ins Gesicht geschlagen.

„Du … dachtest nicht, dass es mich verletzen würde?“

Sie fing an zu weinen, als sie begriff was für einen entsetzlichen Fehler sie gemacht hatte. „Nein, ich wusste es nicht.“

„Dann kennen wir einander nicht so gut, wie ich dachte. Vielleicht hattest du recht. Zwischen uns stimmt in letzter Zeit einfach die Chemie nicht mehr. Ich glaube, wir sollten etwas Zeit getrennt voneinander verbringen.“

Nun war es an ihr, ihn völlig verblüfft anzusehen.

„Du willst Schluss machen? Wegen so was?“

„Was genau meinst du mit ‚so was‘? Dass du mit jemand anderem geschlafen hast oder dass du dachtest, es würde mir nichts ausmachen? Oder dass zwischen uns kaum noch eine Verbindung besteht?“

„Du hast ganz einfach nur nach einem Vorwand gesucht, um dich von mir zu trennen.“

„Ich kann einfach nicht glauben, dass du das wirklich denkst. Aber wenn du die Sache so siehst, ist das wohl die beste Erklärung dafür, warum du mir den idealen Grund geliefert hast, das auch zu tun.“

„Gut. Dann gehe ich jetzt.“ Inzwischen schluchzte Mallory so sehr, dass sie kaum noch sprechen konnte. Sie warf irgendwelche Kleidungsstücke in einen Koffer.

Alec zog sich ins Wohnzimmer zurück. Sie saß auf dem Bett, holte stoßweise Atem und wählte Julies Nummer.

Poppy war hochzufrieden. Das Morticia-Addams-Kostüm erwies sich als voller Erfolg. Zumindest, wenn man die Reaktion des süßen Typen im Anzug dort in der ersten Reihe als Maßstab nahm. Sie hätte schwören können, sogar von der Bühne aus seine Erektion zu sehen.

Zu ihrer Überraschung setzte sich Bette nach der Show zu ihm und sprach mit ihm. Das passte so gar nicht zu ihr.

In der Garderobe wollte Poppy wissen: „Kennst du den Mann da in der ersten Reihe – den im Anzug?“

„Den Attraktiven meinst du?“

„Genau den. Vorausgesetzt natürlich, man steht auf diese Wall-Street-Typen.“

„Das ist Justin Baxter. Der war Stammgast hier, als das Blue Angel noch als Geheimtipp gehandelt wurde.“

Poppy hatte einiges von dieser frühen Phase gehört, bevor Agnes eine Geldstrafe dafür bezahlen musste, dass die Mädchen sich nackt auszogen und außerdem Alkohol ausschenkten. So ganz verstand Poppy die Regeln immer noch nicht, aber es hatte etwas mit einer Lizenz zu tun. Sie wusste auch, dass im The Slit Narrenfreiheit herrschte, weil man da ein paar juristische Tricks kannte. Doch so etwas kam für Agnes nicht infrage.

Bette fuhr fort: „Er und seine Frau sind Kunstmäzene. Sie können jemandem zu einer Karriere verhelfen: als Künstler, Schauspieler, Tänzer. Wenn die Baxters beschließen, dass du angesagt bist, dann bist du angesagt. Ich hätte hier keine Chance bekommen, wenn ich nicht vorher auf einer ihrer Partys gewesen wäre.“

„Was meinst du damit?“

„Ein- oder zweimal im Jahr trete ich bei einer von Baxters Privatpartys auf. Er und seine Frau haben jede Menge Kohle, und sie lieben es, das Geld auszugeben. In ein paar Wochen hat er Geburtstag, dann fliege ich mit nach L. A., wo seine Party steigt. Das wird der Wahnsinn. Die beiden führen eine … offene Beziehung. Und das ist noch harmlos ausgedrückt.“

Poppy hätte zu gern gewusst, ob Bette schon mit Justin Baxter im Bett war. Sie beschloss, sie danach zu fragen.

Schließlich hatten sie beide so etwas wie eine Affäre, oder? Dann konnte man solche Fragen stellen.

„Hattest du schon mal Sex mit ihm?"

„Natürlich nicht. Du weißt doch, ich schlafe nicht mit Männern. Vor allem nicht mit solchen, die zu uns in den Club kommen. Dir würde ich übrigens raten, das auch nicht zu tun."

Das schien Poppy ein bisschen dreist, aber im Moment lohnte es sich nicht, deswegen einen Streit anzufangen. „Was macht er denn beruflich?"

„Gar nichts."

„Er hat keine Arbeit?"

„Nicht dass ich wüsste. Sie hat Geld. Martha Pike. Schon von ihr gehört?"

„Nein – sollte ich?"

„Die Kegel-Queen? Sagt dir das nichts?"

Poppy schaute ihre Kollegin verwirrt an. Sie hatte keine Ahnung, wovon Bette sprach. „Kegel? Was ist das? Dieses jüdische Nudelgericht?" Seit ihrem Umzug nach New York hatte sie eine Menge über Juden gelernt. Daheim in Arkansas hatte sie nie einen kennengelernt.

„Poppy, ich muss mit dir reden", rief Agnes draußen vor der Garderobe.

„Nein. Das Gericht heißt ‚Kugel'. Frag doch mal die Chefin nach Kegeln. Ich habe alles, was ich darüber weiß, von ihr gelernt."

„Ich komme, Agnes", Poppy raffte ihren rosa Satinmantel zusammen. Sie hasste es, etwas nicht zu wissen. Und warum lud nie einer dieser schicken reichen Kerle sie auf eine Party ein? Sie fragte sich, wie viel diese Männer Bette wohl bezahlten.

„Agnes – was sind Kegel?", wollte sie wissen.

„Ach! Ihr kleinen Amerikanerinnen. Bringen euch eure Mütter denn gar nichts bei? Mit Kegeln trainierst du deine

Vagina, damit sie nicht zu sehr ausleiert. Zum Glück gibt es mich, sonst würdest du in zehn Jahren dumm aus der Wäsche gucken."

Aber das konnte Bette doch unmöglich meinen. Wie sollte die Frau von diesem Typen denn mit Kegeln für die Vagina steinreich geworden sein? Mit Kugeln, die man sich ...? Sie würde ihre Fragen in Zukunft geschickter stellen müssen.

„Hast du jemals von der Kegel-Queen gehört?"

„Natürlich! Ihr Mann war ein guter Kunde von uns. Sie hat einen kleinen Ball erfunden, den du dir reinsteckst, und dann drücken und schwupps, alles wird fest."

Herr im Himmel. Noch etwas, das sie ihren Freundinnen zu Hause erzählen konnte, damit sie große Augen machten.

„Nun zum Geschäftlichen. Kitty kann ab nächste Woche Shows übernehmen, aber ich brauche jemanden, der zwischen den Auftritten Kleidung wegräumt. Wenn wir niemanden finden, musst du das eine Zeit lang machen. Kitty ist sehr geduldig gewesen. Gestern hat sie mir vorgetanzt, und sie ist jetzt so weit. Sie hat euch alle unterstützt, und weil du die Letzte bist, die vor ihr hier angefangen hat, will ich, dass du jetzt ihr hilfst."

Poppy sagte nichts. Hätte sie den Mund aufgemacht, wäre etwas wie „Verarschen kann ich mich allein" dabei herausgekommen, aber Kraftausdrücke duldete Agnes nicht. Und Poppy fiel keine Antwort ein, die nicht mindestens ein Schimpfwort enthielt.

„Danke, Poppy. Gutes Kind. Also, nächsten Freitag hilfst du hinter der Bühne. Hoffentlich nur für eine Show, dann kommt ein neues Mädchen."

Die Tänzerin sah ihrer Chefin nach, als sie den Raum verließ. Dann wandte sie sich wieder der Garderobe zu, entschied sich aber dagegen, hineinzugehen. Wenn sie jetzt Kitty begegnete, würde sie womöglich explodieren.

Sie ging in den Zuschauerraum und setzte sich auf einen Stuhl. Ein paar Meter von ihr entfernt lief Mister Kegel persönlich auf und ab, sprach in sein Mobiltelefon. Die meisten Zuschauer hatten den Club inzwischen verlassen. Abgesehen von ein paar späten Gästen und Kitty Klitty, die weiterhin versuchte, Trinkgeld zu ergattern, waren nur noch sie beide anwesend. Er sah sie an, während er sein Gespräch beendete, und kam dann langsam zu ihr herüber.

„Ein gelungener Auftritt", sagte er.

„Schön, dass es Ihnen gefallen hat."

„Justin Baxter." Er reichte ihr die Hand.

„Poppy LaRue." Sie erwiderte seinen Händedruck. Er hatte schöne Augen, grau wie das Metall einer Pistole.

„Ich weiß. Sie haben sich schon einen Namen gemacht."

„Wirklich?"

„Aber sicher. Ich war ungefähr ein Jahr nicht mehr hier, aber ich muss doch sehen, wen Agnes sich inzwischen herangezogen hat." Das klang vielversprechend! Agnes konnte ihr eine schlechtere Position zuweisen, was eine einzelne Show betraf; aber das würde sie nicht mehr aufhalten – man hatte sie schon bemerkt. Poppy LaRue war auf dem Weg nach oben.

„Bei mir zu Hause steigt heute Abend eine kleine Party. Wollen Sie nicht mitkommen? Meine Frau freut sich immer, wenn neue Künstler zu uns finden."

„Gern. Ich muss mich nur schnell umziehen."

„Mein Wagen steht draußen. Ich warte auf Sie."

Poppy konnte spüren, dass er ihr nachschaute, als sie in die Garderobe zurückkehrte. Zu ihrer Überraschung hatte sie ein wenig Herzklopfen. Wollte er sich etwa an sie ranmachen? Gut, er hatte seine Frau erwähnt. Aber Poppy wusste ja von Bette, dass die beiden eine offene Beziehung führten. Nun ja, ihre Kollegin hatte auch gesagt, sie fange nie etwas mit Männern aus dem Publikum an. Aber war das überhaupt ihre Sache? Schließlich hatte Bette außerdem keinen Zweifel daran gelassen, dass sie sich für Mallory interessierte – einen Gast des Clubs! Wenn das keine Heuchelei war.

Poppy wünschte nur, sie hätte schickere Kleidung dabei. Doch woher hatte sie wissen sollen, dass sie nach der Show einen heißen reichen Typen nach Hause begleiten würde? Von jetzt an wollte sie immer auf alles vorbereitet sein. So hatte sie sich ihr Leben in New York vorgestellt – und ihre Arbeit im Blue Angel. Zum ersten Mal seit sie hierhergezogen war, fühlte sie sich wie jemand Besonderes. Daheim in Arkansas war das leicht gewesen – immer war sie die Schönste, die Abenteuerlustigste; und dank ihrer Großmutter, die aus Deutschland stammte und Filme liebte, auch die Kultivierteste. Sie wusste, dass Agnes bei ihrer ersten Begegnung davon beeindruckt gewesen war, dass sie den Film mit Marlene Dietrich kannte, den „Blauen Engel". Außerdem hatte niemand in ihrer Heimatstadt jemals etwas von der Burlesque gehört. Ihre Großmutter jedoch war in Berlin aufgewachsen und eine wahre Kosmopolitin. Ihr Einfluss war es, der Poppy letztendlich dazu bewegt hatte, nach New York zu gehen. Das Problem war nur, dass sie sich in der Großstadt unsichtbar fühlte. Hier stach sie nicht mehr aus der Menge heraus, war nicht länger die Interessanteste, die Ehrgeizigste. Nur eine unter vielen – bis vor zwei Wochen, bei ihrem ersten Auftritt auf der Bühne des Blue Angel. Jetzt war sie jemand. Justin Baxter hatte das gerade bestätigt.

„Wir gehen noch ins Bell Jar", informierte sie Bette.

„Danke, aber ich habe schon was vor." In Poppys Antwort schwang große Genugtuung mit. Bette war natürlich davon ausgegangen, dass Poppy auf sie wartete.

„Ach? Irgendwas Interessantes?"

„Justin Baxter hat mich zu einer Party bei sich zu Hause eingeladen", triumphierte Poppy.

„Keine gute Idee."

„Du bist doch nur eifersüchtig, weil er sich nicht mehr nur für dich interessiert."

„Und du hast keine Ahnung, wovon du hier redest", erwiderte Bette. „Aber gut – geh nur. Ich werde mich bemühen, dir nicht aufs Brot zu schmieren, dass ich dich ja gewarnt habe."

10. KAPITEL

Der Wagen hielt vor einem etwa sieben Meter hohen Aluminiumtor, das eher einer riesigen modernen Skulptur ähnelte als dem Eingang zu einem Haus.

„Wow“, meinte Poppy.

„Ich weiß. Wie ein Kunstwerk von Gaudí, oder?“, erwiderte Justin. Sie hatte keine Ahnung, wovon er sprach, nickte aber trotzdem. Das Ganze leuchtete geradezu. Dahinter befand sich die Glasfassade eines Gebäudes, das aussah wie eines der perfekten Häuser in einem Film von Woody Allen.

Obwohl es ihr während der Fahrt nicht schwergefallen war, sich mit Justin zu unterhalten, fühlte sie sich beim Anblick seines Palastes unwohl, und sie schwieg. Zum ersten Mal, seit sie das Blue Angel verlassen hatte, fragte sie sich, wovor Bette sie wohl hatte warnen wollen.

„Sieht ganz so aus, als hätte die Party ohne uns angefangen“, stellte er fest. Und wirklich, sie wurden von lauter Musik und von Gelächter begrüßt. Poppy versuchte, sich nicht anmerken zu lassen, wie sehr sie das riesige Eingangsfoyer beeindruckte. Dankbar dachte sie an ihre Unwissenheit in Sachen Kunst, denn ihr Gefühl sagte ihr, dass sie sonst nicht in der Lage gewesen wäre zu verbergen, wie sehr sie das alles überwältigte.

Dann sah sie es: ein riesiges Aquarium, das an der Decke hing. Nur enthielt es keine Fische – in dem Glaswürfel befand sich eine junge Frau. Sie trug ein Tanktop und Shorts im Camouflagelook; ihr dunkles Haar war zu einem hohen Pferdeschwanz zusammengebunden. Da oben schien sie sich wohlzufühlen: Sie blätterte in einem dicken Buch und lackierte sich die Fußnägel.

„Was … ist das?“, fragte sie Justin.

„Cool, oder? Martha und ich haben diese Idee sozusagen von dem Hoteleigentümer André Balazs geklaut – wir konnten einfach nicht widerstehen.“

„Das heißt, sie … wohnt hier?“

„Nein! Sie studiert an der Uni. Wir bezahlen sie stundenweise. So sind beide Seiten zufrieden – wir bekommen interessante Performances, und sie verdient Geld, während sie ihre Chemiehausaufgaben macht. Ich würde Ihnen ja gern eine Schicht anbieten, aber ich glaube, Ihren Stundensatz können wir uns nicht leisten.“ Er zwinkerte ihr zu.

Poppy war sprachlos.

Jemand nahm ihr den Mantel ab. Ein Butler? Gab es die noch?

„Bitte ziehen Sie die Schuhe aus, Madam“, forderte der Mann sie höflich auf.

Poppy sah Justin an.

„Ja, meine Frau ist sehr eigen, was ihre Fußböden betrifft. Allerdings haben die auch ein Vermögen gekostet, darum kann ich das nachvollziehen.“

Poppy beugte sich vor und kam der Aufforderung widerwillig nach. Zum Glück war sie mit hundertachtzig Zentimetern Körpergröße gesegnet und nicht auf ihre Absätze angewiesen. Allerdings sahen ihre Waden in High Heels um Längen besser aus. Zum Glück trug sie heute Abend Jeans.

Justin führte sie in ein riesiges Wohnzimmer, und sie begriff, was er mit seiner Bemerkung über die Fußböden gemeint hatte. Sie bestanden aus dem dunkelsten, glänzendsten Holz, das Poppy je gesehen hatte, hier und da bedeckt von weißen Flauschteppichen. Niedrige Sofas in blassen Farben standen neben kleinen Glastischen. Und tatsächlich, das halbe Dutzend Gäste, das sie sehen konnte, hatte ohne Ausnahme seine Schuhe abgegeben. Zu ihrer Zufriedenheit stellte

Poppy fest, dass keine der im Raum anwesenden Frauen sie überragte.

Sie versuchte zu erraten, welche der Damen in der Gruppe zu Justin gehörte. Vielleicht die sehr gut angezogene, etwas Ältere mit der sorgfältig hergerichteten blonden Frisur. Oder die andere Blondine – nicht so gestylt wie die Erste, doch mit einem sympathischen Lächeln und einem silberhellen Lachen, das im ganzen Raum zu hören war.

Doch dann sah Poppy sie – sie begrüßte ihren Mann mit einem Augenzwinkern und einem fast unmerklichen Winken. Sie war eine der unattraktivsten Frauen, die Poppy je gesehen hatte: stark übergewichtig, und ihr strähniges braunes Haar schien lange nicht mit Shampoo in Berührung gekommen zu sein. Ihre fetten Füße steckten in hässlichen Schuhen (waren das wirklich Schuhe?), die ihre Daseinsberechtigung geldgierigen Orthopäden verdankten. Und das Schlimmste: Ihr Gesicht erinnerte an Jabba The Hut aus Star Wars.

Die Frau hievte ihren Körper aus einem der cremefarbenen Sofas und schlenderte auf Justin und Poppy zu, um sie zu begrüßen.

„Poppy, das ist meine Frau, Martha. Martha, das ist Poppy LaRue – die neue Attraktion im Blue Angel."

„Herzlich willkommen! Schön, dass Sie heute Abend hergefunden haben." Sie nahm Poppy am Ellenbogen und führte sie durch das Zimmer, stellte sie den anderen Gästen vor. Jedem Namen ließ sie eine Erklärung folgen: „Poppy, das ist Alan Mackler, Chefredakteur bei Vanity Fair ..." Wenn sie nach ihrem Beruf gefragt wurde, antwortete sie: „Ich arbeite als Burlesque-Tänzerin." Dann nickten die Gäste, lächelten und warfen sich Blicke zu, in denen das Wort „Stripperin" zu lesen war.

Justin zeigte ihr die Bar, wo eine quirlige junge Frau namens McKenzie ihr ein Glas Champagner eingoss. Ihr Lieblingsgetränk, teilte Poppy Justin mit.

„Geben Sie mir eine Flasche, McKenzie. Die nehmen wir mit rauf aufs Dach – nur falls Martha nach mir sucht."

Poppy war erleichtert, das Salonzimmer zu verlassen. Und wenn sie ganz ehrlich war, sehnte sie sich danach, Justin für sich zu haben. Sie fand ihn scharf. Erst jetzt wurde ihr bewusst, wie gut er aussah. Sie mochte sein dickes, glänzendes braunes Haar und sein freches, beinahe teuflisches Grinsen.

Mit dem Aufzug fuhren sie ins oberste Stockwerk. Dort betraten sie eine Dachterrasse mit Swimmingpool.

„Schade, dass Sie uns zur falschen Jahreszeit besuchen – jetzt sehen Sie gar nicht, wie fantastisch es hier oben ist", erklärte er.

„Ich kann es mir auch so vorstellen. Unglaublich, dass Sie einen Pool haben! Ich wusste gar nicht, dass es so was in Manhattan überhaupt gibt."

Na, super. Dabei hatte sie doch die Abgeklärte geben wollen. Aber wie sollte das gehen? An so einem verrückten Ort war sie noch nie gewesen. Sie dachte an ihr winziges Apartment im East Village und zuckte dabei innerlich zusammen.

Er hielt ihr eine Hand hin, und sie legte ihre hinein. Als er seine Finger um ihre schloss, wusste sie: Sie musste Sex mit ihm haben. Schon lange war sie nicht mehr so wild auf einen Mann gewesen. Ganz anders als ihre Gefühle für Bette – da hatte Neugier mitgespielt und nicht zuletzt der Wunsch, Karriere zu machen. Was Justin betraf, empfand sie eine beinahe animalische Lust, so stark, dass sie fürchtete, die Kontrolle zu verlieren. Sie fand es ein klein wenig unheimlich mit ihm und zugleich unglaublich aufregend – es war eine Achterbahnfahrt der Emotionen.

„Hier draußen ist es eiskalt – wir sollten lieber wieder reingehen."

Poppy ließ sich zurück zum Aufzug führen. Sie kehrten nicht ins Erdgeschoss zurück, sondern stiegen im dritten Stock aus.

Poppy wusste: Sie befanden sich auf dem Weg in sein Schlafzimmer. Ihr machte das nicht das Geringste aus. Blieb die Frage – galt das auch für Martha?

Die Schlafzimmereinrichtung bestand aus dunklem Holz und Chrom. Eine Wand war ganz und gar verspiegelt, ebenso die Decke. Poppy spürte bereits, wie sie feucht wurde. Und danach zu urteilen, was sie zwischen Justins Beinen sah, hatte er eine Erektion – schon wieder.

Er schloss die Tür.

„Ich wünschte nur, ich hätte auch hier so einen Glaskasten und könnte dich die ganze Nacht ansehen", erklärte er. „Nachdem ich dich gefickt habe natürlich."

Poppy sah ihn verblüfft an. Seine Worte machten sie noch wilder.

„Zeig mir, was du unter den Jeans anhast", verlangte er. Sie zog sich aus, stand im schwarzen BH und schwarzem Spitzentanga vor ihm.

„Mein Gott, du bist einfach perfekt", murmelte er. Das war Musik in ihren Ohren. Sie ließ zu, dass er einen ihrer BH-Träger herunterschob, sodass eine Brust zum Vorschein kam. Während er mit einer Hand ihren Hintern umfasste, saugte er an der Knospe.

Dann begann er, sie auf den Mund zu küssen, und Poppy konnte durch seine Hosen hindurch fühlen, wie sehr ihn erregte, was sie da taten. Mit der Hand fuhr sie seinen Penis entlang, von unten nach oben. Ein riesiges Teil – das machte sie ein wenig nervös. Hoffentlich wollte er nicht, dass sie ihm einen blies. Bei Blowjobs mochte sie es nicht, wenn ein Mann zu gut ausgestattet war. Und damit musste sie bei Justin Baxter offensichtlich rechnen. Sie war sich nicht einmal sicher, ob es sich gut anfühlen würde, wenn er sie nahm. Aber er war so sexy, dass es auf einen Versuch ankam.

„Aufs Bett", befahl er mit rauer Stimme.

Sie gehorchte. Ein seltsames Gefühl, in Unterwäsche auf der teuren Tagesdecke zu liegen. Und würde sich seine Frau nicht fragen, wo sie steckten?

„Auf den Bauch", wies er sie an.

Sie tat, was er wollte.

Er kniete sich neben sie, zog ihr langsam das Höschen herunter. Behutsam schob er ihre Beine auseinander, und Poppy spreizte sie für ihn, fühlte sich in dieser Position jedoch etwas unwohl. Jetzt verschwand er mit dem Gesicht zwischen ihren Beinen, drang erst mit der Zunge, dann mit einem Finger in sie ein. Sofort wurde sie noch feuchter.

„Ich würde dich gern ein bisschen festbinden – ist das in Ordnung?", wollte er wissen.

„Hm, keine Ahnung", antwortete sie mit einem gewissen Unbehagen.

„Nur ganz locker – wirklich bloß zum Spaß. Wenn es dir nicht gefällt, kannst du deine Arme jederzeit frei bekommen."

„Hm, in Ordnung."

Von einem Nachttisch griff er sich eine mit rotem Satin beklebte Schachtel.

„Ich möchte dir die hier aufsetzen." Es war eine schwarze Schlafbrille, wie man sie im Flugzeug benutzte.

„Justin …" Sie wusste natürlich von solchen Praktiken, hätte aber nie gedacht, dass sie das einmal selbst tun würde.

„Lass es uns ausprobieren. Wenn es gar nichts für dich ist, nehmen wir sie einfach wieder ab. Gar kein Problem. Es wird mich unglaublich heiß machen, wenn du weißt, dass ich dich ansehe, während deine Augen verbunden sind. Wenn du nur spüren kannst, was ich mit dir mache."

Nun, das klang doch schon ganz anders!

„Okay“, sagte sie.

Sie setzte sich auf, und er schob ihr die Brille über die Augen, bewegte das Gummiband vorsichtig, damit es sich nicht in ihren Haaren verfing.

„Leg dich wieder hin“, sagte er leise. Sie ließ sich wieder auf dem Bauch nieder. „Streck die Arme aus.“ Sie gehorchte, und er band sie vorsichtig am Bettpfosten fest. Es war erschreckend, wie sehr es sie erregte, sich so ausgeliefert zu fühlen. Ihre Erwartung steigerte sich mit jeder Sekunde, und Poppy wusste, sie würde zum Orgasmus kommen, sobald er sie wieder berührte.

Minuten vergingen, ohne dass er sie anfasste. Sie wollte etwas sagen, fürchtete jedoch, damit die Stimmung zu zerstören. Also wartete sie. Lange.

Endlich, seine Zunge. Er leckte ihre Pussy, unendlich sanft. Sie stöhnte, konnte die Spannung jedoch nicht mehr aushalten. Er musste sie jetzt ficken, sonst würde es unerträglich.

Sie wollte ihn in sich spüren.

„Fick mich“, flüsterte sie.

„Ich möchte, dass dir für einen Orgasmus genügt, was ich gerade mit dir mache“, erwiderte er.

„Ich weiß nicht, ob ich das kann.“

Poppys Becken bewegte sich wie von selbst. Sie spürte, wie ihr Gehirn langsam herunterzufahren schien, wie immer, wenn sie ganz auf ihren Körper konzentriert war. Sie spürte einen Finger in sich, vielleicht sogar zwei. Stöhnte.

„Ich will, dass du kommst“, erklärte er. „Und wenn es so weit ist, will ich, dass du es mir sagst.“

Sie spürte, wie sich in ihr ein Orgasmus aufbaute, während seine Finger in sie glitten und ihre Klitoris berührten. Auch ihrer Rosette widmete er sich, drang aber dort nicht in sie ein.

Trotzdem reichten die Berührungen, um sie zum Höhepunkt zu führen.

„Ich komme“, keuchte sie. Plötzlich riss er ihr die Maske herunter – er befand sich direkt vor ihr. Aber das konnte nicht sein, denn sie spürte noch immer seine Finger in sich, die er im Rhythmus ihres Höhepunktes bewegte. „Was ist los?“ Sie drehte sich um, so gut es ging – ihre Arme waren noch festgebunden.

Oh nein.

Am Fußende des Bettes stand Martha über sie gebeugt. Sie starrte Poppys Hintern an, ihre Pussy. Das Entsetzen der jungen Frau bemerkte sie nicht.

„Aufhören!“, schrie Poppy. Gleichzeitig spürte sie, dass die wohltuenden Zuckungen tief in ihr weiter anhielten. Justin trat hinter sie, nahm den Platz seiner Frau ein. Sie fühle die Spitze seines Schwanzes am Hintern, dann rieb er ihn an ihren nassen Schamlippen – sie hätte jetzt gar nicht aufhören können.

„Ich will dich ficken“, stöhnte er, und sie spürte seinen Atem an ihrem Hals, seinen Körper an ihrem, einen seiner Arme unter sich. Er hob ihr Becken in die richtige Position. „Und Martha wird uns dabei zusehen“, erklärte er.

Sein Schwanz befand sich direkt an ihrer Pussy, rieb sich daran, drang jedoch nicht in sie ein. In Poppys Kopf drehte sich alles, aber ihr Körper strebte zu seinem hin.

„Willst du, dass ich dich ficke?“, fragte er.

„Ja“, hauchte sie. Mit einem kräftigen Stoß drang er in sie ein, und sie keuchte auf, weil er so riesig war. Er bewegte sich jedoch so langsam, dass sie sich daran gewöhnte.

Martha band Poppys Handgelenke los.

„Knie dich hin“, befahl er. Sie gehorchte, und in dieser Position, mit dem Hintern in der Luft, spürte sie, wie er immer schneller in sie hineinstieß. Sie wusste, er würde jeden

Moment zum Höhepunkt kommen – das tat er auch, sehr geräuschvoll.

Dann zog er sich zurück, und sie drehte sich sofort auf den Rücken. Sie schaute zu Martha hinüber, die auf einem Stuhl hockte, mit glasigen Augen und schlaff herabhängendem Mund. Poppy zog die Tagesdecke über sich.

„Jetzt kannst du ein bisschen Zeit für dich haben“, meinte Justin. „Das Badezimmer ist gleich hier, nur durch diesen Flur. Lass dir Zeit. Wir gehen schon mal nach unten. Hoffentlich kannst du noch auf einen Drink bleiben. Die Nacht ist ja noch jung.“ Er zwinkerte ihr zu, ließ Martha den Vortritt.

Dann fiel die Tür hinter den beiden ins Schloss. Als Poppy sicher sein konnte, dass sie gegangen waren, suchte sie auf dem Boden nach ihrer Handtasche. Hoffentlich hatte sie ihr Schminkset und den Eyeliner dabei, denn nach dieser wilden Nummer musste sie sich erst mal wieder herrichten.

Dann entdeckte sie, was am Fußende für sie bereitlag: fünf Hundertdollarscheine, wie ein Fächer ausgebreitet.

Diese perversen Schweine!

11. KAPITEL

Mit ein paar Handgriffen ließ sich Julies Couch in ein Queen-Size-Bett verwandeln. Wie überaus praktisch, dachte Mallory, während sie ihrer Freundin dabei half, die Laken darauf auszubreiten.

„Vielleicht ist der Vorschlag mit der Beziehungspause gar nicht mal die schlechteste Idee", meinte Julie, strich die Decke glatt und legte sich darauf. Mallory wusste, dass sie ihre Freundin weit über deren übliche Schlafenszeit hinaus auf den Beinen hielt. Aber dafür waren Zimmergenossinnen aus der Collegezeit schließlich da, oder?

„Wie kannst du nur so was sagen? Ich liebe ihn doch. In welchem Universum ist es eine gute Idee, eine Beziehungspause einzulegen, wenn man sich liebt?" Sie schniefte und nahm ein neues Taschentuch.

„Ich weiß es nicht. Du hast mir auch noch gar nicht erzählt, warum er eigentlich Schluss gemacht hat."

Oje. Aus dieser Nummer komme ich nicht heraus, dachte Mallory.

„Alles fing vorgestern Abend an. Da habe ich ihm gesagt, dass ich mir nicht sicher bin, ob ich wirklich als Anwältin arbeiten möchte. Er machte mir Vorwürfe, zeigte kein Verständnis. Er hat mich kritisiert und behauptet, dass ich aufgebe, weil es mir zu anstrengend wird."

„Der Typ kann so gemein sein! Das macht mich wirklich wütend."

„Ich weiß. Also habe ich die Wohnung verlassen …"

„Es tut mir leid, dass ich nicht ans Telefon gegangen bin! In letzter Zeit schlafe ich immer schon um acht. Wie im Abschlussjahr an der Uni. Aber jetzt weiter."

„Allison und dich konnte ich nicht erreichen, darum habe ich Bette angerufen, diese Tänzerin aus dem Blue Angel."

„Warum das denn?"

„Ich hatte mich schon früher am Tag mit ihr getroffen ... Und sie war so verständnisvoll, als ich ihr von meinen Sorgen wegen des Jobs erzählt habe. Darum habe ich ihr eine Nachricht geschickt, und sie war zu Hause, und dann haben wir zusammengesessen und ... miteinander rumgemacht."

Julie sagte eine ganze Weile gar nichts. Nach einer Weile meinte sie: „Mal, ich glaube, du solltest eine Therapie machen."

„Was? Kommt gar nicht infrage!"

„Doch. Da ist doch nichts dabei, Liebes. Wir werden dich unterstützen. Ich helfe dir, eine gute Therapeutin zu finden. Du hast ganz offensichtlich eine Identitätskrise."

„Ganz bestimmt nicht. Die Krise kriege ich höchstens, weil mir weder mein Freund noch meine beste Freundin zuhören!"

„Was hast du dir denn vorgestellt, wie Alec darauf reagiert? Seine Freundin, mit der er vier Jahre zusammen ist, bekommt plötzlich lesbische Anwandlungen, und da soll er vor Freude in die Luft springen?"

„Er ist doch derjenige, der sich ständig wünscht, dass ich Sex mit Frauen habe! Er wollte einen Dreier, er hat mich zu dieser Burlesque-Show mitgenommen. Hat mich sogar früher aus der Kanzlei geholt, damit ich wie eine Statistin bei dem Interview sitze."

„Okay, ich meine ja auch nur, dass diese ganze Entwicklung nicht gut für euch ist. Wenn du möchtest, dass es zwischen dir und Alec funktioniert, musst du dich diesen seltsamen Einflüssen entziehen."

„Als ich mich jeden Abend zu Hause auf mein Examen vorbereitet habe, hat er mich immer angeschaut, als wäre ich die größte Langweilerin aller Zeiten und nicht in der Lage, mit seinem Lebensstil Schritt zu halten. Jetzt, wo ich sozusagen die Bühne betreten habe, fühlt er sich bedroht. Das ist alles so furchtbar.“

„Dann stimmt es doch, was ich gesagt habe – vielleicht gar keine schlechte Idee, wenn ihr ein wenig Zeit getrennt voneinander verbringt. Du bist gerade erst in New York angekommen, ordnest dein Leben neu. Wie sollst du sagen können, ob Alec da reinpasst, wenn du noch nicht einmal sicher weißt, was du willst? Wenn es so sein soll, findet ihr beide wieder zusammen. Eine Trennung kann einer Beziehung richtig guttun. Dann sieht man viel klarer.“

„Vielleicht.“

„Aber wie auch immer, ich finde, du musst dich auf alle Fälle von diesem Unsinn mit dem Stripclub verabschieden und überlegen, was du beruflich tun willst.“

„Das ist kein Stripclub. Und selbst wenn es einer wäre, verhältst du dich total spießig. Das Blue Angel trifft keine Schuld. Das Problem ist nur durch unseren Besuch dort zutage getreten.“

„Wie würdest du dich denn fühlen, wenn Alec nach einem Streit die Wohnung verließe und mit jemand anderem Sex hätte?“

„Ich habe nie von ihm erwartet, dass er es akzeptiert, wenn ich mit einer Frau schlafe. Er ist es gewesen, der mich in diese Richtung getrieben hat. Und meiner Meinung nach ist es heuchlerisch, dass Sex mit einer anderen Frau in Ordnung geht, wenn er zu seinem Amüsement und vor seinen Augen stattfindet, aber nicht, wenn es um eine persönliche Erfahrung geht.“

„Hast du ihm das denn so gesagt?“

„Nein. So weit hatte ich das Ganze noch nicht für mich sortiert. Bette hatte mich gewarnt, es würde ihm nicht gefallen, aber ein Teil von mir glaubte, wir könnten die Sache in aller Ruhe besprechen und es gäbe kein großes Drama. Aber er hat sofort nach einer Beziehungspause geschrien, deshalb bin ich so fassungslos."

Julie sah sie an. Deutlich war Mitleid in ihren braunen Augen zu erkennen. Sie nahm liebevoll Mallorys Hand.

„Du musst erst mal alles für dich selbst ordnen, bevor du Teil eines Paares sein kannst. Jetzt versuch zu schlafen. Du kannst hierbleiben, solange du willst. Für deine Klamotten machen wir Platz im Schrank neben dem Badezimmer."

„Danke, Julie. Du bist einfach die Beste."

„Ich gehe jetzt in mein Zimmer. Komm ruhig hin, falls du mich brauchst. Den Kaffee für morgen früh bereite ich vor. Und den Ersatzschlüssel lege ich auf die Anrichte." Sie küsste ihre Freundin auf die Stirn.

Mallory schaute zu ihrer noch nicht ausgepackten Reisetasche. Sie hatte weder den Kopf noch die Kraft, sich diesen Dingen zu widmen. Jetzt, wo Julie sie alleingelassen hatte, fühlte sie sich unbeobachtet genug, um wieder weinen zu können. Also tat sie es.

Wie sollte sie nur schlafen können? Ihr ganzes Leben hatte sich in eine Katastrophe verwandelt. Und beim Gedanken daran, um halb sieben aufstehen zu müssen und in die Kanzlei zu hetzen, krampfte sich ihr Magen zusammen.

Ein leiser Piepston sagte ihr, dass sie eine SMS bekommen hatte. *Alec!* Mallory wühlte in ihrer Handtasche und brachte ihr Handy zum Vorschein.

Wir sind in der Luna Lounge – komm doch dazu. Bring deinen Freund mit, wenn du magst. LG Bette.

Bette. Mallory tippte eine Antwort. *Haben uns getrennt. Hölle.*

Während sie auf Antwort wartete, konnte sie nicht widerstehen, schickte auch Alec eine Nachricht. *Das ist doch alles sinnlos so, Alec. Lass uns reden. Bitte ruf mich an.*

Als das Signal wieder ertönte, war es Bette.

Swoboda! Rumsitzen und Heulen zwecklos. Schwing deinen süßen Po in ein Taxi. Hier wartet ein Drink auf dich.

Gegen ihren Willen und trotz ihrer Tränen musste Mallory lächeln.

Im nächsten Moment zog sie sich ihre Schuhe an.

„Die Männer sind doch alle Heuchler. Austeilen geht immer, aber Einstecken ist nicht drin“, erklärte Bette, während sie einen Wodka hinunterkippte. Mallory konnte einfach nicht begreifen, wie es der Tänzerin gelang, solche Mengen Alkohol zu konsumieren, ohne jemals betrunken zu wirken. Oder wie sie es anstellte, bei jeder Begegnung noch umwerfender auszusehen als bei der letzten. Ihre blasse, cremefarbene Haut war ein vollkommener Kontrast zu ihrem schwarzen Haar, einfach überwältigend. Einmal mehr spielte Mallory mit dem Gedanken, ihr Haar rot zu färben. So schön wie Bette würde sie nie sein, aber deren Gesellschaft trieb sie zumindest an, es zu versuchen.

„Du hattest recht. Du hast mich noch davor gewarnt, Alec etwas zu sagen. Aber ich hätte nicht mit einer Lüge leben können – und damit, dass etwas so Großes zwischen uns steht.“

„Dann lass die Angelegenheit fürs Erste ruhen. Der beruhigt sich schon wieder. Sieh zu, dass dir nicht langweilig wird. Weißt du, was du machen solltest? Mich morgen zu meiner Kostümprobe begleiten. Agnes ist einfach ein Genie. Sie näht gerade ein unglaubliches Kleid für mich.“

„Was wird es denn genau?“, wollte Mallory wissen. Sie zögerte noch. Schließlich konnte sie nicht einfach von der Arbeit wegbleiben … Oder etwa doch?

„Alice im Wunderland. Und als Soundtrack benutze ich ‚Through The Looking Glass‘ von Zebra.“

Zebra war eine von Mallorys Lieblingssängerinnen – und

so ging es Millionen anderen. Immerhin handelte es sich um den berühmtesten Popstar des Landes. Über eins achtzig groß, androgyn, mit Verwandtschaft aus aller Herren Länder und einem Kleidungsstil, der Lady Gaga wie die brave kleine Schwester der Queen erscheinen ließ. Sie gab nie Interviews, mit einer Ausnahme: im *Rolling Stone*, als ihr allererstes Album erschien. Von Billy Barton wusste Mallory, dass Zebra das Angebot abgelehnt hatte, auf dem Cover von *Vanity Fair* zu erscheinen und eine Mode-Fotostrecke mit der *New York Times* zu machen.

„Morgen muss ich in die Kanzlei."

„Kannst du dich nicht krank melden oder so?"

Die Versuchung war groß. Das hatte Mallory noch nie getan. Und schließlich ging gerade eine fiese Grippe um.

„Vielleicht."

„Hey, ich habe eine fantastische Idee: Ich werde dafür sorgen, dass du bei der Show morgen Abend mitmachst."

„Sehr witzig."

„Ich meine es ernst. Kitty Klitty tritt jetzt auch auf, Agnes kann sie einfach nicht mehr zurückhalten. Sie braucht jemanden, der hinter den Kulissen ein bisschen mithilft – also ein süßes Kostüm trägt und zwischen den Auftritten die Klamotten wegräumt."

„Bette, rede keinen Quatsch."

„Das wäre so cool! Du musst etwas Neues ausprobieren, damit du nicht in Selbstmitleid versinkst. Komm morgen um zwölf in den Club, dann sprechen wir mit Agnes."

Unauffällig schaute Mallory auf das BlackBerry in ihrer Handtasche. Keine Nachricht von Alec.

„Ich werde darüber nachdenken", sagte sie.

„Bette, wo soll das noch mit dir hinführen? Sogar für eine Kostümprobe brauchst du Publikum", erklärte Agnes, während sie Stecknadeln an dem Bustier aus blauem Satin befestigte, das an Bettes Oberkörper geheftet war.

„Mallory gehört nicht zum Publikum, Agnes. Ich habe sie deinetwegen mitgebracht."

Ihre Chefin warf Mallory, die auf einem Klappstuhl in der Garderobe hockte, einen raschen Blick zu.

„Was soll ich denn mit ihr?"

„Sie wird heute Abend Kitty vertreten."

„Dafür habe ich schon Poppy", antwortete Agnes sofort. Mallory hatte erwartet, sie werde lachen, schimpfen oder schreien – in irgendeiner Form reagieren, die deutlich machte, dass die Idee völlig absurd war. „Du weißt doch genau: Poppy will das nicht machen. Sie empfindet es als Herabstufung. Ich wäre nicht mal überrascht, wenn sie gar nicht auftaucht."

„Das wäre aber sehr dumm von ihr – außer, sie legt keinen Wert darauf, jemals wieder hier aufzutreten."

„Ich sage ja nur, dass sie nicht will. Warum also nicht den einfachen Weg wählen und Mallory die Vertretung machen lassen?"

Agnes begutachtete Mallory von Kopf bis Fuß.

„Woher soll ich denn wissen, dass sie das überhaupt kann?"

„Sie ist Anwältin – da darfst du, glaube ich, davon ausgehen, dass sie es hinbekommt, ein paar Kleidungsstücke aufzuheben. Und sie ist sexy – dafür verbürge ich mich." Bei diesen Worten zwinkerte Bette Mallory zu.

Agnes rollte mit den Augen.

„Sie sind Anwältin?", wandte sie sich an Mallory.

„Ja."

„Eine Juristin könnten wir gut gebrauchen. Aber ein kluger Kopf hilft einem auf der Bühne nicht notwendigerweise. Dafür braucht man Mumm – *moxie* hat man das früher genannt. Und Sie wirken wie eine stille graue Maus."

„Du hast aber doch gesehen, wie ich sie neulich zu mir raufgeholt habe. Sie hat sofort mitgemacht und es fantastisch hingekriegt."

„Das waren *Sie*?"

Mallory nickte.

„Nun gut. Sie sollen Ihre Chance bekommen. Aber nur eine. Also legen Sie sich ins Zeug. Was wollen Sie anziehen?"

„Darum kümmere ich mich", erklärte Bette. „Sorg du inzwischen dafür, dass mein Kostüm bis heute Abend fertig wird."

„Erzähl mir nicht, was ich zu tun habe", erwiderte Agnes ärgerlich. „Sie tritt in meiner Show auf, und alles, was auf dieser Bühne passiert, ist meine Sache – bis hin zu der Slipeinlage, die du in deinem süßen kleinen Tanga trägst. Also, Frau Anwältin, wie soll Ihr Outfit sein?"

„Das … weiß ich noch nicht genau", antwortete Mallory mit einem hilflosen Blick zu Bette.

„Wir waren doch gerade erst bei La Petite Coquette", erklärte die Tänzerin ihrer Chefin. Dann sagte sie zu Mallory: Du wirst den Strumpfhalter und das Korsett anziehen."

Nur den Strumpfhalter und das Korsett, sonst nichts? Doch Mallory hütete sich, in Anwesenheit der Chefin zu protestieren.

Dann hörte Mallory, wie sich draußen High Heels näherten, und im nächsten Moment erschien Poppys blonder Kopf in der Türöffnung.

„Habe ich doch richtig gehört. Was geht denn hier vor?", wollte sie wissen.

„Wir verwandeln Bette in Alice im Wunderland", erklärte Agnes.

Poppy warf Mallory einen Blick zu, doch sie schien ihr kein Hallo wert.

„Wie war es denn auf der Party bei Justin Baxter?", erkundigte sich Bette. Eine Röte überzog Poppys Wangen.

„Gut."

Bette zog die Augenbrauen hoch, sagte jedoch nichts.

„Also, Poppy, du hast Glück: Mallory übernimmt heute Abend für dich", teilte Agnes ihr mit.

„Was soll das denn heißen?"

Poppys Gesichtsausdruck ließ Mallory vermuten, dass sie nicht mit Dank zu rechnen hatte.

„Sie vertritt heute Abend Kitty."

„So etwas Verrücktes habe ich noch nie gehört. Solltest du nicht bei der Arbeit sein?"

„Ich habe mir einen Tag freigenommen", erklärte Mallory.

„Du kennst doch das Sprichwort vom geschenkten Gaul, dem man nicht ins Maul schaut", meinte Agnes.

„Solche Redensarten liebt unsere Chefin", sagte Bette.

Poppy wandte sich um und verließ den Raum.

„Warum hasst sie mich nur so sehr?", wollte Mallory wissen.

Agnes sah sie eindringlich an. „Offensichtlich sieht sie etwas Besonderes in Ihnen. Ich hoffe nur, dass ich das heute Abend auch entdecke."

Poppy zog die Tür von Agnes' Büro hinter sich zu und trat an den Computer auf dem Schreibtisch. Schnell rief sie Google auf. Tippte „Mallory Dale, Anwältin" ins Suchfeld ein.

Treffer. Der Name „Reed, Warner, Hardy, Lutz und Capel" erschien auf dem Bildschirm, zusammen mit Mallorys, als Junioranwältin. Und da war die Telefonnummer. Poppy gab sie in ihren BlackBerry ein und loggte sich aus. Mit dem Wählen wartete sie, bis sie den Raum verlassen hatte.

12. KAPITEL

Mallory hielt die Luft an, während Bette sie einschnürte.

„Ganz normal weiteratmen. Sonst wird es zu eng.“ Bette sah sie im Spiegel an. „Du siehst umwerfend aus. Du bist einfach wie gemacht dafür, solche Wäsche zu tragen.“

Sie zog die letzten Bänder fest, trat dann einen Schritt zurück, damit Mallory sich selbst begutachten konnte. Ohne Frage, sie sah unglaublich aus – wirklich unglaublich; sie konnte kaum fassen, dass sie die Frau sein sollte, die sie dort im Spiegel sah. Die schwarze Satinkorsage saß an ihrem Körper wie eine zweite Haut. Ihre Taille umschloss der schwarze Spitzengürtel, an ihm waren Netzstrümpfe befestigt. Agnes hatte gewollt, dass sie nur Pasties, einen Slip und die Strapse mit den Strümpfen trug, aber das hätte sie nicht fertiggebracht.

„Größe 39?“ Agnes erschien neben ihr, hielt ihr ein paar Stilettos aus rotem Kunstleder hin, deren Absätze mindestens fünfzehn Zentimeter hoch waren.

„Ja! Woher wissen Sie das?“

Die Polin rollte mit den Augen. „Ziehen Sie die an.“

Mallory gehorchte. Sie fühlte sich wie das Mädchen Dorothy in einer bizarren Version des *Zauberers von Oz*.

„Wie lautet Ihr Künstlername?“, fragte Agnes.

„Keine Ahnung. Darüber habe ich noch nicht nachgedacht.“

„Sie brauchen einen. Oder meinen Sie, ich kann Sie als Mallory Dale ankündigen? In fünf Minuten muss ich es wissen.“

Mallory warf Bette einen hilflosen Blick zu, aber die war damit beschäftigt, ihr sexy Alice-Kostüm nochmals zu überprüfen. Es sah fantastisch aus: Agnes hatte ein hellblaues Satinbustier genäht, dazu einen kurzen blauen Rock mit weißer Krinoline darunter. Außerdem trug Bette lange weiße

Strümpfe mit Schleifen an den Oberschenkeln und Mary Janes mit über 20 Zentimeter hohen Absätzen. Ihr dunkler Bob war unter einer langen blonden Perücke verborgen. Mit dem hellen Haar und ihrer ebenso blassen Haut wirkte sie so ätherisch wie das junge Mädchen, das die Rolle der Alice in Tim Burtons Verfilmung gespielt hatte.

„Wow. Dieser Anblick würde sogar dem weißen Kaninchen einen Steifen bescheren“, sagte Kitty und gab Bette einen Klaps auf den Po.

„Fünf Minuten, dann brauche ich den Namen“, wiederholte die Chefin.

„Den hast du ihr doch längst selbst gegeben“, meinte Bette.

„Habe ich nicht.“

„Doch, natürlich: Moxie.“

Mit klopfendem Herzen stand Mallory hinter dem Vorhang. Kittys Auftritt neigte sich dem Ende zu. Die meisten anderen hatten sich in den Zuschauerraum geschlichen, um ihr Debüt zu verfolgen und sie anzufeuern, deswegen war Mallory allein mit ihrer Aufregung. Die letzten Takte von „Big Spender“ erklangen, und sie wusste, dass sie noch ungefähr eine halbe Minute Zeit hatte, bevor sie auf die Bühne musste. Rodeo Bob würde zuerst hinausgehen und das Publikum auffordern, Kitty zu applaudieren. Dann die nächste Künstlerin ankündigen, während Mallory die Kleider aufhob, die Kitty während ihrer Nummer ausgezogen hatte.

Es wurde dunkel, und Bob ging auf die Bühne. Sie folgte ihm mit ein paar Schritten Abstand, sah sich nach den Kleidungsstücken um. Das Herz schlug ihr bis zum Hals, und das Scheinwerferlicht blendete sie so sehr, dass sie kaum etwas sehen konnte. Da, ein Handschuh … und ein Strumpf. Hilfe! Das konnte ewig dauern.

„Und noch eine Runde Applaus, meine Damen und Herren, für Kitty Klittys Debüt." Die Menge gab rasenden Applaus, angefeuert vom Pfeifen und Trampeln der Kolleginnen.

„Diese Dame hier hat auch Applaus verdient: unsere neue Assistentin Moxie."

Der Applaus beruhigte sie, sorgte dafür, dass ihre Hände aufhörten zu zittern, als sie nach Kittys Kleid griff, das am Rand der Bühne lag. Sie konnte spüren, dass man sie ansah, brachte es aber nicht über sich, den Blick zu heben. Immer wieder sagte sie sich, dass nicht sie es war, die das Publikum dort sah, sondern Moxie. Das half, und so fühlte sie sich auch wie Moxie – die Frau, die eine Korsage trug und hohe Absätze, und die in einer Welt hinter einem blauen Samtvorhang lebte. Dadurch fühlte sie sich mutig genug, einen Blick in den Zuschauerraum zu riskieren.

Da, in der ersten Reihe, saß Patricia Loomis.

Mallory ließ alles fallen. Bewegte sich langsam rückwärts, und als sie so weit vom Publikum entfernt war, dass sie die Wut im Gesicht ihrer Vorgesetzten nicht mehr sehen konnte, rannte sie zurück hinter die Bühne.

„Was zum Teufel machst du da?", rief Bette und packte sie am Arm.

„Mein Gott, Bette! Meine Chefin ist im Publikum – meine Chefin! Das kann doch gar nicht sein? Wie kommt sie hierher? Warum, oh warum habe ich mich nur auf so was Dummes eingelassen?"

„Okay, beruhige dich. Sofort. Du musst rausgehen und die Sachen einsammeln, sonst fliegst du im hohen Bogen hier raus."

„Das kann ich nicht."

„Doch, Moxie – das kannst du", erwiderte Bette. Sah ihr fest Augen, hielt sie bei den Schultern. „Du zeigst mir jetzt, was in dir steckt."

Mallory holte tief Luft. Sie konnte hören, dass Rodeo Bob immer noch sprach, die Zeit füllte, bis jemand die Kleidungsstücke entfernte, sodass der nächste Auftritt beginnen konnte. Es war sowieso zu spät – Patricia hatte sie gesehen. Wahrscheinlich nahm sie an, dass Mallory schon lange dieser Beschäftigung nachging. Und sie hatte sie sowieso nie gemocht. Bette hingegen ermöglichte Mallory eine neue, faszinierende Erfahrung – und sie glaubte an sie, verurteilte sie nicht.

Mallory ging wieder hinaus auf die Bühne.

„Ah, Moxie. Ist dir vielleicht aufgefallen, dass du was vergessen hast?“, erkundigte sich Rodeo Bob mit einem Augenzwinkern. „Meine Damen und Herren, auch die Erfahrensten unter uns verlieren manchmal den Kopf, wenn sie merken, wie heiß es hier zugeht.“

Mallory machte sich daran, noch einmal alles aufzusammeln. Dabei hielt sie den Blick gesenkt, konnte es jedoch nicht lassen, zu Patricia hinüberzuschielen. Diesmal war der Platz leer.

Als sie Kittys Kleidungsstücke hinter der Bühne fallen ließ, drehte sich alles vor ihren Augen und in ihrem Kopf. Das Ganze ergab überhaupt keinen Sinn – wie kam Patricia hierher? Mallory bezweifelte, dass ihre Vorgesetzte sich insgeheim für die Burlesque begeisterte. Sie wusste, dass es mit der Arbeitsauffassung ihrer Chefin vollkommen unvereinbar war, unter der Woche auszugehen, wenn sie stattdessen in der Kanzlei sitzen und arbeiten konnte. Und wieso tauchte sie ausgerechnet in diesem Club auf, am allerersten Abend, an dem Mallory einen Fuß auf die Bühne setzte?

„Ist Ihnen kurzzeitig entfallen, wie man Kleidungsstücke aufhebt und sie mit hinter die Bühne nimmt, Frau Anwältin?“, erkundigte sich Agnes.

„Es tut mir leid … Ich … Es ist etwas passiert.“

„Solche Sperenzchen gibt es bei mir nicht. Wenn Sie das noch mal machen, lasse ich Sie nicht mal mehr ins Publikum, geschweige denn auf die Bühne.“

„Es wird nie wieder vorkommen.“

Plötzlich fiel ihr auf, dass Poppy, die auf einem der Schminktische saß, sie beobachtete. Ein merkwürdiges Lächeln lag auf ihrem Gesicht. Als hätten sich ihre Erwartungen erfüllt. Da erkannte Mallory mit absoluter Sicherheit, dass Patricia Loomis nicht zufällig an diesem Abend ins Blue Angel gekommen war.

Die Show war vorbei. Bette lud sie ein, zusammen mit dem Ensemble ins Elixir zu gehen.

„Die Mädchen möchten dir ein paar Runden ausgeben“, erklärte sie. Doch Mallory war nicht nach Feiern zumute. Das Gefühl, dass ihr der Auftritt beschert hatte, sich für einen Moment in eine glamouröse Kreatur namens Moxie zu verwandeln, wurde von der Realität überschattet: Sie hatte ihrer Karriere ernsthaften Schaden zugefügt. Außerdem vermisste sie Alec plötzlich so sehr, dass es wehtat.

Sie zog sich in eine ruhige Ecke des Clubs zurück, nicht weit entfernt von dem Tisch, an dem sie an ihrem Geburtstag mit Alec und Billy gesessen hatte. Seit jenem Abend schien ein ganzes Jahr vergangen zu sein. Sie wählte Alecs Handynummer und war dabei fast so nervös wie bei ihrem ersten Schritt auf die Bühne.

„Hi. Ich bin’s. Du fehlst mir, Alec. Ich finde, wir sollten reden. Das alles fühlt sich so falsch an. Ruf mich an, okay? Ich liebe dich. Tschüs.“

Von der anderen Seite des Raumes winkte Bette ihr zu.

„Kommst du?“

„Ich kann nicht. Morgen muss ich ganz früh raus“, antwortete sie. „Aber vielen Dank für alles. Es war einfach fantastisch.“

„Du hast zwar einmal kurz die Nerven verloren, aber ansonsten hast du deine Sache gut gemacht. Ich glaube, Agnes mag dich. Ich werde mit ihr sprechen – vielleicht will sie ja, dass du am Wochenende wieder aushilfst."

„Ach, Bette, ich weiß nicht. Das war eine einmalige Sache. Du weißt schon, ich wollte es einfach mal ausprobieren."

Bette warf ihr einen Blick zu, in dem so viel lag, dass sie es nicht zu entschlüsseln vermochte.

„Hey, kommst du noch mit uns? Ich will dir unbedingt einen Drink ausgeben", lockte Kitty Klitty. Sie war wirklich ein hübsches Mädchen – und wäre in ihren grünen Augen auch nur ein Funken Intelligenz sichtbar gewesen, hätte man sie als Schönheit bezeichnen können.

„Tut mir leid Kitty. Ich würde sehr gerne, aber es geht nicht. Nicht heute Abend."

„Ich habe mich wie eine richtige Tänzerin gefühlt, weil du für mich eingesprungen bist", erklärte Kitty. „Bei einer anderen Kollegin hätte es sich nur halb so gut angefühlt."

„Vielleicht können wir sie ja dazu überreden, es wieder zu tun", meinte Bette augenzwinkernd."

„Natürlich macht sie es wieder! Das hier ist schließlich das Blue Angel."

Die Türen des Fahrstuhls öffneten sich, und Mallory betrat den fünfzehnten Stock des Kanzleigebäudes. Sie fühlte sich erleichtert. Die Fahrt im Aufzug war nervenaufreibend gewesen. Sie musste an das Buch der *Teufel trägt Prada* denken, in dem die Chefin ihre Mitarbeiterinnnen zwang, den Lift zu verlassen, damit sie ihn allein benutzen konnte. Wenn doch nur Harrison dieselbe Angewohnheit gehabt hätte! Mit ihm hatte sie in der Kabine gestanden, nachdem alle anderen ausgestiegen waren. Und entweder litt sie unter Verfolgungswahn, oder er hatte sie tatsächlich mit kaum verhohlenem Ekel angestarrt.

„Guten Morgen“, grüßte Blanca sie.

„Guten Morgen, Blanca.“

Vielleicht wurde ja auch alles halb so wild. Möglicherweise war es Patricia Loomis genauso peinlich, sich in einem Burlesque-Club erwischen zu lassen, wie es Mallory aus der Fassung gebracht hatte, bei einem Auftritt dort ertappt zu werden. Wenn ihre Chefin die Kanzlei-Inhaber informierte, musste sie schließlich auch zugeben, selbst dort gewesen zu sein.

Es sei denn ... Wieder musste sie an Poppys Gesichtsausdruck denken. Andererseits war es unwahrscheinlich, dass die Tänzerin Mallorys Chefin in den Club gelockt hatte, nur um Mallory in Schwierigkeiten zu bringen. Um das zu glauben, musste man wirklich paranoid sein.

Sie fuhr den Computer hoch, kämpfte gegen das Bedürfnis, zum zwanzigsten Mal ihr BlackBerry zu überprüfen, seit sie um halb sechs aufgewacht war – keine Nachricht von Alec. Und jetzt lagen zwölf Stunden Recherchearbeit vor ihr. Wenigstens konnte sie sich völlig darin vertiefen und versuchen, nicht an ihn zu denken, bis sie erschöpft auf Julies Schlafcouch fallen würde. Vielleicht sollte ihr Leben jetzt eine ganze Weile so verlaufen – bis zur Erschöpfung arbeiten, sodass sie nicht an Alec denken musste.

„Guten Morgen“, sagte Patricia Loomis, nachdem sie nicht mehr als zwei Schritte in Mallorys Büro gemacht hatte. Sie wirkte wie jemand, der einen Patienten in Quarantäne besuchte.

„Hallo, Patricia ... Ich bin gerade dabei ...“

„Harrison erwartet Sie in seinem Büro.“ Sie drehte sich auf dem Absatz um, bevor Mallory etwas erwidern konnte.

Das klingt nicht gut, sagte sich Mallory, wiederholte den Satz im Geiste wie ein Mantra, während sie sich in ihrem Zimmer umsah.

Vielleicht wollte er ja auch über das Schriftstück zum Koomson-Fall mit ihr sprechen. Es war ihr ziemlich gut gelungen – selbst wenn sie ihrer eigenen Arbeit in letzter Zeit kritisch gegenüberstand, war sie in diesem Fall stolz auf die Recherche.

Harrisons Büro befand sich im 21. Stock. Im Empfangsbereich gab es mehr Blumen als auf den meisten Hochzeiten, und seine Sekretärin, die über siebzigjährige Erma Gold, war eine strenge Wächterin.

„Haben Sie einen Termin?“, erkundigte sie sich und betrachtete einen riesigen Kalender auf ihrem Schreibtisch. Erma weigerte sich strikt, einen Computer zu benutzen, deswegen gab es einen Assistenten, der sich um die E-Mails für ihren Chef kümmerte.

„Harrison hat über Patricia ausrichten lassen, er wolle mich sprechen.“

„Ich hatte heute Morgen noch nicht mal Zeit für einen Kaffee“, murmelte die Sekretärin, während sie zum Telefonhörer griff, als sei das Mallorys Schuld. „Wollen Sie Mallory Dale sehen?“, bellte sie. Es war ganz offensichtlich, dass ihr Vorgesetzter das mit einer Rüge quittierte, oder zumindest mit mehr als einem schlichten Ja, denn sie nickte, machte nachdenkliche Geräusche, und Mallory meinte sogar, ein Glucksen herauszuhören.

„Gut, Mallory“, erklärte Erma und richtete ihre trüben braunen Augen auf sie, als sehe sie Mallory zum ersten Mal im Leben. „Bitte gehen Sie einfach durch.“

Patricia saß bereits auf einem der Stühle, die Harrisons Schreibtisch zugewandt waren. Wie sie es so schnell hierher geschafft hatte, konnte sich Mallory nicht erklären – auf ihrem Hexenbesen wahrscheinlich.

„Setzen Sie sich“, forderte sie Harrison von seinem Platz hinter dem Schreibtisch auf.

Harrison Reed war genauso groß wie breit, mit einer eindrucksvollen Mähne aus Silberhaar. Auf seiner Adlernase klemmte eine kleine Brille, und Mallory hatte ihn noch nie anders gesehen als in einem grauen oder schwarzen Anzug.

„Ich nehme an, Sie wissen, warum wir heute alle hier sind", begann er.

„Um das Koomson-Schriftstück zu besprechen?", fragte sie hoffnungsvoll und fühlte sich dabei nackter als im Blue Angel.

Harrison und Patricia tauschten einen Blick.

„Nein, Mallory. Es geht heute nicht um das Koomson-Schriftstück. Wie Sie sich bestimmt denken können, hat Patricia mir erzählt, dass Sie in einem Stripclub aufgetreten sind."

Am liebsten hätte Mallory ihm zuerst erklärt, dass das Blue Angel kein Stripclub war. Doch das würde ihr wohl wenig helfen.

„Das ist ziemlich verstörend, Mallory, wie Sie sich sicher vorstellen können."

Vorstellen konnte sie sich vor allem, wie viel Spaß er daran hatte, sich die Szene auszumalen.

„Nun, Patricia, Sie haben sicher auch berichtet, dass ich nicht gestrippt oder mich auf andere Weise meiner Kleidung entledigt habe. Ich habe nur einer Freundin ausgeholfen – bin für jemanden eingesprungen, der normalerweise zwischen den Akten die Kleidungsstücke wegräumt."

Harrison beugte sich vor, legte dabei die Handteller flach auf den Schreibtisch.

„Mallory, vielleicht muss ich deutlicher werden, obwohl man davon ausgehen sollte, dass das nicht nötig ist: Reed und Warner ist eine der ältesten Anwaltskanzleien in diesem Land. Zu unseren Kunden gehören einige der größten und angesehensten Firmen. Vanderbilts, Astors und Rockefellers haben für dieses Haus gearbeitet. Uns wird die Ehre zuteil, Firmen wie Komsoon zu vertreten – und so verdienen wir Millionen, dank unseres guten Rufes und unseres Traditionsbewusstseins. Können Sie mir folgen?"

„Ja", antwortete Mallory.

„Was glauben Sie, wie Paul McGowan, der Geschäftsführer bei Koomson, reagiert, wenn er erfährt, dass eine unserer Angestellten, die für ihn arbeitet, auch im horizontalen Gewerbe tätig ist?"

Oh, Gott, das konnte er doch nicht ernst meinen. Eine Firma, die Farbe herstellte, von der Menschen krank wurden – sofern sie nicht daran starben –, würde sich doch nicht über sie erheben, nur weil sie in einem freizügigen Outfit eine Bühne betreten hatte?

„Ich bin nicht im horizontalen Gewerbe tätig! Hören Sie, ich kann ja verstehen, dass sie nicht davon angetan sind, dass ich dort im Club war, aber ich muss mich dagegen verwehren, dass Sie …"

„Wie, glauben Sie, wird die Gegenseite mit dieser Information im Prozess umgehen? Was wird Anderson Blount daraus machen, der hinter der Sammelklage gegen Koomson steht?"

Mallory sackte in ihrem Sessel zusammen. Das Gute an der ganzen Angelegenheit war, dass sie sich nicht länger um das Examen sorgen musste. „Ich verstehe Ihre Bedenken. Ich frage mich nur, was Patricia in dem Club zu suchen hatte, wenn die Anwesenheit dort ein so schlechtes Licht auf die Kanzlei wirft."

Das dürfte gesessen haben.

Harrison ließ einen tiefen Seufzer hören, als sei es zu viel für ihn, diese ermüdende Unterhaltung weiterzuführen.

„Ms Loomis war dort, weil sie erfahren hatte, dass Sie dort auftreten. Natürlich wollte sie es erst nicht glauben, aber ihr war bewusst, zu was für einer peinlichen Angelegenheit sich die Sache entwickeln konnte, wenn das Gerücht der Wahrheit entsprach. Deshalb hat sie einen Teil ihrer überaus kostbaren Zeit geopfert, um sich selbst ein Bild zu machen, bevor schwerwiegende Anschuldigungen gegen ein Mitglied unserer Kanzlei erhoben werden."

„Einen Tipp haben Sie bekommen? Das ist doch lächerlich", sagte Mallory, wandte sich zum ersten Mal ihrer Vorgesetzten zu, seit sie Harrisons Büro betreten hatte.

„Lächerlich, allerdings. Ich musste einen Anruf entgegennehmen, weil jemand nach Ihnen suchte. Es hieß, Ihre Mailbox sei voll, doch man habe eine wichtige Nachricht für Sie, nämlich den Auftrag …" Sie faltete einen Zettel auseinander, der in ihrem Schoß lag. „Ich zitiere: ‚nicht wieder meine Pasties zu vergessen. Der Club kann es nicht riskieren, dass die Künstlerin noch mal ihre Titten zeigen muss'. Als ich mich erkundigte, wie ich Ihrem Auftritt beiwohnen könnte, war Ihre Kollegin so freundlich, mir die Adresse zu geben."

Mallory widerstand dem schrecklichen Drang, das Gesicht in den Händen zu verbergen.

„Ein Mitglied der Security begleitet Sie jetzt nach draußen", erklärte Harrison. „Gerade räumt man Ihr Büro, und wir werden Ihnen Ihre Besitztümer per Kurier überbringen lassen. Haben Sie noch Fragen?"

„Nur eine", sagte Mallory, wandte sich wieder ihrer Vorgesetzten zu. „Hat Ihnen die Show gefallen?"

„Es freut mich, dass Sie dieser Angelegenheit etwas Amüsantes abgewinnen können", erwiderte Patricia.

„‚Amüsant' trifft es nicht ganz."

„Ach nein? Und woran denken Sie, wenn ich fragen darf?"

„Swoboda."

13. KAPITEL

Die Unerschrockenheit, die Mallory in Harrisons Büro an den Tag gelegt hatte, hielt noch etwa fünfzehn Minuten an, nachdem sie zum letzten Mal das Gebäude der Kanzlei verlassen hatte.

Schon auf dem Weg zur U-Bahn kämpfte sie mit den Tränen, und ihr einziger Trost bestand darin, dass sie nicht nach Hause gehen und dieses Desaster Alec beichten musste.

„Julie, ich bin's", schniefte sie förmlich in ihr Mobiltelefon.

„Was ist denn passiert?"

„Sie haben mich gefeuert."

„Was? Wieso das denn?"

„Das ist eine lange Geschichte."

„Komm zu mir zur Arbeit – ich muss am Schreibtisch bleiben, aber wir können uns kurz unterhalten."

Mallory machte auf dem Absatz kehrt und lief die wenigen Blocks zum HarperCollins-Gebäude in der 53th Street zwischen Fifth Avenue und Madison Square, wo Julie als Assistentin einer bekannten Lektorin arbeitete. Julies Chefin war oft auf Reisen, begleitete berühmte Autoren zu Lesungen oder nahm Einladungen zu Dreharbeiten wahr. Regelmäßig war sie auf den Buchmessen in London und Frankfurt. Mallory kam das unglaublich glamourös vor, auch wenn Julie ihr immer wieder versicherte, dass sie sich irrte.

„Andrea arbeitet wie eine Besessene, das kannst du mir glauben", hatte sie mehr als einmal erklärt.

Unter den Augen eines Security-Mitarbeiters trug sich Mallory an der Rezeption ins Besucherbuch ein. *Was würde er wohl denken, wenn er wüsste, dass mich gerade einer seiner Kollegen aus einem anderen Gebäude eskortiert hat?*

„Erzähl schon, was ist passiert?", wollte Julie wissen. Sie

zog Mallory ins Chefbüro und schloss die Tür. Sofort begann Mallory die Bücherregale zu begutachten.

„Darf ich das hier mitnehmen?“

„Klar, aber jetzt erst mal das Wichtigste – was ist um Gottes willen vorgefallen? Es ging doch nicht um dein Examen, oder?“

„Wenn es das nur wäre“, entgegnete Mallory. „Können wir hier auch wirklich sitzen?“

„Ja doch. Hör endlich auf, über Andreas Büro zu reden, und schieß los.“

„Okay, hör zu.“ Sie berichtete ihrer Freundin ohne jede Beschönigung, was geschehen war – ließ auch die Vermutung nicht aus, dass Poppy ihren Teil beigetragen hatte.

Julie war sprachlos.

„Mal, nimm's mir nicht übel, aber was ist nur in dich gefahren?“

„Ich weiß nicht. Wahrscheinlich war ich einfach neugierig. Und es hat Spaß gemacht – wenn das Ganze nicht so schrecklich schiefgegangen wäre, würde ich mich wahrscheinlich immer noch über das Erlebnis freuen.“

„Okay, dann machen wir jetzt Folgendes: Wir rufen Allison an, bitten ihren neuen Freund, seine Verbindungen spielen zu lassen und dir einen Job in einer Kanzlei zu besorgen. Ich bin sicher, da gibt es Möglichkeiten.“

„Ich weiß nicht.“

„Was gibt's denn da zu überlegen? Mach dir keine Sorgen, so läuft es überall. Da ist nichts dabei.“

„Ich meine, ich weiß nicht, ob ich mir überhaupt einen anderen Rechtsanwalts-Job suchen sollte. Wahrscheinlich will mir diese Sache etwas sagen.“

„Genau, nämlich dass du aufhören solltest, mit diesen verrückten Tänzerinnen herumzuhängen, bevor du dein Leben ruinierst!“

„Die haben damit nichts zu tun.“

„So, findest du? In den wenigen Wochen, die du jetzt ins Blue Angel gehst, habt ihr euch getrennt, du und Alec, und jetzt bist du deine Stelle los. Da muss man doch nur eins und eins zusammenzählen.“

„Die Probleme mit Alec und mit meinem Job gab es schon, bevor ich überhaupt jemals einen Fuß ins Blue Angel gesetzt hatte. Mir waren nur die Ausmaße nicht klar.“

„Na, das sind sie ja jetzt, und du hast Zeit, dich um eine Lösung zu kümmern. Also, du gehst jetzt zu mir nach Hause und überarbeitest deinen Lebenslauf. Wir fragen Allison, wie es nach diesem Debakel weitergehen soll. Mit Schadensbegrenzung kennt sie sich aus. Und Schlaf nachholen solltest du auch. Du siehst grässlich aus.“

„Ach, herzlichen Dank.“ Ihr BlackBerry klingelte. „Oh mein Gott, das ist Alec.“ Sie gab Julie ein Zeichen, dass sie schweigen sollte, und nahm den Anruf an. Ihr Herz klopfte wie wild.

„Hey“, sagte sie.

„Hey. Wie geht’s dir?“

„Alles okay. Und dir?“

„Auch okay. Ich habe deine Nachricht bekommen. Es tut mir leid, dass es mit der Antwort eine Weile gedauert hat.“

„Kein Problem.“

„Ich habe eine ganze Weile über alles nachgedacht.“

„Ich auch.“

„Vielleicht hast du recht. Wir sollten reden.“

„Wirklich?“

„Ja. Kommst du heute Abend nach der Arbeit nach Hause?“

Nach der Arbeit. Um Gottes willen, was hatte sie nur getan?

„Äh, sicher. Dann bis später.“

Mallory verstaute ihr Telefon wieder in der Handtasche und sah Julie an.

„Alec?", wollte ihre Freundin wissen. Mallory nickte.

„Warum bist du dann so verstört? Ich dachte, du wolltest unbedingt mit ihm sprechen."

„Wollte ich auch ... Will ich noch. Aber jetzt muss ich Alec zu allem anderen noch beichten, dass ich gefeuert wurde."

„Es war nur ein Job, Mal. Du findest sicher bald etwas Neues."

„Du hörst mir einfach nicht zu. Ich glaube wirklich nicht, dass ich weiter in diesem Bereich arbeiten will. Es klingt verrückt, aber ich glaube, all diese Dinge sind aus einem gutem Grund passiert."

„Sprich erst mal heute Abend mit Alec. Klärt eure Probleme. Der Rest findet sich dann von selbst."

Mallory war sich nicht sicher, ob das stimmte. Aber was die Sicherheit betraf, hatte sie sich in letzter Zeit ja ohnehin umstellen müssen. Was gab es denn noch an Verlässlichem in ihrem Leben?

Sobald sie einen Fuß in ihr gemeinsames Apartment gesetzt hatte, empfand sie die schmerzhafte Sehnsucht nach Alec, die sie bisher erfolgreich unterdrückt hatte. Sie wollte ihn, und zwar mit jeder Faser ihres Körpers. Still zu sitzen und darauf zu warten, dass er durch die Tür kam, ertrug sie kaum. Sie frischte ihr Augen-Make-up auf, machte den Abwasch, lief im Wohnzimmer auf und ab, zappte durch fast hundert Fernsehsender. Als sie endlich hörte, wie der Schlüssel im Schloss umgedreht wurde, begann ihr Herz zu rasen.

Wortlos ließ er seine Sporttasche auf den Boden fallen und kam auf sie zu, zog sie in seine Arme. Ein Schluchzen stieg in ihr auf. Sie hatte nicht vergessen, wie gut er roch, aber jetzt war sein Duft so überwältigend, als mache sie eine neue Entdeckung. Vor nicht allzu langer Zeit – und das hatte sie ernst gemeint – hatte sie gesagt, das beste Aphrodisiakum wäre für sie, wenn jemand seinen Geruch in Flaschen abfüllen könnte. Seine Antwort: „Das ist Liebe, Baby."

Sie küssten sich wild, und er zog sie ins Schlafzimmer. Mit den Lippen fuhr er ihr übers Gesicht, den Hals, während er ihr die Bluse aufknöpfte und sie sich aus dem engen Rock wand. Er presste sein Gesicht zwischen ihre Beine, und sie fühlte seinen warmen Atem durch ihr dünnes Spitzenhöschen. Auch den zarten Stoff zog sie nach unten. Er half ihr dabei, liebkoste dann die Innenseiten ihrer Schenkel von unten nach oben. Sie zog sein Gesicht auf so ungehemmte Weise zu ihrer Muschi, wie sie es noch nie zuvor getan hatte, und er erfüllte ihren Wunsch, leckte sie, rieb seinen Dreitagebart an ihrer feuchten Spalte. Mallory ertappte sich bei dem Gedanken, dass das Zusammensein mit Bette zwar schön gewesen war – es hatte sich neu, sanft und verboten angefühlt. Trotzdem war es ganz anders als das hier: starke Arme, die ihre Taille umfassten; raue Haut auf ihrer weichen, ein steifer Schwanz, der sich an sie presste und ihr zeigte, wie sehr sie begehrt wurde.

„Komm her", flüsterte sie und zog ihn hoch. Sie hätte gern gesagt: „Ich will dich in mir spüren", aber es fiel ihr schwer, solche Dinge auszusprechen – Dirty Talk war nicht ihre Sache. Ohnehin bedurfte es keiner Worte, denn er wusste auch so, was sie sich wünschte. Er kam hoch zu ihr und sie packte seinen Penis.

„Langsam", erklärte er. „Du hast mir so gefehlt … Ich will es genießen, dich wieder ganz nah zu spüren."

Sie empfand ebenso, und noch mehr als nach seinem ersten Stoß tief in sie hinein sehnte sie sich danach, ihn in den Mund zu nehmen.

„Leg dich hin", flüsterte sie, und er ließ sich neben ihr nieder. Sie küsste seine Brust, umspielte mit der Zunge seine

Brustwarzen, wanderte dann langsam nach unten zu seinem Nabel, immer weiter, bis sie zu seinem Schwanz gelangte. Sie ließ die Zunge darum kreisen, und Alec stöhnte, verkrallte die Finger in ihrem Haar. Nachdem sie seinen Schwanz einige Male von oben bis unten geleckt hatte, schloss sie die Lippen um die Spitze, liebkoste sie mit der Zunge und nahm seinen Penis dann ganz in den Mund. Zugleich streichelte sie ihn mit der Hand, genau im Rhythmus der Bewegung ihrer Lippen, und schon konnte sie den ersten Lusttropfen schmecken. Sie steigerte das Tempo, nahm ihn tief in sich auf, versuchte dabei gleichzeitig, ihn im Zaum zu halten, sodass er nicht zu tief in sie hineinstieß. Sie konnte sich an einen Blowjob mit Alec erinnern, bei dem sie kurz würgen musste, und das war ihr peinlich gewesen. Doch Alec hatte ihr erklärt, dass es ihn erregt hatte – die Tatsache, dass es unangenehm für sie war, machte es noch aufregender für ihn. „Ich möchte nicht, dass du dich unwohl fühlst oder verletzt wirst oder so etwas, aber manchmal wird die ganze Sache durch solche kleinen Dinge einfach spannender, intensiver."

Als Mallory das ihren Freundinnen erzählte, hatten beide entsetzt reagiert. „Es ist ja wohl ein Unterschied, ob man einem Kerl einen bläst, oder ob er einem sein Teil so in den Mund rammt, dass man fast kotzen muss", hatte Allison gemeint.

„Dafür gibt es einen Begriff, weißt du", war Julies Kommentar.

„Stimmt – Fellatio."

„Nein, Fellatio bedeutet, dass die Frau den aktiven Part übernimmt und der Mann daliegt und genießt. Manche Typen können einfach nicht passiv sein im Bett, und selbst wenn man ihnen einen bläst, wollen sie einen in den Mund ficken. Das nennt man dann Irrumatio. Mundfick."

Mallory behielt damals für sich, dass Alec ein wenig Irrumatio zuweilen durchaus nicht abgeneigt war. Daran, wie die beiden reagiert hatten, konnte sie erkennen, dass sie sein Verhalten als aggressiv verurteilt hätten. Aber genau diese Eigenschaften machten Alec für sie so attraktiv. Im Bett war er ein Macho. Sie mochte es, wenn er sie ein bisschen hart rannahm. Gleichzeitig war er darauf aus, ihr Lust zu bereiten, und kannte ihre körperlichen Reaktionen so gut, dass er manchmal wusste, was sie wollte, bevor es ihr selbst klar war. Genauso wie jetzt auch.

„Setz dich auf mich", befahl er mit heiserer Stimme. Sie schob sich hoch und schlang ihm die Beine um die Hüften, ließ sich dann langsam auf ihm nieder. Spürte, wie sein Schwanz in ihr pulsierte, als könne Alec jeden Augenblick zum Orgasmus kommen.

„Das fühlt sich so gut an" keuchte sie, stützte sich mit beiden Armen ab und bewegte das Becken, damit er noch tiefer in sie eindringen konnte.

Er legte ihr eine Hand auf den Hintern, umkreiste mit einem Finger ihre Rosette, während sie sich auf seinem Schwanz auf und ab bewegte. Sie konnte die ersten Zuckungen in ihrer Pussy spüren, und er fühlte sie wohl auch, denn genau in diesem Moment drang er mit einem Finger in ihren Anus ein, sodass der Orgasmus ihren ganzen Körper beben ließ.

Während sie ihn noch immer in sich spüren konnte, ganz steif, drückte sie ihren Kopf gegen Alecs Brust. Sein Herz schlug fast so heftig wie ihr eigenes.

„Oh Gott", meinte sie. „Das war einfach fantastisch."

„Dreh dich um, Baby. Für mich."

Sie rutschte von ihm herunter, und er drückte sie sanft, gab ihr zu verstehen, dass sie sich auf den Bauch legen sollte. Setzte sich dann hinter sie und zog ihre Hüften hoch, um ihren Po direkt vor sich zu haben. Sie stützte sich auf beide

Oberarme, wusste aber nicht genau, was er wollte. Analsex? Den hatten sie nicht sehr oft – sobald er mehr als nur einen Finger in sie einführte, bereitete ihr das Schmerzen. Einige Male war es ihr gelungen, sich beinahe so weit zu entspannen, dass es sich gut anfühlte, aber das kam nur selten vor. Meistens tat sie es ihm zuliebe – weil sie ihm nichts abschlagen konnte. Sie wollte auch nicht Nein sagen. Nach ihrer Vorstellung galt man als guter Partner im Bett, wenn man bereit war, etwas zu geben, ohne etwas zurückzubekommen – selbst wenn es wehtat. Vielleicht sogar besonders, wenn es wehtat.

Sie spürte, wie er sein Gesicht gegen ihren Hintern presste, wie seine Zunge ihre Schamlippen von hinten leckte. Dann schob er einen Finger tief in sie hinein, hörte nicht auf, sie mit der Zunge zu liebkosen, und Mallory konnte spüren, wie sich ein weiterer Orgasmus in ihr aufbaute. Manchmal schaffte er es, sie in einen endlosen Erregungszustand zu versetzen. Dann hatte sie mehrere Orgasmen hintereinander. Und er konnte mit ihr anstellen, was er wollte – so gelang es ihr auch, fast ohne Schmerzen Analsex zu haben.

Aber daran war Alec heute Abend nicht interessiert. Stattdessen schob er langsam seinen Schwanz in sie hinein. Sie griff hinter sich, wollte ihn packen, ganz in sich spüren. Er wusste, was sie sich wünschte, kam ihrer stummen Bitte jedoch nicht nach. Das machte sie völlig wahnsinnig.

Sie rückte ein wenig von ihm ab, und ließ sich auf den Rücken fallen.

„Was ist?“, wollte er wissen.

„Du hältst mich hin.“

Er legte sich neben sie, strich ihr übers Haar.

„Mein Gott, du hast mir so gefehlt. Wir müssen diese ganze Sache klären, Mallory.“

„Ich weiß. Ich fühle mich scheußlich deswegen.“

Er küsste ihr Gesicht, dann ihre Brüste, umschloss sie mit den Händen und ließ seine Zunge über ihre Knospen wandern.

„Ich möchte, dass du kommst", keuchte sie.

„Wow. Das ist ja schon fast schmutzig, was du da von dir gibst, fast Dirty Talk. Wenn ein paar Tage Trennung das bei dir auslösen, sollten wir vielleicht ab und zu streiten."

„Sei bloß still!", erwiderte sie lachend. Und dann ließ er seine Hand zwischen ihre Beine wandern, sodass sie verstummte. Ihr Atem ging rascher.

„Du bist wahnsinnig feucht", sagte er.

„Du machst, dass ich immer wieder komme."

Er legte sich auf sie, und sie umklammerte seinen Po, als er in sie eindrang. Während er sich in ihr bewegte, sah er ihr fest in die Augen, und sie empfand so intensive Gefühle, dass ihr Tränen in die Augen traten. Sie liebte ihn, daran gab es überhaupt keinen Zweifel. Was auch immer die Konflikte zwischen ihnen auslöste, sie mussten alles klären. Ihn zu verlieren, hätte sie einfach nicht ertragen.

Sie konnte spüren, wie sein Schwanz in ihr pulsierte, wie das immer geschah, wenn er kurz vor dem Höhepunkt stand. Ein weiteres Mal kam sie zum Orgasmus, und zwar so heftig wie noch nie zuvor in ihrem Leben. Liebe zu Alec durchflutete sie, und sie wusste mit absoluter Sicherheit, dass sie ihm gehörte. Und er ihr. Als er seinen Höhepunkt erreichte, schrie er auf, und ihr Genuss steigerte sich noch, weil sie hörte, welch Glücksgefühle sie ihm bereitete. Er brach auf ihr zusammen, sie schlang beide Arme um ihn, und er küsste sie auf die Stirn, auf die Nase, auf die Augenbrauen.

Als er von ihr herunterrollte, bedeckte sein Schweiß ihren Körper. Sie lagen Seite an Seite, und sie schaute ihn an. In solchen Momenten sah er für sie immer am schönsten aus – seine Wangen waren gerötet, seine graublauen Augen strahlten.

Sie legte einen Arm quer über seine Brust, er beugte sich über sie und küsste sie auf den Scheitel.

„Ich weiß nicht einmal mehr, warum wir überhaupt gestritten haben“, meinte sie.

Alec seufzte.

„Was ist?“, wollte sie wissen.

„Damit sind wir doch wieder genau da, wo alles angefangen hat – ich glaube, du warst unsicher, was unsere Beziehung betrifft, seit du nach New York gezogen bist. Und jetzt fühlst du dich wegen deines Jobs verunsichert, weil du durchs Examen gefallen bist. Nun hinterfragst du beides, Beziehung und Job, obwohl beides für dich kein bisschen weniger richtig ist als vor einem Jahr.“

„Erstens liebe ich dich, Alec. Das steht völlig außer Frage. An unserer Beziehung zweifle ich nicht. Ich habe versucht, dir zu sagen, dass ich meine Karrierepläne überdenken möchte, und du hast dich sofort auf mich gestürzt und mich als charakterschwach verurteilt.“

„Aber ich habe doch nicht deinen Charakter kritisiert. Ich finde einfach, du hast auf ein paar Schwierigkeiten im Job überreagiert, ich wollte, dass du alles in einem gesunden Verhältnis zueinander siehst. Und statt ruhig darüber nachzudenken, bist du weggerannt und hast etwas Verrücktes, Impulsives getan, das mich verletzt hat. Mit dieser Tänzerin.“

„Du hast recht – ich habe wirklich gehandelt, ohne nachzudenken. Aber ich wollte dich auch nicht verletzen. Du sprichst ständig über andere Frauen, darüber, dass du zuschauen möchtest, wie ich mit einer Sex habe. Du nimmst mich an meinem Geburtstag mit in eine Burlesque-Show. Mir war nicht klar, dass mein Zusammensein mit Bette gegen das verstoßen hat, was wir in unserer Beziehung als erlaubt betrachten.“

„Ich denke, wir sollten das alles abhaken. Und mit diesem Burlesque-Quatsch hören wir auch auf. Ich bin bereit, mich ganz auf dich, auf uns zu konzentrieren, und ich hoffe, auch du bist dazu bereit. Außerdem denke ich, jetzt ist wichtig, dass du dich im Job noch mal richtig bemühst, Mallory. Du bist so clever, eine gute Juristin – das weiß ich einfach. Wir müssen beide beruflich glänzen, um in unserer Beziehung stark sein zu können. Du hast immer gesagt, du willst eine Partnerschaft, in der wir beide gleichberechtigt sind, und ich glaube, in diesem Zusammenhang spielt die Arbeit eine wichtige Rolle. Also versprich mir – kein Blue Angel mehr. Konzentrier dich auf deinen Job und auf uns."

Oje, dachte Mallory.

„Ja. Da gibt es noch etwas. Ich … bin heute gefeuert worden."

Alec rückte von ihr ab, setzte sich auf.

„Was hast du da gerade gesagt?"

„Harrison hat mich entlassen."

„Ja, das habe ich verstanden. Warum?"

„Na ja, das ist eine lange Geschichte."

„Mallory, erzähl mir einfach, was passiert ist."

„Okay, aber du musst mir zuhören und darfst nicht gleich ausflippen." Sie holte tief Atem. „Ich habe mich mit Bette getroffen, und sie hat mir die Chance gegeben, gestern Abend bei der Show mitzumachen – ich habe nur Klamotten aufgehoben, zwischen den Nummern, nichts Besonderes. Nicht getanzt oder so. Es hat Spaß gemacht – ich hatte ein Kostüm und sogar meinen eigenen Künstlernamen …"

Er sah sie an, und sein Gesicht wirkte wie versteinert.

„Nun ja, alles ist wunderbar gelaufen, aber dann habe ich in den Zuschauerraum geschaut und – das wirst du kaum glauben – Patricia Loomis saß in der ersten Reihe."

Sie entschied, am besten das Detail auszulassen, dass

Poppy sie reingeritten hatte. Er sollte ruhig denken, es sei Pech gewesen, eine üble Laune des Schicksals.

„Du machst Witze. Das ist nicht dein Ernst."

„Doch. Patricia ist zu Harrison gegangen, und er hat mich gefeuert."

„Mallory, was hast du dir nur dabei gedacht? In wenigen Wochen steht dein Examen an, und du vergeudest deine Zeit mit solchen Dingen?"

„Das Letzte, was ich jetzt gebrauchen kann, sind Vorwürfe von dir – nicht schon wieder."

„Aber jeder würde dir deswegen Vorwürfe machen! Das Ganze ist völlig idiotisch!"

Sie sprang aus dem Bett und begann, sich rasch anzuziehen.

„Was ist? Hast du vielleicht erwartet, ich würde zu dir sagen, die seien wahnsinnig, dich zu entlassen? Mallory, du bist bei einer der besten Kanzleien des Landes. Verzeihung, du warst bei einer der besten Kanzleien des Landes."

„Nein, ich habe nicht damit gerechnet, dass du auf meiner Seite bist, was das betrifft. Um ehrlich zu sein, habe ich genau diese Reaktion von dir erwartet – und das ist das Problem. Du und ich gegen den Rest der Welt, so sollte es aussehen, Alec, weißt du noch? Aber ich nehme an, das gilt nur, solange ich mache, was du gut findest."

Alec streckte eine Hand nach ihr aus.

„Setz dich zu mir. Lauf nicht wieder weg. Das ist doch keine Lösung."

Mallory ließ sich auf den Bettrand fallen, knäulte ihre Kleidungsstücke im Schoß zusammen. Am liebsten hätte sie geweint. Alec strich ihr mit den Fingerspitzen über den Rücken, und die Berührung ließ sie erzittern. „Ich werde dir dabei helfen, einen neuen Job zu bekommen – vielleicht bei einer kleineren Kanzlei. Wir finden schon eine Möglichkeit. Die Hauptsache ist, dass du diese Niederlage hinter dir lässt."

„Ich kann dir nicht sagen, ob ich weiter als Juristin arbeiten will“, meinte sie.

Er hielt in der Liebkosung inne.

„Hast du diese Katastrophe etwa absichtlich herbeigeführt?“, fragte er langsam.

„Nein! Glaubst du vielleicht, ich habe Patricia ins Blue Angel gelockt, um aufzufliegen? Das war total peinlich! So was würde ich nie …“

„Nein. Das von gestern Abend meine ich nicht. Hast du das Examen mit Absicht vermasselt?“

Sie schüttelte den Kopf. „Bestimmt nicht. Ich finde es immer noch schrecklich, dass ich durchgefallen bin.“

„Vielleicht wolltest du ja unbewusst gar nicht bestehen.“

„Das glaube ich nicht.“

„Nun, passiert ist passiert. Ich finde, du solltest das Examen trotzdem im Februar wiederholen.“

„Nein, das werde ich nicht tun.“

„Wann hast du das denn entschieden?“

„Ich weiß nicht. Heute. Gerade eben.“

„Du machst einen Fehler.“

„Das glaube ich nicht.“

Er seufzte.

„Und was willst du jetzt machen? Vielleicht kann Allison dir ja helfen, einen neuen Job zu finden.“

„Vielleicht. Es ist nur … Ich weiß, das klingt verrückt, aber ich kriege den Gedanken ans Auftreten einfach nicht aus dem Kopf. Es war wahnsinnig spannend, dort auf der Bühne zu stehen. Ich weiß nicht sicher, ob ich wieder in einem Büro arbeiten will.“

„Du überlegst, im Blue Angel weiterzumachen? Ich dachte, du hättest gesagt, dass du das nur einmal ausprobieren wolltest.“

„Vielleicht, vielleicht auch nicht.“

„Mallory, gebrauch doch mal deinen Verstand. Du hast eine Krise. Ich weiß nicht, was mit dir los ist. Aber ich möchte kein Teil davon sein."

„Du trennst dich also von mir, weil ich etwas Neues ausprobieren möchte?"

„Wie soll ich mich denn auf dich verlassen können, mein Leben zusammen mit dir planen, wenn du ganz plötzlich deine Karriere als Juristin wegwirfst? Was passiert, wenn du plötzlich entdeckst, dass dir diese Beziehung zu anstrengend ist? Oder wenn zufällig jemand Interessantes des Weges kommt und du nicht mehr an unserer Beziehung arbeiten willst? Oh – Moment mal. Das ist schon passiert. Und du hattest Sex mit ihr."

„Gebrauch lieber selbst deinen Verstand. Großer Gott, Alec! Hier geht es nicht um dich. Ich versuche immer noch, mein Leben zu ordnen. Nur weil du in der glücklichen Lage warst, schon in der Schule zu wissen, dass du Journalist werden wolltest, bedeutet das nicht, dass wir anderen nicht ein paar Dinge ausprobieren können."

Doch sie wusste, dass sie vergeblich auf ihn einredete. Alec wandte sich ganz von ihr ab und begann damit, sich anzuziehen. „Das war's dann also?", fragte sie.

Er zuckte die Achseln. „Ich liebe dich, Mallory. Aber glücklich bin ich nicht."

„Ich auch nicht. Aber ich will nicht, dass wir uns wegen dieser Sache trennen."

„Etwas wie ‚diese Sache' gibt es nicht. In letzter Zeit stimmt einfach nichts mehr zwischen uns. Wir haben keinen Bezug mehr zueinander. Oder, um es anders zu sagen, du scheinst auf der Suche zu sein, und ich glaube nicht, dass diese Suche einer funktionierenden Beziehung zwischen uns beiden gilt. Ich gehe spazieren. Vielleicht wäre es besser, du verlässt die Wohnung, bevor ich zurückkehre." Sie legte sich rücklings aufs Bett und bedeckte die Augen mit den Armen. Erst als sie hörte, wie Alec in den Hausflur trat, ließ sie ihre Tränen zu. Die Tür schloss sich mit einem lauten Knall hinter ihm.

Am nächsten Morgen wachte sie in Julies Apartment auf. Ihr wurde klar, dass sie nirgends hinkonnte – und dass es eine ganze Weile so bleiben würde.

Julie war fantastisch wie immer. Bis tief in die Nacht sprach sie mit Mallory, versicherte ihr, sie werde ihr dabei helfen, einen neuen Job zu finden – oder auch nicht. Alles, was ihre Freundin vorhatte, ging für sie in Ordnung – obwohl sie klarstellen wollte, dass sie der Überzeugung war, Mallory solle einen Job annehmen; nicht nur wegen des Geldes, sondern auch, um den Verstand nicht zu verlieren. Aber jetzt war Julie für die nächsten paar Stunden bei der Arbeit, genauso wie Allison und alle anderen normalen Leute, die sie kannte. Natürlich gab es noch eine Person, die nicht normal war. Mallory stand auf, suchte nach ihrem BlackBerry, um Bette eine SMS zu schicken. Zu mehr fühlte sie sich nicht imstande.

Swoboda total: keine Arbeit, kein Freund. Jetzt wüsste ich gern, was als Nächstes kommt?

Es war erst neun Uhr morgens und viel zu früh für Bette, die noch lange nicht wach und einsatzbereit war. Sie hatte es einmal als „obszön" bezeichnet, wenn Menschen vor elf Uhr morgens aktiv wurden. Witzig, wie unterschiedlich Bette und Patricia Loomis das Wort „obszön" definierten.

Mallory ließ sich auf das Schlafsofa zurückfallen. Sprang auf, als ihr Telefon klingelte.

„Hallo?"

Zuallererst vernahm sie ein träges Gähnen.

„Ich muss jetzt erst mal ein paar Stunden schlafen", hörte sie Bettes Stimme. „Komm um zwei Uhr zu mir. Dann sprechen wir über deine Freiheit. Und finden heraus, was aus dir werden soll."

Dann beendete sie den Anruf.

Was aus ihr werden sollte. Wann hatte sie sich jemals die Zeit dafür genommen, über sich selbst nachzudenken, überlegte Mallory. Es schien ihr, als sei dieses „Selbst" etwas Festgelegtes, bereits Definiertes, das von ihren Eltern und in der Schule vorgegeben und gestaltet worden war. Genauso wie von festgefahrenen Vorstellungen, was ein Mädchen wie sie mit dem Leben anfangen sollte. Und doch war alles nicht so sehr festgelegt, wie man hätte denken können. Ein Schritt auf die Bühne des Blue Angel hatte gereicht, um ihr bisheriges Ich verschwinden zu lassen, sodass es schien, als verliere sie den Boden unter den Füßen. Es war spannend und aufregend. Ja, sicher, sie sollte sich um ihre Zukunft und ihre Finanzen sorgen. Dennoch gab es etwas, das sich trotz allem so richtig anfühlte, dass sie jetzt einfach nicht aufgeben konnte. Das Einzige, was sie nicht verstand: Warum hatte es sie die Beziehung zu Alec gekostet? Musste das sein? Warum konnten sie diese Phase nicht zusammen durchleben? Es fühlte sich an, als müsse sie zwischen dem Mann, den sie liebte, und, nun ja, sich selbst wählen. Sollte sie denn nicht dem Weg folgen, der sich gerade vor ihr auftat – nur um Alec zu zeigen, dass er sich auf sie verlassen konnte? Dass sie noch dieselbe junge Frau war, in die er sich verliebt hatte? Aber wie konnte sie ihm dann vertrauen? Wie in einer Beziehung leben, in der Fehler nicht erlaubt waren? In der man auch nichts Neues ausprobieren, nicht ab und zu einen Kurswechsel vornehmen konnte?

Ihr Verstand sagte ihr, sie müsste ihn gehen lassen. Aber das tat so unglaublich weh. Sie war versucht, Allison anzurufen. Wollte sie bitten, ihr so schnell wie möglich einen neuen Job zu verschaffen. Wollte später nicht zu Bette gehen und stattdessen Alec um ein klärendes Treffen am Mittag anbetteln. Und trotzdem – als sie sich dieses Szenario in allen Einzelheiten vorstellte, ließ ihr Bauchgefühl sie spüren, dass es nicht der richtige Weg war. Diese Lösung versprach scheinbare Sicherheit, aber tatsächlich war es das Gefährlichste, was sie hätte tun können.

Mallory zwang sich aufzustehen und sah sich in dem breiten Spiegel mit dem Bronzerahmen an, der neben Julies Bücherregalen stand. Müde und erschöpft wirkte sie.

Was würde Moxie an meiner Stelle tun?

Plötzlich fiel ihr ein, wie sie ihren ersten Nachmittag als freie Frau am besten würde verbringen können. Sie schickte Bette eine Nachricht und bat die Tänzerin, sie in der East 56th Street zu treffen.

Wenn eine Frau nach New York zieht, ist sie darauf angewiesen, dass ihre Freundinnen zwei Adressen mit ihr teilen: die einer guten Frauenarztpraxis und die eines guten Friseursalons. Dank Allisons Hilfe hatte Mallory in beiden Fällen Glück gehabt. Die Freundin hatte sie der Ärztin Christine Catora vorgestellt und einen Termin bei Bumble & Bumble in der East 56th Street verschafft.

Gerade stand Mallory am Empfangstresen des Friseursalons. Der Ort wirkte minimalistisch, funktional, und die Angestellten waren jung, alle in Schwarz gekleidet und auf eine besondere Weise attraktiv. Ganz anders als die schicken, feminin wirkenden Salons, in die ihre Mutter sie während ihrer Kindheit in Philadelphia mitgenommen hatte.

„Du hast einen Termin?“, wollte ein dünner junger Mann mit weißblonden, millimeterkurzen Haaren wissen.

„Um halb drei, zum Haarefärben mit Galit.“

„Dann bist du Mallory? Gut, ich habe deinen Namen hier. Bitte leg da deinen Mantel ab und geh dann hoch in den dritten Stock.“

Sie wollte erklären, dass sie noch auf eine Freundin wartete, aber genau in diesem Moment rauschte Bette herein. Sogar an diesem Ort, wo sich nur gut aussehende, hippe Leute befanden, drehte man sich nach ihr um.

„Also, was wollen wir hier?“, erkundigte sich die Tänzerin.

„Ich lasse mir die Haare rot färben, und ich brauche deine Hilfe, damit ich mir den richtigen Ton aussuche.“

„Fantastisch! Warum hast du das nicht geschrieben? Das hier wird ein Schlüsselmoment in deinem Leben. Ich hätte Champagner mitbringen können.“

Mit dem Lift fuhren sie in den dritten Stock, meldeten sich dort an und wurden von einer Frau begrüßt, die wie Kristen Stewart aussah und zum Jeansoverall High Heels aus schwarzem Lack trug. Auf ihrem linken Bizeps befand sich ein Tattoo: ein Pin-up-Girl.

Mallory hätte schwören können, Bette nach Luft schnappen zu hören.

„Hey, ich bin Galit. Wer von euch beiden ist Mallory?“

Mallory stellte sich vor und erklärte: „Ich habe meine Freundin Bette mitgebracht.“

„Cool. Moralische Unterstützung?“

„Eher praktische Beratung, glaube ich“, antwortete Bette. Mallory bemerkte, dass die beiden Frauen intensive Blicke tauschten.

Galit nahm sie mit in den hinteren Teil des Raumes, wo sich schlanke, weiß gerahmte Spiegel befanden. Es sah aus, als hätte Apple beim Design der Einrichtung Pate gestanden.

„Hast du Fotos mitgebracht, damit ich sehen kann, was du dir vorstellst?“

„Ehrlich gesagt, nein. Ist das ein Problem?“

„Überhaupt nicht. Ich zeige dir ein paar Farben.“

Galit holte ein Musterbuch hervor, in dem sich Kunsthaarsträhnen in verschiedenen Farben befanden, von Platinblond bis Schwarz. Sie suchte ein bisschen und wählte dann ein unaufdringliches Rotbraun.

„Das würde sicher gut zu dir passen“, erklärte sie.

Mallory sah Bette an, die sofort auf eine kirschrote Mustersträhne zeigte.

Die Haarstylistin schaute Mallory an, dann die Farbe, dann wieder ihre Kundin.

„Ganz schön gewagt, aber du kannst es dir leisten. Du bist einfach dafür geboren worden, als Rothaarige durchs Leben zu gehen, Baby“, meinte sie.

„Wow. Das ist schon sehr … rot. Vielleicht sollte ich nicht gleich mit einer so extremen Farbe anfangen?“

„Wenn schon, denn schon. Wenn es dir überhaupt nicht gefällt, kann Galit es ein bisschen abmildern, oder?“, wollte Bette wissen.

„Das geht immer. Aber ich finde, du solltest dich nur für die Farbe entscheiden, wenn du sie auch wirklich willst. Sie ist fantastisch, aber man muss absolut sicher sein, dass sie zu einem passt.“

„Ich will die Farbe“, erklärte Mallory.

„Gut. Sag meiner Assistentin Bescheid, falls du einen Kaffee oder die Speisekarte des Cafés von gegenüber haben möchtest. Ich mache mich ans Mischen.“

Mallory betrachtete noch einmal die glänzend rote Haarsträhne mit der Seriennummer 242. Sie war mit einem Klettverschluss in dem Buch festgemacht, also zog sie sie heraus und hielt sie sich ans Gesicht.

„Krass, die Frau. Total sexy“, kommentierte Bette.

„Ja, sie sieht wirklich gut aus. Wie diese Schauspielerin, Kristen Stewart. Oder Joan Jett. Seit ich *The Runaways* gesehen habe, kann ich die beiden nicht mehr auseinanderhalten. Du solltest dir ihre Telefonnummer besorgen.“

„Für Dates habe ich keine Zeit.“

„Was soll das denn heißen?"

„Dass ich so schnell wie möglich berühmt werden will. Eine Partnerin ist eine Ablenkung, die ich nun wirklich nicht brauchen kann."

„Ich finde Liebe und Partnerschaft wichtig." Mallorys Augen füllten sich mit Tränen, und sie wühlte in ihrer Handtasche nach einem der Papiertücher, die sie während der letzten zwölf Stunden ständig gebraucht hatte.

„Was ist passiert?"

„Zuerst mal bin ich gefeuert worden."

„Weil dich deine Vorgesetzte im Blue Angel gesehen hat?"

„Nicht nur im Blue Angel – vor allem als Teil der Show. Und ja, genau darum habe ich meinen Job verloren."

Mallory wollte Bette eigentlich erzählen, dass mit Sicherheit Poppy alles eingefädelt hatte. Aber das hätte noch mehr Schwierigkeiten verursacht. Außerdem konnte sie es nicht beweisen.

„Na gut, sei's drum. Da hat es dir doch sowieso nicht gefallen. Jetzt kannst du dir was suchen, was dir wirklich Spaß macht. Und du solltest gleich damit anfangen, indem du morgen Abend bei der Show auftrittst. Agnes ist ganz scharf auf dich, obwohl du beim Aufsammeln kurz die Nerven verloren hast. Als ich ihr erklärt habe, woran das lag, hat sie es verstanden – in gewisser Weise zumindest. Außerdem gibt es niemand anderen. Alle Mädchen, die sich bei ihr melden, haben es darauf abgesehen, auf die Bühne zu kommen."

„Ich weiß nicht. Ich habe den Kopf nicht frei dafür. Alec hat sich von mir getrennt, und ich bin wirklich … einfach noch total fassungslos und überwältigt."

„Vielleicht brauchst du eine Auszeit."

„Das sagt meine Freundin Julie auch."

„Ich habe eine Idee – das wird dich von Alec ablenken. Ich fliege für ein langes Wochenende nach L. A. Komm doch mit.

Ich bin in einem wahnsinnig schicken Hotel in West Hollywood untergebracht. Du musst nur dein Flugticket bezahlen. Alles andere ist gratis. Letztes Jahr war ich auch mit dabei, und so was Tolles habe ich noch nie erlebt."

„Wer bezahlt denn das Ganze?"

„Ein Typ namens Justin Baxter. Er war früher Stammgast im Blue Angel und hat dann angefangen, mich privat zu engagieren, für seine Geburtstags- und Weihnachtsfeiern und andere Partys. Er hat unheimlich viel Geld und Wohnsitze in L. A., Miami und London. Hier auf der Bond Street hat er auch ein unglaubliches Apartment. Ganz im Ernst, komm doch mit. Es wird dich ablenken, und vielleicht hilft der Ortswechsel dir, die Dinge klarer zu sehen."

„Möglicherweise."

„Du brauchst noch eine offizielle Premiere als Rothaarige. Jetzt komm schon – ich werde keine Ruhe geben, bis du Ja sagst. Du musst doch auch mal Spaß haben. Sorgen kannst du dir immer noch machen, wenn wir wieder zurück in New York sind."

„Pass auf, wir machen einen Deal: Ich komme mit, und du versuchst, Galits Telefonnummer zu kriegen. Wenn du nichts riskierst, will ich auch nichts ausprobieren."

„Du bist ganz schön tough beim Verhandeln, Moxie. Dann pack schon mal deine Reisetasche."

Poppy klopfte an die Tür des Blue Angel. Sie hatte eine Verabredung mit Agnes, wollte das erste Kostüm anprobieren, das ihre Chefin ihr zu schneidern angeboten hatte. Das erfüllte sie natürlich mit Stolz – endlich bekam sie das Gefühl, ein vollwertiges Mitglied im Team zu werden.

Die Polin öffnete ihr, einen mürrischen Ausdruck im Gesicht.

„Du weißt schon, dass das hier kein Bordell ist", sagte sie.

„Was meinst du damit?“

Poppy folgte Agnes in die Garderobe. In einer quadratischen Vase stand ein riesiger, fast schon obszön großer Strauß aus roten Mohnblumen – deren englischer Name „Poppy“ lautete.

„Was ist das denn?“, wollte Poppy wissen.

„Die sind heute Morgen für dich hier abgeliefert worden.“ Agnes stürmte aus dem Zimmer. Meine Güte, sie nahm wirklich alles furchtbar genau. Das konnte doch nicht das erste Mal sein, dass eine der Tänzerinnen Blumen in den Club geschickt bekam, oder? Und sie, Poppy, hatte schließlich keinen Einfluss darauf, was die Leute taten.

Sie öffnete die Karte.

Hat Spaß gemacht mit dir. Bis hoffentlich bald.
Justin und Martha

Igitt! So eine Unverschämtheit. Sie wünschte, sie hätte Justins Telefonnummer, um ihn anrufen und ihm ihre Meinung sagen zu können.

Entschlossen zog sie ihren BlackBerry hervor und wählte die Nummer des Floristen, Ovando.

„Hallo, hier spricht Poppy LaRue. Gerade habe ich einen ganz wunderschönen Blumenstrauß von Ihnen bekommen, und zwar von einem Kunden namens Justin Baxter. Ich möchte mich unbedingt bei ihm bedanken, habe aber seine Telefonnummer nicht. Könnten Sie mir da vielleicht weiterhelfen? Ich muss ihm sagen, wie sehr mir der Blumenstrauß gefällt.“ Sie notierte sich die Ziffern und wählte schon eine Sekunde später die Nummer.

„Justin am Apparat“, meldete er sich.

„Hier spricht Poppy LaRue.“

„Was für eine angenehme Überraschung! Ich freue mich

sehr, deine Stimme zu hören, Liebling. Ich hoffe, dass dir die Blumen gefallen, deren Namen du trägst."

„Weißt du auch, was mir überhaupt nicht gefällt? Das miese Spiel, das du neulich mit mir getrieben hast. Und um eins klarzustellen: Ich bin keine Prostituierte."

Er lachte nur. Dieses Schwein!

„Aber du hattest keine Skrupel, die Scheinchen mitzunehmen."

„Na ja, ich bin pleite, und du hast Geld wie Heu, also mache ich mir deswegen keinen Kopf."

„Dazu besteht auch überhaupt kein Anlass."

„Okay ... Dann wäre das ja geklärt. Es geht mir nur darum, dass wir uns richtig verstehen."

„Warte – leg noch nicht auf. Ich möchte nicht, dass etwas zwischen uns steht. Wobei ich zugeben muss, dass bei mir schon wieder was steht ..."

Sie musste lachen; sie konnte nicht anders.

„Lass mich dir ein Versöhnungsangebot machen", erklärte er. „Bei uns gibt es heute Abend eine aufregende Privatshow. Da kommen A-Promis." Er nannte schnell die Namen der Schauspieler, Musiker und weiterer Berühmtheiten, die anwesend sein würden. „Komm doch auch. Zu uns ins Apartment, um zehn Uhr. In eleganter Garderobe bitte."

Poppy wusste, dass sie es nicht tun sollte – sie sollte ihren Stolz bewahren und sich nicht in Schwierigkeiten bringen. Aber sie wurde den Gedanken nicht los, dass der Partybesuch ihr eine Einladung nach Los Angeles einbringen könnte. Sie wusste, dass Bette und zwei Frauen aus dem Slit mit von der Partie sein würden, und fühlte sich ausgeschlossen.

Agnes erschien wieder in der Tür. „Ich werde sehen, ob ich es schaffe", sagte Poppy schnell und beendete das Gespräch.

Ihre Chefin stand da, weißen Satin in den Händen und Stecknadeln zwischen den Lippen. Sie legte eine nach der anderen auf einem Schminktisch ab und nahm ein Maßband aus der Tasche.

„Bist du bereit für das Kostüm, oder unterbreche ich eine Telefonaudienz?", fragte sie.

„Tut mir leid", antwortete Poppy. Sie zog sich bis auf die Unterwäsche aus, und Agnes kniete sich neben sie, um ihre Maße zu nehmen.

„Das Problem mit euch Mädchen ist – keine Struktur! Als ich in deinem Alter war, habe ich zehn Stunden pro Tag Ballett geübt. Kein Telefon, kein Alkohol am Abend. Und keine Männer! Weißt du, mit wem ich eine Beziehung hatte?"

Poppy schüttelte den Kopf.

„Mit meinen Füßen! Künstler leben für die Kunst. Wofür lebt ihr Mädchen? Geld, Romantik?"

Darauf erwiderte Poppy nichts. Gut, auf dem Höhepunkt ihrer Karriere war Agnes eine fantastische Tänzerin gewesen. Aber was war aus ihr geworden? Eine einsame alte Frau. Poppy wollte die beste Künstlerin im Blue Angel werden, aber was nutzte ihr das, wenn sie dann den Rest ihres Lebens allein verbringen musste? Ohne jemanden, der sie liebte, würde sie sich wie eine Versagerin fühlen. Wenn sie jedoch erst eine berühmte Burlesque-Tänzerin war, würde sich das mit der Liebe von selbst ergeben. Sie würde die Liebe finden, oder die Liebe sie.

„Ich finde, es ist wichtig, eine Beziehung zu haben", erklärte Poppy.

„Gut. Du willst Liebe, viel Glück dabei. Aber wenn du dir schon einen Mann suchst, sorge dafür, dass er reich ist. Von der Liebe allein kannst du die Miete nicht bezahlen", meinte ihre Chefin.

14. KAPITEL

Poppy stand vor dem Tor des prachtvollen Gebäudes in der Bond Street. Nervös trat sie von einem Fuß auf den anderen, fragte sich dabei, ob sie auch die richtige Entscheidung getroffen hatte. Genau in diesem Moment huschte eine Oscar-Gewinnerin vor ihr ins Haus, und sie folgte dem Star in gebührendem Abstand.

Im Foyer stellte sie ihre Schuhe neben die der anderen Gäste. Mit einem Blick erfasste sie, dass sich vor ihr Schuhe im Wert von mindestens zwanzigtausend Dollar aufreihten.

Sie schaute zur Decke und stellte fest, dass das Mädchen im Aquarium eine Typveränderung hinter sich hatte, jetzt war sie ein durchgestylter Vamp. Genau unter ihr stand Justin Baxter und sah sogar noch besser aus als in ihrer Erinnerung – seine Frau neben ihm dafür allerdings deutlich schlimmer. Ein Schauer überlief Poppy.

Auf einem Glastisch befanden sich zusammengefaltete Sitzplatzkarten. So etwas hatte sie bisher nur ein Mal gesehen, nämlich auf der Hochzeit ihrer Cousine. Sie hoffte, sie müsste nicht bei den Baxters sitzen, war sich jedoch sicher, dass andere die Ehre hatten – das Foyer war voll von berühmten Leuten. Sie schlürften Champagner, den ihnen gut aussehende junge Männer im Frack servierten.

Sie nahm ein Glas, wusste schon vor dem ersten Schluck, dass der Champagner fantastisch schmeckte. Als sie das Glas an die Lippen setzte, erhaschte Justin ihren Blick und lächelte ihr zu.

„Gibt es hier auch noch was anderes zu trinken als Schampus?“, wollte eine hübsche, zierliche Blondine von ihr wissen. Sie hatte einen modischen Kurzhaarschnitt und ein paar Sommersprossen auf der Nase, und Poppy erkannte sie sofort: Sie hatte im neuesten Film mit Anne Hathaway mitgespielt.

„Äh, ich weiß nicht – ich hab mich da nicht darum gekümmert.“

Doch die Blondine hatte schon jemand anderen gefunden, der wichtiger war und mit dem sie sprechen wollte. Zum Glück begannen jetzt alle, sich zu den ihren zugewiesenen Plätzen zu bewegen. Poppy trank aus und folgte der Masse, langte irgendwann bei Tisch sechs an.

„Sie kenne ich doch“, meinte der Typ neben ihr. Gut aussehend war er, aber alles an ihm wirkte irgendwie aufgesetzt. Er hatte dickes, glänzendes braunes Haar, das an den Seiten ein wenig dünn war, trug mintgrüne Hosenträger und einen Kaschmirpullover in derselben Farbe um die Schultern.

„Poppy LaRue, stimmt's?“

„Äh, ja.“

„Billy Barton – schön, Sie zu sehen. Ich war vor ein paar Wochen bei einer Ihrer Shows. Großartig!“

„Danke.“ Woher kannte sie bloß seinen Namen?

„Bei Justin und Martha sind wir uns aber noch nie begegnet. Dabei kann ich mir nicht vorstellen, ein Gesicht wie Ihres zu vergessen.“

„Ich habe die beiden erst kürzlich kennengelernt, darum war ich noch nicht so oft hier.“

„Nun, dann steht Ihnen ein ganz besonderes Erlebnis bevor.“

„Ach wirklich? Was für eine Show ist das denn?“

„Das weiß man nie im Voraus. Aber interessant wird sie, machen Sie sich da mal keine Sorgen. Und das Essen ist immer göttlich. Irgendwie schafft es Justin jedes Mal, einen Chefkoch aus einem erst kürzlich eröffneten Restaurant zu locken, in dem man unmöglich einen Tisch bekommt. Der Himmel allein weiß, was diese Leute dafür an Geld mit nach Hause nehmen.“

„Bestimmt eine ganze Menge“, erwiderte Poppy und

rutschte unbehaglich auf ihrem Stuhl herum. Die Gruppe der Calvin-Klein-Models, die hier als Kellner arbeiteten, begann mit Platten herumzugehen. Einer von ihnen häufte etwas Undefinierbares auf Poppys Teller, während ein anderer ihr ein Glas roten und ein Glas weißen Wein einschenkte.

„Wird nicht normalerweise gefragt, ob man Rot oder Weiß trinken möchte?"

„Ich sehe jetzt immer öfter, dass gleich beides serviert wird. Manche Leute finden das fantastisch – die Geschmacksrichtungen vermischen sich, und das verhindert das Abstumpfen der Geschmacksknospen."

Die Tische waren in einer unregelmäßigen Kreisform angeordnet, sodass sich in der Mitte des Raumes eine große freie Fläche befand. Dort gab es eine niedrige Plattform. Eine extrem dünne Blondine mit deutlich sichtbaren Muskeln betrat diese Bühne jetzt. Außer einem schwarzen Sport-BH und einem dazu passenden Slip hatte sie nichts an. Ihre Nägel, lang und in einem glitzernden Kastanienbraun lackiert, standen im starken Kontrast zu ihrem sportlichen Körper und Auftreten, ihre Augen waren dramatisch geschminkt. Fast zu schrill sah das aus.

Die unaufdringliche klassische Musik, die bisher den Raum erfüllt hatte, verhallte, und ein merkwürdiger Partysong erklang. Die Frau begann, wilde Verrenkungen zu vollführen – wie eine Schlangenfrau.

„So etwas finde ich immer ganz fantastisch, Sie auch?", fragte Billy.

„Äh, ja. Ich glaube schon."

„Hat man Sie eigentlich auch für den Artikel interviewt, der im *Gruff*-Magazin erscheinen wird? Über die Burlesque-Szene in New York?"

Das war's. Daher kannte sie seinen Namen! Bette hatte

sich für ihn interessiert – damals, an dem Abend, als sie Mallory zu sich auf die Bühne holte.

„Nein, ehrlich gesagt nicht. Dabei wäre es eigentlich nötig gewesen. Ich bin schließlich der heißeste Neuzugang im Blue Angel, und jeder weiß, dass das Blue Angel der beste Club in der ganzen Stadt ist."

Billy sah sie an.

„Da haben Sie sicher recht! Außerdem sind Sie geradezu umwerfend attraktiv. Ich möchte ein paar Fotos von Ihnen für den Artikel. Und ich werde dafür sorgen, dass der Autor sich mit Ihnen in Verbindung setzt – Alec Martin. Wenn es zu spät für ihn ist, um sie noch im Artikel zu erwähnen, werde ich sicherstellen, dass wir in der Fotostrecke Bilder von Ihnen bringen."

Alec Martin. Mallorys Freund, der Journalist. Endlich kam sie dem Durchbruch näher – das hier würde sie nach oben bringen. Wobei sie nicht genau wusste, wie das ablaufen sollte. Als Erstes musste sie dafür sorgen, diesen Alec allein zu erwischen. Dann würde sie es schon herausfinden.

„Hoffentlich hat Ihr Reporter die Möglichkeit, mich noch in den Text aufzunehmen. Ich habe ganz schön viel Insiderwissen und sehe alles noch ein bisschen anders, aus einer frischeren Perspektive, als die älteren Mädchen."

„Ich spreche mit ihm. Das dürfte kein Problem sein."

Ein gut aussehender, südländisch wirkender Kellner tauschte Poppys Teller gegen einen anderen aus. Wieder wusste sie nicht genau, was sie da bekommen hatte.

„Was ist das?"

„Geschmorte Rippchen", informierte sie der attraktive Mann.

„Dem leckeren Kerl würde ich auch gern mal an die Rippchen fassen", sagte Billy.

Poppy musste lachen.

„Sie haben Ihren Wein ja noch gar nicht angerührt", stellte er fest.

„Mir schmeckt nur Champagner."

Sofort winkte ihr Tischnachbar einen Kellner herbei und bat um eine Flasche.

„Eine ganze Flasche? Ist das nicht zu viel?"

„Sie befinden sich auf einer Party der Baxters. Das Konzept ‚zu viel' existiert hier nicht."

Ihr gegenüber saß ein farbiger Mann mit Glatze in einem modischen schwarzen Anzug und weißer Krawatte. Er rief Billy etwas zu. Sie begannen sich angeregt über einen Politiker zu unterhalten, von dem Poppy noch nie gehört hatte. Also richtete sie den Blick auf die Bühne und wartete darauf, dass ihr Champagner gebracht wurde.

Die Schlangentänzerin brachte sich wieder in eine normale Position und schaffte es irgendwie, die Bühne zu verlassen. Poppy fragte sich, ob ihre Beine sich nach dem Auftritt wohl wie Pudding anfühlten. Sie erwog, diesen Gedanken mit Billy zu teilen, aber der lachte gerade mit dem Kerl gegenüber.

Der Kellner kam und schenkte ihr ein Glas Champagner der Marke Krug ein.

„Danke. Billy, Sie auch?"

„Warum nicht? Poppy, das hier ist Dominick Monde, ihm gehört Tout le Monde Films, die Filmproduktionsgesellschaft. Dominick, Poppy LaRue, eine ganz fantastische Burlesque-Tänzerin. Aber wartet mal – da tut sich was auf der Bühne."

Einer der Kellner hatte die Plattform betreten. Aber Moment – gehörte er überhaupt zu der Gruppe? Diese ganzen attraktiven Männer schienen einander zu gleichen wie ein Ei dem anderen: Alle hatten sie perfekte Gesichter, straffe muskulöse Körper und dichtes Haar. Dieser hier war schlank, mit kurz geschorenen blonden Haaren und blauen Augen wie ein sibirischer Husky – das sah sie sogar von hier aus.

Wieder veränderte sich die Musik, diese Nummer klang wie ein Song von Moby mit Dance- und Trance-Elementen. Der Typ fing an, sich auszuziehen, knöpfte sich das Hemd auf und warf es von sich. Als er sich die Hose herunterzog, konnten alle sehen, dass er keine Unterwäsche trug – und eine beachtliche Erektion hatte.

„Das schätze ich so an den Baxters! Es gibt immer was besonders Leckeres", meinte Billy, und die paar Leute, die ihn hören konnten, lachten über seine Bemerkung.

Ein zweiter Mann betrat die Bühne, splitternackt, in der Hand etwas, das wie eine Fliegenklatsche aussah. Er sah aus wie ein Spanier oder Italiener und hatte auffällig breite Schultern, längeres schwarzes Haar und ein ebenso fein geschnittenes Gesicht wie der Husky. Seine Lippen glichen denen von Angelina Jolie. Sein rechter Oberarm war ganz und gar von einem Tattoo bedeckt. Insgesamt: einer der heißesten Typen, die Poppy je in ihrem Leben gesehen hatte.

Der Dunkelhaarige stellte sich vor den Blonden, der sich direkt vor ihn kniete und seinen steifen Schwanz in den Mund nahm.

„Jesus", keuchte Poppy.

„Jesus Luz?", meinte Billy. „Stimmt, dem sieht er ähnlich. Aber glauben Sie mir, Schätzchen – so viel Geld haben noch nicht mal die Baxters. Das ist Derek Dart. Ich kenne ihn aus ein paar Filmen. Aber ich muss sagen, seine Live-Performances sind noch viel besser."

Der Blonde saugte heftig an Derek Darts Schwanz und packte dabei mit einer Hand seinen muskulösen Hintern. Gleichzeitig machte sich der andere an seinem Schwanz zu schaffen. Poppy fragte sich, wie lange es wohl dauern würde, bis Derek zum Orgasmus kam. Außerdem überlegte sie, ob sie es aushalten würde, dabei zuzusehen, wie sich ein Mann in den Mund eines anderen ergoss. An der Bewegung von Dereks Becken konnte sie erkennen, dass es wahrscheinlich nicht mehr lange dauern würde. Doch dann zog er sich plötzlich zurück und drehte seinen Partner um. Der beugte sich nach vorn, und Derek begann damit, seinen Hintern mit der Fliegenklatsche zu bearbeiten. Poppy musste einfach Dereks Schwanz anstarren. Der war inzwischen fast lila und glänzte vor Speichel.

Der Blonde quittierte die Schläge mit Stöhnen, und zwar so laut, wie nicht einmal Derek gewesen war, als er den Blowjob bekommen hatte. Poppy konnte kaum glauben, diese Szene in einem Raum zu erleben, in dem Menschen beim Dinner saßen, und am merkwürdigsten kam ihr vor, dass sich die Atmosphäre seit dem Auftritt der Schlangentänzerin nicht verändert hatte. Poppy traute sich nicht, sich richtig umzusehen, denn sie wollte keinem anderen Blick begegnen. Aber es hätte sie nicht erstaunt, wenn sie gesehen hätte, dass einige Gäste weiteraßen und sich unterhielten.

Plötzlich spuckte Derek auf seinen Schwanz, verteilte den Speichel darauf und drang von hinten in den anderen Mann ein. Poppy wollte wegschauen, aber sie war auf merkwürdige Weise fasziniert. Selbst hatte sie erst zweimal im Leben Analsex gehabt, es waren schmerzhafte Erfahrungen – und keiner ihrer beiden Partner war so gut ausgestattet gewesen wie Derek. Sie konnte sich einfach nicht vorstellen, wie sich das gut anfühlen sollte, doch das Gesicht des Blonden blieb in Ekstase verzerrt. Vielleicht war er auch einfach der beste Schauspieler der Welt. Dann hatte er einen Oscar mehr als verdient.

Derek bewegte sich mit schnellen, harten Stößen, vor Anstrengung traten die Muskeln auf seiner Brust und an seinen Armen hervor. Poppy erkannte mit Erstaunen, wie sehr sie die Szene erregte – sie spürte sogar ein Pulsieren zwischen den Beinen.

Dann zog Derek seinen Schwanz heraus und bearbeitete ihn mit den Händen, bis eine Samenfontäne wie ein Regenschauer auf die Hinterbacken des anderen Mannes niederging.

Die Gäste an den Tischen spendeten den beiden höflichen Applaus, als hätten sie gerade einem Klavierkonzert beigewohnt.

„Wenn das zum Hauptgang gehört, kann ich den Nachtisch kaum abwarten", erklärte Billy augenzwinkernd. Poppy hätte am liebsten zu ihm gesagt, er dürfe nicht vergessen, dem Journalisten ihre Kontaktdaten zu geben, aber sie wollte nicht aufdringlich erscheinen. „Sagen Sie mir doch Ihre Handynummer", bat er. „Dann kann ich sie meinem Mitarbeiter geben. Ich will, dass er diese Sache weiterverfolgt. Ich glaube, bald ist Redaktionsschluss für die Ausgabe."

Poppy bemühte sich, nicht allzu offensichtlich zu lächeln, nannte ihm die Nummer. Er gab sie in sein iPhone ein.

Plötzlich stand Justin hinter ihrem Stuhl und berührte sie an der Schulter.

„Ich freue mich, Sie hier zu sehen. Gefällt Ihnen die Show?"

Die Art, wie er diese Frage stellte, bewirkte, dass sie sich schmutzig fühlte, und das machte sie wütend. Aber sie war feucht zwischen den Beinen, und sie konnte den Gedanken daran nicht unterdrücken, wie geil der Sex mit ihm gewesen war. Wie er sie geleckt hatte.

„Ja. Danke."

„Ein galaktisch guter Abend", pflichtete ihr Billy bei.

„Schön, dass alle ihren Spaß haben. Hoffentlich ist es in Ordnung, wenn ich deine Tischnachbarin für eine Weile entführe?"

„Aber natürlich."

Justin zwinkerte Poppy zu und bedeutete ihr, sie möge ihm folgen.

Er führte sie an die Bar, in den Raum, an den sie sich von ihrem letzten Besuch erinnerte.

„Wie hat dir die Show gefallen?“

„Ich fand sie interessant.“

„Interessant? Mehr nicht? Ich wette, du bist ganz feucht zwischen den Beinen.“

Sie entschied sich dafür, sich in dieser Sache bedeckt zu halten. „Ich habe mich gut amüsiert, okay? Und jetzt gehe ich zurück zum Tisch.“

„Habe ich irgendwas gesagt, was dich beleidigt?“

„Beleidigt hast du mich bei meinem letzten Besuch. Das weißt du auch genau.“

„Ich möchte es wiedergutmachen. Am liebsten würde ich dich lecken.“

„Nein, Justin! Im Ernst, ich bin kein Sexspielzeug für dich und deine Frau.“

„Meine Frau hat damit gar nichts zu tun. Nur wir beide dieses Mal.“

„Ich gehe jetzt“, erklärte Poppy. Sie wusste, dass sie sich damit wahrscheinlich um die Chance brachte, nach L. A. eingeladen zu werden, aber das war ihr gleichgültig. Es stand schon etwas Wichtigeres an: das Interview mit Alec Martin.

Als könne er ihre Gedanken lesen, meinte Justin: „Vielleicht möchte dein Tischherr ja dabei zusehen. Du weißt doch, wie neugierig diese Journalisten manchmal sind.“

In diesem Augenblick wurde ihr klar, dass sie vielleicht zwei Fliegen mit einer Klappe schlagen konnte.

Justin fasste ihr Schweigen als Zustimmung auf. Sie beobachtete, wie er zurück zu ihrem Tisch ging und Billy etwas ins Ohr flüsterte. Und ja, er kam zusammen mit Justin zu ihr zurück. Zu dritt stiegen sie in den Lift, der sie nach oben brachte. Dabei fiel kein einziges Wort.

Justin brachte sie in einen Salon im dritten Stock. Die Einrichtung war komplett schwarz-weiß – drei niedrige schwarze Sofas, ein weißer flauschiger Teppich und ein paar silberne Stehlampen im Retrostil. Ein kleines Klavier befand sich in einer entfernten Ecke des Raumes, und Poppy fragte sich, ob jemals darauf gespielt wurde oder ob es nur dort stand, weil es ins Farbschema passte.

Billy ließ sich auf einem der schwarzen Sitzmöbel nieder, das einem anderen, identischen, genau gegenüberstand. Das Licht war bereits gedämpft, und Justin drehte es noch weiter herunter, bevor er Poppy zu dem Sofa führte. Er kniete sich vor sie, schob ihr das Kleid hoch und den Slip ganz nach unten, zog ihn ihr aus. Sie ließ den Kopf auf der Rückenlehne des Sofas ruhen, versuchte, nicht daran zu denken, dass Billy Barton ihre Pussy in all ihrer Pracht sehen konnte. Doch dann dachte sie daran, wie viel Bette daran gelegen war, dass er sie bemerkte – ihr, Poppy, wurde diese Aufmerksamkeit nun zuteil, und zwar in einem Maße, wie Bette es nie erreicht hatte.

Justin drückte ihr die Beine auseinander, presste seinen Daumen auf ihre Klitoris. Sie konnte sich daran erinnern, dass er das auch letztes Mal getan hatte, wusste noch, wie er seine Finger zuerst in sie geschoben und dann seine Zunge hatte folgen lassen, bis in ihr Innerstes. Allein der Gedanke daran reichte aus, damit sie sich wand, und sie packte die Hand, mit der er ihren Oberschenkel umklammert hielt, zog sie zu ihrer Grotte. Er führte langsam seinen Mittelfinger in sie ein, ganz tief. Stöhnend bäumte sie sich auf, vergaß ganz, dass es einen Zuschauer gab. Kurz bevor sie ihren Höhepunkt erreichte, hielt er inne.

„Was soll das?“, fragte sie.

„Warum machst du es dir nicht selbst, für uns beide“, meinte er. Ehe sie etwas erwidern konnte, hatte er sich zu Billy auf die Couch gesetzt. Die beiden Männer sahen Poppy an, als hätten sie Sitze in der ersten Reihe bei einem Theaterstück am Broadway.

Sie stand so kurz vor ihrem Orgasmus, dass sie sowieso Hand anlegen musste. Also entschied sie sich dafür, einfach so zu tun, als sei sie allein im Zimmer. Legte den Kopf zurück, schloss die Augen und streichelte ihre Perle, war jedoch so erregt, dass sie sofort zur Sache kam und zwei Finger in sich einführte. Als sie sich selbst einen Höhepunkt schenkte, während Billy und Justin sie beobachteten, wurde ihr bewusst, dass es sie sogar erregte, nicht allein zu sein. Schneller und heftiger bewegte sie die Finger, dachte dabei an den Herausgeber des *Gruff*-Magazins und den superreichen Playboy, die beide jede Menge andere Möglichkeiten gehabt hätten, als ihr dabei zuzusehen, wie sie sich selbst befriedigte. Bei diesem Gedanken erreichte sie den Gipfel, und die Empfindungen waren so heftig, dass sie laut aufschrie. Ihr Zittern konnte sie an ihrer eigenen Hand spüren, und erst jetzt erlaubte sie sich einen Blick auf ihr Publikum.

Justin stand auf und kam zu ihr. Sofort kniete er sich hin, nahm ihre nassen Finger in den Mund. Dann öffnete er ihre Schenkel noch weiter und begann sie zu lecken, wie eine Katze, die einen Sahnetopf entdeckt hatte. Über seinen Kopf hinweg warf Poppy Billy Barton einen Blick zu und sah, dass er sich die Hose hinuntergezogen hatte und seinen Schwanz in der Hand hielt.

In diesem Moment begriff sie, dass sie sich keine Sorgen um das Interview machen musste. Jetzt hatte sie sogar die Chance, aufs Cover zu kommen.

15. KAPITEL

Mallory trat aus dem Flugzeug direkt in den strahlenden Sonnenschein. Einfach unglaublich – zweihundert Dollar und fünf Stunden Reisezeit, mehr brauchte man nicht, um dem Winter zu entkommen. Hier gab es nichts als Hitze, Palmen und trockene Luft. Sofort entspannte sie sich. Spürte, wie sich ein Dauerlächeln auf ihrem Gesicht ausbreitete. Alec, die Kanzlei, der unruhige Schlaf auf Julies Couch … Alles schien unendlich weit entfernt.

„Sogar die Luft riecht hier anders", sagte sie zu Bette.

„Ich weiß. Und zwar besser, stimmt's?" Am Gepäckband wartete bereits ein Chauffeur auf sie, der ihre Taschen zu einer schwarzen Limousine trug. Die Fahrt zum Hotel in West Hollywood dauerte zwanzig Minuten.

Das Palihouse war ein Boutiquehotel mit einem so diskret platzierten Eingang, dass man das Gefühl bekam, einen privaten Club zu betreten. Ihr Gepäck wurde ein paar breite Holzstufen hinuntergebracht, und sie gelangten in eine Lounge, in der eine wunderbar angenehme Atmosphäre herrschte.

„Hier wohnen wir?", fragte Mallory und bewunderte die altmodischen Kronleuchter, die marokkanischen Bodenfliesen und die Ledersofas, in denen schon viele Gäste gesessen haben mussten. Außerdem fielen ihr Details wie verschnörkelte Vogelkäfige auf.

„Ich weiß – ich finde es hier ganz herrlich. Eine Mischung aus Paris und L. A., so könnte man es beschreiben", meinte Bette.

Die Rezeption bestand nur aus einem einfachen Holztisch, hinter dem sie ein charmanter junger Mann freudig begrüßte. Er gab beiden je einen Zimmerschlüssel – einen richtigen Schlüssel, keine Plastikkarte, so wie Mallory es kannte. „Alle

Informationen, die Sie für das Wochenende benötigen, finden Sie in Ihrer Suite", teilte er den beiden Frauen mit.

In einem verspiegelten Lift fuhren sie in die vierte Etage, das oberste Stockwerk des Gebäudes. Bette öffnete die Zimmertür, und leise erklang ein Lied, das Mallory bekannt vorkam.

„Was ist das?"

„‚I Feel Cream' von Peaches. Ein komischer Zufall, oder vielleicht ein gutes Omen, denn am Samstag trete ich zu ihrem Song ‚Lose You' auf."

„Es ist zauberhaft", erklärte Mallory. „Ich weiß jetzt schon, dass ich hier nie wieder wegwill."

„Du kannst das Schlafzimmer haben", meinte Bette. „Im Bett liegen werde ich sowieso nicht viel."

Das Zimmer wirkte wie ein hippes Apartment in der Stadt, mit einem großen Wohnbereich, der mit schwarzem Teppich ausgelegt war, Wänden in Backsteinoptik, stimmungsvollen Fotografien, zwei weißen Sofas und genug Beistelltischen und Stühlen, dass man eine kleine Party hätte geben können. Außerdem gab es eine komplett ausgestattete Küche mit einem Marmor-Tresen in der Mitte und ein Schlafzimmer mit einem riesigen Bett und Schränken, so groß wie für eine ganze Familie. Das Badezimmer war wahnsinnig edel: schwarze Fliesen, jede Menge Spiegel und eine Duschkabine mit Glaswänden. „Ich spüre geradezu, wie mir die Coolness dieses Zimmers in jede einzelne Pore dringt."

„Schau mal hier – ein Präsentkorb." Bette holte eine Flasche Dom Pérignon hervor, dann einige teure Beautyprodukte und schließlich eine schwarze Schachtel.

„Was ist denn da drin?", wollte Mallory wissen. Bette gab ihr das Behältnis.

„Schau doch mal rein."

Mallory nahm den Deckel ab. In der Schachtel befand sich ein pinkfarbener Satinbeutel. Sie zog die Schnüre auseinander und entdeckte einen harten Gummiball, der durchsichtig war und eine zweite Kugel enthielt, wie ein kleines Gewicht. An dem seltsamen Ding hing eine Schlinge. „Was um Gottes willen ist denn das?"

„Der berühmte Wunder-Kegel von Pike!", erwiderte Bette mit einem Lachen.

„Du machst Witze."

„Nein, ganz im Ernst. Mit dem Ding hat Martha Millionen verdient. Viele zufriedene Kundinnen würden dir versichern, dass du gerade das Geheimnis der Superpussy in der Hand hältst."

„Ich verstehe nicht, wie das funktionieren soll – man schiebt sich das Teil rein, und dann?"

„Dann musst du deine Beckenmuskeln anspannen, damit es an Ort und Stelle bleibt. Widerstandstraining für deine Vagina."

Mallory kicherte und warf das Ding zu Bette. Die duckte sich, sodass der Kegel auf der Couch landete.

„Versprich mir, dass du sie ausprobierst, bevor wir hier wegfahren. Sei nicht immer so engstirnig."

„Bin ich gar nicht … Aber meine Pussy ist noch eng genug."

„Wenn du dich weiter so aufführst, schicke ich dich sofort nach New York zurück."

Mallory lachte nur und ging dann ins Badezimmer, um sich frisch zu machen und Sonnencreme aufzutragen. Wieder einmal überraschte sie der Anblick ihrer in dunklem Kirschrot erstrahlenden Haare. Aber sie gefiel sich sehr – durch die Farbe wirkte ihre Haut ganz anders, und sie brauchte kaum noch Make-up; ihre haselnussbraunen Augen hatten einen grünen Schimmer, die Ringe darunter wirkten weniger dunkel, und die natürliche Röte ihrer Wangen wurde hervorgehoben.

Bette wedelte mit einem Umschlag vor Mallorys Gesicht herum.

„Justin hat für mich eine Massage im Equinox-Fitnessclub auf dem Sunset Boulevard gebucht. Ich rufe da jetzt an und frage, ob sie für dich auch noch was frei haben."

„Ach, keine Sorge. Da kann ich doch später immer noch hin."

„Du kommst mit! Zusammen macht das viel mehr Spaß."

„Ich weiß nicht. Schließlich habe ich gerade erst meinen Job verloren – solche Ausgaben kann ich mir zurzeit nicht leisten."

„Ich lasse das auf Justins Rechnung setzen. Er weiß, dass ich eine Freundin mitbringe. Überhaupt kein Thema. Ich rufe da jetzt an, und dabei bleibt es."

Zwei Stunden später entspannte sich Mallory auf einem bequemen Liegestuhl neben Bette. Sie trug einen weißen Bademantel und trank Gurkenwasser. Durch das Panoramafenster hatte man einen ausgezeichneten Blick auf Hollywood.

„Wenn ich in meinem Fitnessstudio in New York trainiere, sehe ich einen Gap-Laden und einen Hotdogstand", kommentierte Mallory.

„Ja, es ist verrückt hier. Jedes Mal wenn ich in L. A. bin, spiele ich mit dem Gedanken, ob ich nicht doch herziehen sollte."

„Warum machst du's dann nicht?"

„Als Burlesque-Tänzerin hat man nicht so viele Möglichkeiten. Zumindest ist die Szene hier nicht so groß wie in New York. Vielleicht habe aber auch nur ich diesen Eindruck. Außerdem ist das hier nicht der richtige Ort, um pleite zu sein oder nur wenig Geld zu besitzen. Kontakte und Kohle, das zählt hier. Ein Leben mit geringen finanziellen Mitteln in New York ist cool und ‚kreativ'. Dieselbe Situation in L. A. ist zum Verzweifeln."

„Bette und Moxie?“ Eine Frau im Equinox-Outfit kam auf sie zu.

„Du hast meinen Künstlernamen angegeben?“ Mallory wunderte sich.

„Klar. Hier bist du Moxie. Und zwar das ganze Wochenende lang. Ich meine es ernst – probier's doch einfach mal aus.“

„Mache ich, wenn du mir dafür deinen bürgerlichen Namen verrätst.“

„Ich empfinde es sogar als Beleidigung, dass du mich das überhaupt fragst,“ erwiderte Bette lächelnd.

Zwei Mitarbeiterinnen brachten sie in den Massageraum und stellten sich als Jessica und Amy vor. Sie ließen ihren Kundinnen Zeit, damit sie es sich auf den Massagebänken direkt nebeneinander bequem machen konnten. Mallory legte den Bademantel ab, ließ jedoch ihre Unterwäsche an und verschwand rasch unter dem straff gefalteten weißen Laken.

„Du bist wirklich sexy“, sagte Bette. Sie hatte den Bademantel ebenfalls abgelegt, setzte sich aufrecht auf die Bank und streckte sich. Mallory konnte den Blick nicht von ihren perfekten Brüsten abwenden – die versetzten sie immer wieder in Erstaunen. Kaum zu glauben, dass sie sie berührt, in den Händen gehalten, mit dem Mund berührt hatte. Es war, als hätte sie für einige Stunden ein Bild aus einem berühmten Museum bei sich in der Wohnung gehabt.

„Das musst du gerade sagen“, erwiderte Mallory.

„Ich verstehe immer noch nicht, warum es zwischen uns bei diesem einen Mal geblieben ist. Es hat dir doch gefallen.“

„Leise – sie könnten uns hören.“

„Wer denn? Die beiden Masseurinnen? Das interessiert die doch gar nicht. Warum bist du nur so nervös? Du führst dich auf wie eines von diesen kleinen überzüchteten Hündchen.“

„Ach, Quatsch. Ich möchte nur nicht hier darüber sprechen."

Die beiden Frauen kamen zurück, nahmen wortlos ihre Positionen neben Mallory und Bette ein. Beruhigende Musik erfüllte den Raum. Mallory schloss die Augen, verschmolz geradezu mit der Liege, als die Masseurin mit ihren warmen, eingeölten Händen ihre verspannten Muskeln bearbeitete. Sie schaltete ab, ließ ihre Gedanken fließen, und so geschah es, dass sie plötzlich wahrnahm, was sie die ganze Zeit zu verdrängen versucht hatte: Sie vermisste Alec. Sie beide sollten jetzt zusammen sein, zum gemeinsamen Dinner aufbrechen, zwischendurch einen Abstecher zum Buchladen machen, zwei Bücher aussuchen, um sie im Wechsel zu lesen. Auf dem Heimweg würden sie Bagels und Räucherlachs kaufen und sich so das lange Anstehen am Samstagmorgen sparen. Dabei würden sie darüber diskutieren, ob sie Omelettes oder Sandwiches machen sollten, und den alten Streit wieder aufnehmen, wie lange man Frischkäse im Kühlschrank aufbewahren konnte. Stattdessen lag sie hier, ausgestreckt auf einer Massagebank in einer ihr fremden Stadt, neben einer Frau, die sie kaum kannte und die eigentlich nichts über sie wusste. Es fühlte sich an, als habe sie sich ihr Leben mit Alec nur eingebildet, als sei es ein Traum gewesen, aus dem sie aufgewacht war und in den sie nun zurückfinden wollte. Die Tränen, die sie aufsteigen fühlte, unterdrückte sie mit Gewalt. Das war doch lächerlich – sie erlebte einen aufregenden Urlaub in Los Angeles, und zwar zusammen mit einer Freundin, einer sehr interessanten sogar, die sie mitnahm in ein ganz neues Leben. Bette kümmerte es nicht, ob Mallory als Juristin erfolgreich war, sie fragte nicht danach, wie und wann sie einen neuen Job finden würde. Und als Freundin sorgte sie dafür, dass Mallory sich schön fühlte. Zeigte ihr, wie sie schön sein konnte.

Die Masseurin widmete sich ihrem Hals, und Mallory dachte daran, wie es Alec gelungen war, sie ihre eigene Attraktivität erkennen zu lassen. Mit ihm hatte sie ihren ersten Orgasmus gehabt. Er war der Erste, der ihr gesagt hatte, dass er sie liebte. Und obwohl er manchmal anderen Frauen hinterherschaute – sogar ziemlich unverhohlen –, hatte er bei jeder Gelegenheit gesagt, dass sie von allen Anwesenden am aufregendsten aussah, selbst wenn das nicht stimmte. Trotzdem hatte er es immer ernst gemeint.

Aber diese besondere Verbindung zwischen ihnen war abgerissen.

Mallory hätte nicht sagen können, wann genau das geschehen war. Julie hatte einmal gemeint, es hätte schon nicht mehr richtig gepasst, seit sie Ende des letzten Sommers nach New York gezogen war, aber das stimmte nicht ganz. Es war so spannend gewesen, in das Apartment zu ziehen, das Alec vorher mit einem Arbeitskollegen geteilt hatte, Jared. Der hatte dann einen Job an der Wall Street gefunden und brauchte keinen Mitbewohner mehr. Sie selbst hatte ein offizielles Jobangebot von der Kanzlei bekommen … Alles lief perfekt. Sie hatten zusammen Möbel gekauft. Mehrmals in der Woche zusammen Abendessen gekocht oder sich Mahlzeiten in billigen Restaurants wie einer Pizzeria oder einem Diner gegönnt. In jener ersten Zeit hatte es nur ein Problem gegeben: Sie bekamen nicht genug Schlaf, weil sie oft mitten in der Nacht aufwachten und übereinander herfielen, benommen und zugleich berauscht vom neuartigen Gefühl, die Nacht im selben Bett zu verbringen. Dann fühlte sich der Sex an wie ein Traum. Manchmal hatte er sie auch am Morgen in die Dusche begleitet, wenn sie sich für die Arbeit fertigmachte. Ihr den Rücken gewaschen … Und dann ihre Vorderseite …

Doch schon bald hatte es bei *Gruff* mehr für Alec zu tun gegeben. Und als sich ihre erste freudige Aufregung darüber, einen richtigen Job zu haben, gelegt hatte, begannen die monotonen Recherchen für die Kanzlei sie zu ermüden. Etwa um diese Zeit hatte Billy Barton begonnen, sie immer öfter zu Partys einzuladen, auf denen Frauen herumliefen, die so schön wie Models waren und Kleidung trugen, die aussah, als käme sie direkt vom Laufsteg. Was wahrscheinlich den Tatsachen entsprach. Ihr fiel auf, wie Alec diese Frauen ansah – als seien sie unerreichbar, aber unglaublich begehrenswert. Wenn sie nach solchen Partys zu Hause ankamen und er keinen Sex wollte, nahm sie das als persönliche Beleidigung. Fragte sich, ob sie ihm nicht mehr genügte. Oder war es vielleicht, weil er sie mit all dem verglich, was ihm New York zu bieten hatte? Oder weil sie jetzt schon vier Jahre zusammen waren? Vielleicht passierte das allen Paaren, die so lange durchhielten und irgendwann sogar in derselben Wohnung lebten?

Dann hatte er sie an ihrem Geburtstag zu der Show mitgenommen. Obwohl sie zuerst wütend darüber gewesen war, hatte es ihr gefallen, dass er ihr etwas Unkonventionelles bot. Sie in ein schickes Restaurant ausführen, das hätte jeder gekonnt. Alec war immer für eine Überraschung gut, und das schätzte sie sehr, auch wenn er zuweilen Dinge von ihr verlangte, bei denen sie sich unbehaglich fühlte. Als er sie an jenem Abend gebeten hatte, für ihn zu tanzen, hatte sie das verlegen gemacht, sie zugleich aber auch sehr erregt. Aus irgendeinem Buch wusste sie, dass im Gehirn die Areale für Angst und Liebe dicht beieinanderliegen. Alec verfügte über ein sicheres Gespür dafür, wie er sie an die Grenze des für sie Akzeptablen bringen konnte, und das ließ ihre Liebe zu ihm nur noch stärker werden. So etwas hatte sie noch nie zuvor mit jemand anderem erlebt, und sie fragte sich, ob es jemals wieder geschehen würde oder ob diese Empfindung für immer für sie verloren war.

„Drehen Sie sich langsam auf den Bauch", wies sie die Masseurin mit leiser Stimme an. Mallory kam der Bitte nach, während die Frau das Laken über ihr festhielt, damit sie bedeckt blieb. Als sie es sich bequem gemacht hatte, legte die Equinox-Mitarbeiterin heiße Steine auf bestimmte Druckpunkte auf Mallorys Rücken. Sie seufzte, wünschte sich, für immer so liegen bleiben zu können. Wenn Jessica nur immer weiter ihre verspannten Muskeln bearbeiten würde, so dachte sie, würde sie einen Weg finden, das Chaos in ihrem Leben zu ordnen.

Als die Behandlung vorbei war, ließen Jessica und Amy die beiden Frauen allein, damit sie sich noch ein bisschen entspannen und dann wieder anziehen konnten. Jessica meinte, die beiden sollten sich ruhig Zeit lassen, damit Geist und Körper die Gelegenheit bekamen, langsam wieder zu erwachen.

Mallory fühlte sich unglaublich gut. Ihre Gedanken waren zur Ruhe gekommen; ihr Körper fühlte sich zwar schlaff an, aber sie spürte, wie eine kräftige Energie sie durchfloss.

„Weißt du, woran ich in solchen Situationen ganz besonders denken muss?", fragte Bette.

„Nein, woran denn?"

„An guten Sex."

„Bette!"

„Das meine ich ganz ernst. Hast du es jemals direkt nach einer intensiven Massage getan? Deine Muskeln und Nerven sind viel empfindlicher als sonst – glaub mir, innerhalb von Sekunden hast du einen Orgasmus."

„Na, dann merke ich mir das fürs nächste Mal."

„Warum fürs nächste Mal?", erwiderte die Tänzerin und rutschte von ihrer Liege herunter. Ihr wunderschöner Körper glänzte vom Massageöl.

„Darüber haben wir doch gesprochen. Keine gute Idee", protestierte Mallory schwach. In Wahrheit hatte sie allerdings sehr wohl darüber nachgedacht, wieder Sex mit Bette zu haben, und sei es auch nur noch ein einziges Mal. Bei ihrem ersten intimen Beisammensein war sie nervös und verzweifelt gewesen, wegen des Streits mit Alec. Deshalb hatte sie es nicht so genießen können, wie sie gerne wollte. Aber es hatte sich angenehm angefühlt, und sie musste immer wieder daran denken, wie Bette sie berührt hatte und wie es war, sie anzufassen – besonders ihre Brüste. Wie Bette mit ihren weichen Lippen und ihrer kleinen Zunge zwischen ihre Beine gedrungen war. Mallory liebte Alec zu sehr, als dass sie sich mit einem anderen Mann hätte einlassen können – allein der Gedanke daran erschien ihr völlig abwegig. Aber sie brauchte die Entspannung, die Sex mit sich brachte, und sich von Bette einen Orgasmus schenken zu lassen, fühlte sich nicht so an, als betrüge sie Alec. Obwohl sie sich darüber ja nun eigentlich keine Sorgen mehr machen musste.

„Dass es keine gute Idee ist, hast du gesagt. Ich sehe das anders."

Bette ging kurz zu ihrer Handtasche, stellte sich dann neben Mallory – dahin, wo Jessica während der Massage gestanden hatte. Mallory richtete sich auf, aber Bette drückte sie sanft in ihre vorige Position zurück. „Noch nicht. Sieh zu, dass du alles geboten bekommst, was im Preis inbegriffen ist.

„Gezahlt habe ich doch gar nichts – diese Ehre gebührt den Baxters, wenn du dich erinnerst?"

„Auch gut, dann sollen die alles bekommen, was im Preis inbegriffen ist. Glaub mir – die beiden würden es als Betrug empfinden, wenn nicht wenigstens eine von uns zum Höhepunkt kommt."

„Bette!"

„Und jetzt schau mal, was ich für uns mitgebracht habe." Bette zog den geheimnisvolle Kegel hervor.

„Was um alles in der Welt sollen wir denn hier damit?"

„Mir ist jetzt schon klar, dass du das Ding nie allein ausprobieren wirst, und da würdest du ganz schön was verpassen."

„Weg damit."

„Ich dachte, du wolltest dich auf dieser Reise für neue Erfahrungen öffnen?"

„Das hatte ich aber eher im übertragenen Sinne gemeint."

Bette ignorierte den Einwand und machte sich daran, Mallory die Unterwäsche auszuziehen. Mallory lächelte, als gelte es, ein ungezogenes Kind zu besänftigen.

Bette ließ den Kegel über Mallorys Brustwarze gleiten, die schon hart geworden war, nur weil Bette neben ihr stand. Sie dirigierte das Spielzeug mit ihrem Handteller, ließ es zwischen Mallorys Brüsten umherrollen, dann über ihren Bauch und zwischen ihre Beine hinabwandern, wo sie Mallorys Schamlippen damit massierte. Plötzlich drückte sie die Kugel gegen ihre Klit, bewegte sie kreisförmig. Mallory atmete schneller, schloss die Augen.

Bette fuhr fort, sie mit sanftem Druck zu liebkosen, während sie mit der Zunge in Mallory eindrang. Deren Becken bewegte sich wie von allein, kaum wahrnehmbar, und sie sehnte sich danach, dass Bette es ihr mit den Fingern machte, ihr die Entspannung verschaffte, die so nahe war.

„Ich kann einfach nicht glauben, dass du diese hübsche kleine Kugel nicht ausprobieren willst. Du bist wirklich ein ganz besonders dickköpfiges Mädchen", flüsterte Bette, schob den Kegel näher an den Eingang zu Mallorys Muschi. Mallory griff nach Bettes Hand, zog sie zu ihrer geöffneten Spalte und stöhnte, als sie das Spielzeug in sich spürte. Sekunden später zog Bette es wieder heraus und drang mit den

Fingern in Mallory ein, bewegte sie ganz tief in ihr, rhythmisch, ekstatisch. Bette hatte recht gehabt, als sie sagte, die Massage sei die ideale Vorbereitung für einen Orgasmus: Es dauerte nur wenige Sekunden, bis Mallory kam, und zwar so intensiv, dass eine Reihe kalter Schauer ihren ganzen Körper durchlief.

Nun legte Bette sich neben sie. Mallory stützte sich auf einen Ellenbogen, beugte sich dann über Bette, um ihre Brüste zu liebkosen. Sie fühlte sich viel entspannter als bei ihrer ersten sexuellen Begegnung – vielleicht durch den Höhepunkt, oder weil ihr Alltagsleben so weit entfernt schien. Diesmal war ihr jedenfalls zumute wie einem Kind im Süßigkeitenladen. Sie fühlte sich nicht unter Druck gesetzt, nicht so, als müsse sie Bette unbedingt einen Orgasmus verschaffen. Sie wusste, dass es ihre Freundin glücklich machte zu sehen, wie Mallory ganz entspannt ihren Körper erforschte.

Mallory ließ beide Hände Bettes Körper hinabgleiten, über ihren Bauch, berührte sie dann behutsam zwischen den Beinen. Eine seltsame Empfindung, mit den Fingern in sie einzudringen – als verletze sie Bettes Privatsphäre. Sie wusste, dass das nicht logisch war – versuchte sich ins Gedächtnis zu rufen, wie gut es sich anfühlte, wenn jemand das bei ihr tat. Und Bettes Pussy war so wunderbar weich! Außer bei dem einen Mal, als Alec sie darum gebeten hatte, ließ sich Mallory die Bikinizone nicht mit Wachs enthaaren – sie rasierte sich, und deswegen blieb ihre Haut nie länger als einen Tag so glatt. Außerdem entfernte sie nicht alle Haare wie Bette.

Sie fühlte, wie sich Bettes Muschi um ihre Finger schloss, und das war aufregender als alles, was Mallory jemals mit einem Mann erlebt hatte. Es schien, als kommuniziere Bettes Körper auf eine vertraute Weise mit ihr, und das stärkte ihren Mut. Bette war kurz vorm Höhepunkt, das konnte sie spüren, und es machte sie wild. Sie presste ihre Pussy gegen

Bettes Bein, und während Bette ihr Becken rhythmisch gegen Mallorys Hand stieß, rieb Mallory sich an ihr. Dann streckte Bette eine Hand aus, fand Mallorys nasse Öffnung und drang mit zwei Fingern in sie ein. Mallory barg ihren Kopf an Bettes Hals, versuchte nicht zu laut zu sein, als die beiden gemeinsam kamen.

„Oh mein Gott", brachte Mallory heraus.

„Hab ich's dir doch gesagt!" Die Tänzerin lächelte.

Mallory kletterte von der Liege herunter.

„Moment, nicht so eilig", meinte Bette. „Ich habe das Ding hier reingebracht, du trägst es jetzt wieder raus. Lass es drinnen, bis wir in die Umkleide gehen." Mit diesen Worten drückte sie die Kugel zurück in Mallorys nasse Pussy.

„Dann muss ich mich dieser Herausforderung wohl stellen", erklärte Mallory und berührte kurz die Schlinge, die zwischen ihren Schamlippen hervorlugte.

„Ich bin gespannt", erwiderte Bette.

Mallory lag in eine Decke gewickelt auf einem Sofa, mit einem Taschenbuch, das sie angefangen hatte, bevor das Chaos in ihrem Leben ausgebrochen war. Bei einem Blick auf den Umschlag erinnerte sie sich daran, wie sie es für zwei Dollar von einem Stand im East Village mitgenommen hatte, auf einem Spaziergang mit Alec. Der Gedanke daran machte sie sehr traurig. Wer hätte am Tag des Buchkaufs ahnen können, dass Alec sich von ihr trennen würde, bevor sie nicht einmal die Hälfte gelesen hatte, und dass sie die zweite Hälfte nun viele, viele Meilen von ihm entfernt las?

„Bist du dir wirklich sicher, dass du nicht mitkommen willst? Es wird lustig. Versprochen."

Zusammen mit zwei anderen Mädchen, die für die Party der Baxters nach Los Angeles gekommen waren, wollte Bette in einen Club namens „Voyeur". Sie trug eine schwarze Korsage und enge weiße Jeans, dazu weiße Plateausandalen. Ihre Finger- und Fußnägel hatte sie schwarzgrau lackiert, was Mallory außergewöhnlich gut gefiel. Es war ein Nagellack von Chanel aus der letzten Saison, hatte Bette ihr erklärt, und es gab ihn nur noch auf eBay.

„Wirklich ganz sicher, danke. Ich bin total erschöpft. Ich werde früh ins Bett gehen und dafür morgen umso fitter sein."

„Und du willst nicht mal mit uns zu Abend essen?"

„Nein, danke. Ich bestelle mir was beim Zimmerservice."

Bette setzte sich neben sie.

„Alles in Ordnung?"

„Ja. Alec fehlt mir, das ist alles."

„Ach, Süße. Hast du denn keinen Spaß hier?"

„Doch. Und genau das macht alles nur noch schlimmer. Ich wünschte, ich könnte ihn anrufen und ihm alles erzählen. Ich weiß, das klingt verrückt, aber ich würde nicht mal die Sache mit dem Kegel auslassen ... Er ist mein bester Freund. Ich weiß einfach nicht, wie das alles passieren konnte."

„Wenn es so sein soll, kommt ihr wieder zusammen. Ja, das klingt nach einem hohlen Spruch, aber ich glaube daran."

„Kann ich dich etwas fragen? Wie lange ist es her, dass du verliebt warst?"

„Ich glaube, das war ich noch nie."

„Wirklich nicht?"

„Wirklich nicht. Ich war mit vielen Frauen im Bett, und einige meiner Freundinnen mochte ich wirklich gerne, aber ich habe nie eine Verbindung gefühlt, die wie eine Seelenverwandtschaft war."

„Wie lange ist es her, dass du eine Freundin hattest?"

„Zwei Jahre ungefähr."

„Eine lange Zeit."

„Wieso sollte ich mir den Stress antun? Wenn ich Sex haben will, geht das in Ordnung; ich habe immer meinen Spaß. Freunde gibt es auch genug in meinem Leben. Schau dich an – wir sind in LA, vor uns liegt eine fantastische Nacht im angesagtesten Club in der Stadt, und du bekommst nicht mal den Hintern von der Couch, weil du so deprimiert bist. Man lebt nur ein Mal, und in einer Beziehung wäre es nicht immer möglich, das zu tun, was ich will. Es gibt nicht viele Frauen, die bei meinem Tempo mithalten können, Moxie."

„Ja. Das scheint mir auch so."

Bette küsste sie auf die Wange.

„Ruh dich ein bisschen aus. Wir sehen uns morgen früh."

Sobald die Tür hinter der Tänzerin ins Schloss gefallen war, wählte Mallory die Nummer von Alecs Handy. In New York war es acht Uhr abends, und trotzdem landete sie direkt auf seiner Mailbox. Wo steckte er nur? Sie hinterließ keine Nachricht.

16. KAPITEL

Poppy tat sich schwer damit, ein Outfit für ihr Interview mit Alec Martin auszuwählen. Einerseits handelte es sich um einen Geschäftstermin. Andererseits war es Donnerstag, ein wichtiger Abend in New York – vielleicht sogar wichtiger als der Freitagabend. Sie wollte gut aussehen, aber nicht auf eine Weise, die allzu deutlich sagte „Wenn du mit mir schlafen willst, habe ich nichts dagegen". Obwohl das durchaus den Tatsachen entsprach. Wenn sie sich richtig an den Mann erinnerte, der damals mit Mallory im Schlepptau zum ersten Mal vor ihr gestanden hatte, sah er sehr gut aus. Außerdem würde damit auf eine gewisse Weise für Gerechtigkeit gesorgt: Mallory hatte in Los Angeles ihren Spaß mit Bette, und es gab keinen Zweifel daran, dass sich die beiden in Hollywood um den Verstand vögelten. Sollte jetzt etwas zwischen Poppy und Alec passieren ... Nun, so lief es im Leben. Und wenn Mallory deswegen unglücklich war, würde sich Poppy vielleicht bereit erklären, einen kleinen Handel einzugehen: Du tauchst nie wieder im Blue Angel auf, und ich lasse Alec in Ruhe.

Sie war in Retro-Laune und entschied sich für eine Stil-Kombi aus Jackie Kennedy-Onassis und Coco Chanel. Zog ein schwarzes Trenchkleid mit riesengroßen Knöpfen bis zur Taille an und schnürte sich mit einem Gürtel ein. Eine Seite ihres zum Bob geschnittenen Haars steckte sie mit einer Spange mit Schmucksteinen weg, das gab ihr ein mädchenhaftes Gefühl. Als Letztes trug sie roten Lippenstift und einen Spritzer Chanel Allure auf.

Alec hatte sie gebeten, ihn in der Bar des Gemma zu treffen, das Restaurant gehörte zum Bowery Hotel. Als sie dort ankam, saß er schon da, trank Wodka an einem kleinen Tisch für zwei neben der langen Bar. Es war noch früh am Abend und relativ leer, deshalb entdeckte sie ihn sofort.

„Mein Chef hält große Stücke auf Sie", begrüßte sie Alec, als Poppy sich ihm gegenübersetzte. Aus seinen Worten klang nicht die leiseste Ironie oder Anmache, weswegen sie davon ausging, dass Billy nichts verraten hatte, als er das Interview klarmachte. Ob sie das überraschte oder nicht, konnte sie nicht sagen.

„Und er ist ein faszinierender Mann", fügte Poppy hinzu.

„Ich weiß nicht, ob er Ihnen das direkt gesagt hat, aber es sieht so aus, dass ich mit dem Text fast fertig bin. Ich habe mich letzten Monat länger mit einer anderen Tänzerin im Club unterhalten, Bette Noir. Aber Billy ist offensichtlich der Ansicht, dass mein Porträt des Blue Angel ohne ein paar Zitate von Ihnen nicht vollständig wäre." Er lächelte, auf eine jungenhafte, völlig entwaffnende Weise. Ganz leichte Grübchen hatte er und eine winzige Lücke zwischen den Schneidezähnen. Sie musste gegen den Drang ankämpfen, ihre Zunge hineinzustecken.

„Bette und ich arbeiten eng zusammen – wahrscheinlich könnte man sogar sagen, sie ist meine Mentorin", erklärte Poppy.

Alec bestellte ein Bier, Poppy Champagner. Der Kellner brachte ein Glas mit langen, dünnen, knusprigen Brotstangen. Poppy fühlte sich dem Verhungern nahe und verschlang die erste in wenigen Sekunden, griff sofort nach der nächsten.

„Diese Dinger sind so unglaublich lecker. Ich glaube, ich komme nur deswegen immer wieder hierher", meinte Alec.

„Ich kann sehr gut nachvollziehen, dass man schnell süchtig danach wird."

An der Art, wie er ihr in die Augen sah, konnte sie erkennen, dass er sie attraktiv fand. Es funktionierte! Er stellte ihr Fragen zum Beginn ihrer Karriere als Tänzerin, und dazu, wie es im Blue Angel zuging. Poppy bemühte sich, Aussagen zu machen, die geistreicher waren als das, was Bette wahrscheinlich gesagt hatte. Dadurch fühlte sie sich ziemlich unter Druck, und schnell wurde es ihr zu anstrengend.

„Haben Sie schon genug für ein paar gute Zitate?“, wollte sie wissen. Sie leerte gerade ihr zweites Glas Champagner (es konnte auch ihr drittes sein).

„Ich glaube schon, ja. Warum – müssen Sie los?“

„Nein, ganz und gar nicht. Ich dachte nur, ich langweile Sie vielleicht.“

Er lachte. „Hauptsache, meine Leser langweilen sich nicht.“

„Oh, auf keinen Fall. Ich bin sicher, Sie wissen, wie man Spannung erzeugt.“ Sie sahen einander in die Augen, und er war es, der zuerst den Blick abwandte. Poppy wusste, dass nun die Zeit gekommen war, einen Gang höher zu schalten. „Erzählen Sie doch, waren Sie noch mal im Blue Angel, seit Mallory bei der Show mitmacht?“

Sein Gesicht nahm einen finsteren Ausdruck an, und sie fragte sich, ob es ein Fehler gewesen war, das Thema anzusprechen. Dann schien er sich wieder zu fangen, setzte sich bequem hin und nahm einen Schluck Bier (ebenfalls sein drittes, aber das war ihr egal). Schüttelte den Kopf.

„Nein, noch nicht.“

„Wollen Sie das nicht?“

„Wir haben uns getrennt. Hat sie das nicht erzählt?“

„Nein. Mir jedenfalls nicht. Wir sind nicht gerade Freundinnen. Aber es tut mir leid, das zu hören. Trennungen finde ich grässlich.“

„Sind Sie und Bette denn befreundet?“

„Ich weiß nicht“, erwiderte sie mit einem Lächeln. „Beste Feindinnen, könnte man vielleicht sagen.“

„Ich dachte, sie sei Ihre Mentorin?“

Verdammt, reingefallen! Der Typ hatte was drauf. Lernte man so was auf der Journalistenschule?

„Okay, das war übertrieben, fürchte ich. Aber wünschen würde ich es mir. Und das wäre auch angebracht – ehrlich, nach ihr bin ich die Beste, dabei habe ich gerade erst angefangen. Sie arbeitet schon zwei Jahre im Blue Angel, und man kann doch erwarten, dass sie eine Kollegin unterstützt, sich zu etablieren." Und zwar eine andere Kollegin als Mallory, die es nicht einmal verdiente.

„Herrscht denn zwischen den Mädchen im Club eine große Rivalität? Und wie sieht es damit in der Burlesque-Szene ganz allgemein aus?"

„Was die anderen Mädchen finden oder wie man in der Szene generell darüber denkt, kann ich nicht sagen. Außerdem dachte ich, Sie hätten schon genug Material für Ihren Artikel zusammen."

„Habe ich das gesagt? Daran kann ich mich gar nicht erinnern."

„Ganz bestimmt haben Sie das gesagt." Sie setzte ihr verführerischstes Lächeln auf, und er konnte nicht anders, musste es erwidern.

„Okay. Dann keine Fragen mehr. Sie lassen nicht mit sich handeln, Ms LaRue."

Keine Fragen mehr? Bedeutete das etwa, dass er gleich die Rechnung kommen lassen würde? Aber nein, er schien sich wieder zu entspannen, lehnte sich im Stuhl zurück und begann sogar damit, die Speisekarte durchzublättern.

„Haben Sie schon gegessen? Ich bin am Verhungern", erklärte er.

„Äh, nein." Sollte das heißen, er würde sie zum Essen einladen? Die teuren Sachen hier konnte sie nämlich auf gar keinen Fall bezahlen. Außerdem hatte sie gerade erst dreißig Dollar für Federn ausgegeben, für das Kostüm, das sie nächsten Monat tragen wollte.

„Wunderbar. Dann bestellen wir uns jetzt etwas." Als

Poppy zögerte, die Speisekarte in die Hand zu nehmen, zwinkerte er ihr zu und erklärte: „Die Rechnung zahlt das Magazin."

Als sie ihre Ravioli Porcini aufgegessen hatten, herrschte im Restaurant viel mehr Trubel – ein lautes, elitäres Publikum hatte sich eingefunden, bestehend aus Szenetypen und Touristen. Poppy leerte ihr drittes (oder vielleicht auch ihr viertes) Glas Champagner. Sie hatte ihr äußerstes Limit erreicht; jeder Schluck mehr würde sie dick machen und ihr am nächsten Morgen ein aufgedunsenes Gesicht bescheren. Alec schien einem weiteren Drink nicht abgeneigt, doch sie war bereit zum Aufbruch. Und sie wusste genau, wohin sie aufbrechen wollte!

„Es ist schon spät", meinte sie.

Er winkte der Bedienung.

An der Tür half er ihr in den Mantel. Das erinnerte sie daran, wie lange sie schon kein richtiges Date mehr gehabt hatte.

„Ich halte ein Taxi für Sie an", erklärte er und schaute suchend die Straße hinunter.

„Ich glaube, ich gehe einfach zu Fuß", erwiderte sie.

„Wo wohnen Sie denn?"

„In der Nähe der St. Marks Street."

„Es ist viel zu kalt draußen. Ich besorge ein Taxi für Sie. Wenn Sie sich dann besser fühlen, leiste ich Ihnen sogar für einen Teil der Strecke Gesellschaft." Er lächelte auf seine träge, sexy Art.

„Okay." Sie wusste, dass er sie attraktiv fand. Beim Essen hatte er ihr gesagt, sie könne ohne Weiteres als Model arbeiten. Das hatte sie schon öfter gehört, aber als sie es einmal ausprobierte, fand sie die Castings frustrierend. Damit kam sie nicht zurecht. Dann lieber die garantierte Bewunderung, die man als Burlesque-Tänzerin erhielt. Jetzt wollte er sich ein Taxi mit ihr teilen.

Es war verrückt. Sie wollte ihn verführen, um Mallory eins auszuwischen, die ihr Bettes Aufmerksamkeit abspenstig gemacht hatte. Vielleicht sogar, um ein Druckmittel in der Hand zu haben, mit dem sie die Rivalin aus dem Blue Angel verjagen konnte – du nicht mehr im Club, ich nicht mehr bei Alec. Aber in Wirklichkeit sah es so aus, dass sie ihn sehr mochte. Er war süß und charmant, und er behandelte sie wie eine Dame. Mallory hatte großes Glück gehabt. Wie hatte sie die Beziehung zu ihm nur in den Sand setzen können? Das wollte Poppy unbedingt herausfinden, damit ihr nicht derselbe Fehler unterlief.

Es wäre schön, in New York einen Partner zu haben.

Mallory konnte sich einfach nicht erklären, warum Alec die ganze Nacht lang nicht an sein Telefon gegangen war. Sogar eine SMS hatte sie ihm geschickt: keine Reaktion.

Sie ertrug es kaum, hier im Hotelzimmer zu sitzen. Wieder und wieder rechnete sie den Zeitunterschied nach – zehn Uhr in New York, jetzt Mitternacht … Sie verlor fast den Verstand.

Partys interessierten sie im Moment herzlich wenig, aber sich mit Bette im Club zu treffen, wäre allemal besser als hier zu hocken und nur an Alec zu denken.

Aber sie hatte keine Ahnung, wie sie in dieser Stadt an ein Taxi kommen sollte.

Mit dem Aufzug fuhr sie in die Lobby. Das Hotel quoll fast über vor Gästen, jeder Tisch auf der Restaurantterrasse war besetzt. In eine Ecke legte ein DJ auf, und Grüppchen blendend aussehender Leute standen herum, hielten Gläser mit exotischen Cocktails in der Hand und unterhielten sich angeregt.

Der jungenhafte, attraktive Mann an der Rezeption begrüßte sie mit einem Lächeln. Sie war noch nie in einem Hotel gewesen, in dem sich der Empfangstresen so dicht bei der Bar befand, aber vielleicht war das ja typisch für L. A.

„Wie kann ich Ihnen helfen?"

„Ist es möglich, ein Taxi zu bekommen?"

„Natürlich. Wohin möchten Sie denn?"

„7969 Santa Monica Boulevard."

„Oooh. Das klingt nach einer aufregenden Nacht. Aber, Schätzchen, da würde ich mich an Ihrer Stelle ein bisschen mehr aufbrezeln."

„Wie bitte?"

„Wirklich. Vertrauen Sie mir. Marsch hoch zurück ins Zimmer mit Ihnen, und schnell etwas Kurzes, Schwarzes angezogen, möglichst sexy. Das kriegen Sie schon hin. Das Taxi wartet auf Sie."

Mallory zögerte kurz, erwiderte dann: „In Ordnung. Ich bin gleich wieder da."

Der Club sah von draußen aus wie ein beliebiges weißes Gebäude. Ohne das Türschild mit der Aufschrift „Voyeur" hätte Mallory geglaubt, bei der falschen Adresse gelandet zu sein.

„Heute Abend geschlossene Gesellschaft", erklärte ihr der Türsteher.

„Ja, weiß ich. Mein Name müsste auf der Liste stehen. Mallory Dale?"

Der Mann sprach in sein Funkgerät, wartete auf Antwort. Schüttelte dann den Kopf.

„Sie sind nicht drauf." Mallory konnte sehen, dass er sie am liebsten weggescheucht hätte. Ihr Mut schwand. Sie konnte auf keinen Fall zurück ins Hotel fahren und sich den Rest der Nacht Sorgen um Alec machen. Sie hatte sich richtig in Schale geworfen, und jetzt war sie schon mal hier … Irgendwie musste es doch zu schaffen sein, in diesen blöden Club zu kommen. Bette hatte ihr versprochen, sie würde Mallorys Namen an der Tür hinterlassen.

Da begriff sie, wo der Fehler lag.

„Versuchen Sie's noch mal mit Moxie", sagte sie.

„Was?"

„Moxie. Ich stehe als Moxie auf der Liste."

Wieder sprach der Türsteher in sein Gerät, öffnete ihr dann die Tür.

Mallory schickte Bette eine SMS. *Bin hier... Kannst du mich im Foyer treffen?*

Nervös stand sie im Eingangsbereich herum. Schon hier spürte sie, wie sehr sie die ungewohnte Umgebung verunsicherte. Sie schlenderte langsam in den Club, und ihr wurde klar, dass das Blue Angel im Vergleich hierzu wie ein Kinderparadies wirkte. Als sie weiter ins Innere des Gebäudes vordrang, kam sie sich vor wie in einem Fetischkeller unter dem Schloss von Versailles. Über ihr hingen riesige Metallleuchter, auf die Kerzen gesteckt waren; die Vorhänge bestanden aus schwarzem Leder. Der erste Raum, den sie betrat, war mit Filmstreifen tapeziert, die offensichtlich aus einem Vintage- Erotik-Fotoshooting stammten.

Zwei händchenhaltende Frauen schoben sich an ihr vorbei, sie trugen identische Korsagen, schwarze Strapse, schenkelhohe schwarze Kunstlederstiefel, und sie hatten Peitschen in der Hand. Auf einem Chesterfield-Sofa rekelte sich ein Mann, der außer einer Maske nichts am Körper trug.

Jetzt kam eine Antwort von Bette. *Wir treffen uns an der Fotokabine.*

Fotokabine? Was meinte sie denn damit? Mallory musste den nackten Typen fragen.

„Entschuldigung – gibt es hier irgendwo eine Fotokabine?"

„Ja. Du bist schon dran vorbeigelaufen. Dreh dich um, die Kabine steht in der Nähe der Damentoilette."

Sie machte sich auf den Rückweg und entdeckte wenig später eine altmodische Fotokabine. So eine hatte sie früher mit ihren Freundinnen im Einkaufszentrum benutzt, oder am Strand in New Jersey. Und da war auch Bette, die irgendwo ein schwarzes Cape ergattert hatte.

„Hey – super, dass du dich entschieden hast, nicht im Hotel zu versauern!“, rief die Tänzerin. Obwohl noch einige Schritte Abstand zwischen ihnen lagen, konnte Mallory erkennen, dass Bettes normalerweise kühle Aura sich um einige Grade erwärmt hatte: Ihre Wangen glühten, ihre Augen leuchteten, und ihr Lächeln glich dem eines überdrehten Schulmädchens. Mallory fragte sich, ob da wohl Drogen im Spiel waren.

„Alles in Ordnung bei dir?“, wollte sie wissen.

„Oh mein Gott – in Ordnung? Ich bin verliebt.“

„Hast du was eingeworfen?“

„Ich nehme keine Drogen. Das weißt du doch.“

„Vielleicht hat dir jemand was ins Glas geschüttet, ohne dass du's gemerkt hast. Mit so was muss man an Orten wie dem hier sehr aufpassen. Schau mich mal an … Ich will sehen, ob deine Pupillen erweitert sind.“

„Ich bin nicht high, jedenfalls nicht von Drogen! Hör zu, du müsstest das doch verstehen. Ich habe die Frau meines Lebens getroffen.“

„Die Frau deines Lebens? Hier?“

„Ja! Ich weiß, das klingt verrückt. Aber es ist nun mal passiert. Wir haben uns unterhalten, und da war sofort diese Verbindung … Mit gewöhnlicher Anziehung hat das nichts zu tun. Es fühlt sich an, als würde ich sie schon immer kennen.“

Mallory wollte keine Spielverderberin sein, aber sie war versucht, Bette darauf aufmerksam zu machen, dass sie erst vor zwei Stunden den Club betreten hatte.

„Schau mal hier“, meinte Bette. „Die Fotos haben wir in der Kabine gemacht.“

Sie zog einen Streifen Bilder aus der Tasche. Mallory trat ganz nah an sie heran, um in der Dunkelheit einen Blick auf Bettes neue Liebe zu erhaschen.

Die Frau hatte dunkle Haut und helle Augen. Ihre Wangenknochen hätte man als Sprungschanze benutzen können. Mallory erkannte das Gesicht sofort: Zebra, der Popstar.

„Du machst Witze!", rief sie.

„Nein! Total verrückt, oder? Sie ist da drüben auf der Bühne aufgetreten. Und danach sind ein paar von uns hingegangen, um mit ihr zu quatschen, und sie hat mich erkannt. Vor fast zwei Jahren war sie mal im Blue Angel – vor ihrem Durchbruch. Sie sagt, sie hätte mich zu einer Amy-Winehouse-Nummer tanzen sehen und noch Tage später daran denken müssen."

„Zebra. Einfach unglaublich."

„Ich weiß. Ich habe ihr erzählt, dass ich gerade letzte Woche ihren Song ‚Through The Looking Glass' als Soundtrack benutzt habe! Und sie meinte, ich soll sie in ihrem Hotel besuchen und da für sie tanzen."

„Alles klar. Ich glaube dir sofort, dass sie dich bei sich im Hotelzimmer haben möchte. Aber es sind bestimmt keine Tanzschritte, die sie von dir sehen will!"

„Ich habe mich verliebt. Ganz im Ernst. Ich kann es kaum erwarten, hier wegzukommen und endlich mit ihr allein zu sein." Bette lächelte. „Es macht dir doch nichts aus, dass ich dir das alles erzähle, oder?"

„Nein – warum auch?"

„Ich weiß nicht. Weil wir doch zusammen sind, irgendwie. Und ich will nicht, dass du dich schlecht fühlst."

„Bette, ich habe schließlich die ganze Zeit wegen Alec gejammert. Ich möchte, dass du glücklich bist – ich habe ständig gesagt, dass du jemanden finden musst, mit dem du eine Beziehung führen kannst, erinnerst du dich? Ich habe nur nicht damit gerechnet, dass du dir gleich die berühmteste Popsängerin der ganzen Welt aussuchst."

„Geht das in Ordnung für dich, wenn ich heute woanders übernachte?"

„Natürlich. Ich bin schon ein großes Mädchen. Auf jetzt, und viel Spaß."

„Du musst sie unbedingt kennenlernen, jetzt gleich!"

„Ich weiß gar nicht, ob ich noch lange bleibe. Ich finde das alles ziemlich überwältigend. Und ich bin total erschöpft."

„Du willst schon gehen?"

„Ja. Ich wollte nur ein bisschen rauskommen, und dass wir uns hier gesehen haben, reicht mir schon völlig. Jetzt will ich nur noch ins Bett."

„Nein, komm mit nach hinten, Zebra treffen und ein paar der Mädchen, die am Samstag auch auf der Party sind."

„Ich kann nicht." Plötzlich fühlte sich Mallory den Tränen nahe. Sie wusste nicht, ob das an der Zeitverschiebung lag oder daran, dass Alec, der ganz sicher ihre SMS erhalten hatte, sich nicht meldete, oder daran, dass Bette sich gerade verliebte und sie einsamer als je zuvor zurücklassen würde. Was auch immer es war, sie würde es in diesem exklusiven Club nicht in Worte fassen können.

„Dann komm nur noch schnell mit, damit ich dir Justin Baxter vorstellen kann. Sein Fahrer bringt dich anschließend zurück ins Hotel."

„Ich glaube, das schaffe ich jetzt nicht", erklärte Mallory.

„Vertraue mir. Eines Tages wird es sich für dich auszahlen, dass du Justin Baxter kennst. Tu's mir zuliebe", sagte Bette. „Habe ich dir jemals einen schlechten Tipp gegeben?"

Das Taxi hielt vor Poppys heruntergekommenem Wohnblock. Wie immer saß die alte Frau aus Apartment 4G draußen auf den Stufen und rauchte, ihre Katze auf dem Schoß.

Poppy hatte noch nie verstanden, warum das Tier nicht einfach weglief. Vieleicht aus Altersschwäche.

Sie fragte sich, ob Alec wohl in einem großen, schicken Apartmenthaus wohnte.

„Kommst du noch mit rauf?", fragte Poppy.

„Klar", erwiderte er. Das geht ja einfacher, als ich dachte, sagte sie sich.

Sie gingen an der Nachbarin vorbei, und weder sie noch ihre Katze zeigten auch nur die leiseste Reaktion.

„Das Tier muss ein Beruhigungsmittel intus haben", meinte Alec.

„Darauf bin ich noch gar nicht gekommen."

Poppy konnte sich sehr gut vorstellen, wie sie und Alec als Paar zusammenleben würden. Sie hatten einiges gemeinsam – beide fragten sie sich, warum die Katze aus Apartment 4G keinen Fluchtversuch unternahm. Sie hätte gern gewusst, wie lange er und Mallory ein Paar gewesen waren. Ein Jahr vielleicht? Oder sogar länger? Poppys längste Beziehung hatte zwölf Monate gehalten. Trent und sie hatten ihr ganzes erstes Studienjahr an der Arkansas State University zusammen verbracht. Er hatte struppiges blondes Haar und blaue Augen und sah aus wie ein Model von Abercrombie & Fitch. Sie hatte ihre Jungfräulichkeit an ihn verloren, in der Besenkammer seines Schlafsaals. Ihr ganzes Leben hatte das nicht verändert, trotz der Voraussagen ihrer Freundinnen. Nicht einmal einen Orgasmus hatte sie gehabt, und schon zwei Monate später war Trent ihr zu langweilig geworden.

„Dieses Gebäude hat altmodischen Charme", erklärte Alec, als sie die Stufen in den dritten Stock hinaufstiegen. Das Treppenhaus war sehr weitläufig, das Holzgeländer wuchtig. Die Fliesen an Wänden und Decken waren mit aufwendigen Mustern verziert und Jahrzehnte älter als Poppy selbst.

„Mir gefällt es hier, aber mein Apartment ist winzig. Und

meine Mitbewohnerin nervt, aber sie verbringt diesen Monat in London."

„Was macht sie denn beruflich?"

„Sie studiert an der New York University. Ich habe allerdings den Eindruck, ihre Eltern sind steinreich, und sie vertreibt sich einfach die Zeit, bevor sie ihre eigene Luxuswohnung in Tribeca bekommt."

Poppy schloss die Tür auf, und die Katze ihrer Mitbewohnerin begrüßte die beiden stürmisch, bis das Tier bemerkte, dass sein Frauchen nicht dabei war. Enttäuscht schlich es zurück ins große Schlafzimmer.

„Dieses Haus scheint unter Katzen ein Geheimtipp zu sein."

„Ja. Und dabei hasse ich die Viecher. Meine Mutter hat mir mal erzählt, dass sie böse Geister in sich tragen. So was vergisst man nicht so schnell, nur weil man in eine Stadt zieht, wo es sie an jeder Ecke gibt. Als ich zum ersten Mal in einem koreanischen Deli war und da eine große, dicke Katze direkt neben der Chips-Vitrine in der Ecke sitzen sah, bekam ich fast einen Herzinfarkt."

Poppy zeigte ihm die ganze Wohnung und sparte sich dabei das kleine Schlafzimmer hinter der Küche bis zum Schluss auf.

„Das wär's dann. Möchtest du einen Drink? Vielleicht haben wir noch eine Flasche Wein hier."

„Nein", erwiderte er. Sein Blick verriet ihr, dass er sie gleich küssen würde. Sie legte ihm die Arme um die Schultern, und er zog sie an sich. Er roch gut und war über zehn Zentimeter größer als Poppy. Das kam selten vor; sie fand es erregend. Sie fragte sich, wie Mallory, diese graue Maus, es nur geschafft hatte, sich einen solchen Kerl zu angeln.

Die beiden setzten sich auf den Rand ihres Doppelbetts, und er drückte sie zurück, seinen Körper dicht an ihren gepresst. Dann knöpfte er ihr das Kleid auf, küsste ihren Hals, bewegte den Kopf nach unten, um eine ihrer Brüste in den Mund zu nehmen.

„Du bist einfach perfekt“, keuchte er.

Darauf gab sie keine Antwort. Was hätte sie auch sagen sollen – „Ja, ich weiß“?

Poppy griff nach seinem Gürtel, fummelte an der Schnalle herum, bis er seine Jeans einfach selbst auszog. Sie spürte seinen steifen Schwanz an ihren Beinen und stellte überrascht fest, wie sehr sie sich danach sehnte, ihn in den Mund zu nehmen.

Mit einer Hand griff er ihr zwischen die Beine, streichelte ihre Perle. Sie stöhnte und drückte seine Hand tiefer in sich hinein, wollte spüren, wie seine Finger ihr Innerstes berührten. Ein kurzer Gedanke an Bette flackerte in ihr auf, und sie stellte sich vor, es sei deren Hand, die sie da liebkoste. Aber es fühlte sich überhaupt nicht an wie damals, und das lenkte sie ab. Alec führte einen Finger in sie ein, zog ihn halb wieder heraus, wiederholte die kurze, schnelle Bewegung. Poppy wünschte sich sehnlichst, er würde sie lecken – so kam sie immer am schnellsten. Aber das schien Alec nicht vorzuhaben. Und wenn sie ihm einfach zeigte, was sie sich wünschte? Sie löste sich aus seinem Griff, um sich auf ihn zu setzen und seinen Schwanz in den Mund zu nehmen. Küsste seine Brust und bewegte sich langsam nach unten, zu seinem mächtigen Teil. Ließ ihre Zunge daran entlanggleiten. Er gab ein Geräusch von sich. Mit seinen Händen krallte er sich in ihren Haaren fest. Wie Justin Baxters war auch Alecs Schwanz größer, als sie es bei Blowjobs mochte, aber sie wollte die Befriedigung erleben, dass Mallorys Freund sich in ihren Mund ergoss. Dann, so wünschte sie sich, sollte er sein Gesicht zwischen ihren Beinen versenken und sie lecken, sodass sie in seinem Mund kommen würde. Anschließend würde sie sich auf ihn setzen und ihn ficken.

Beim Gedanken daran wurde sie noch feuchter, während sie an seinem Schwanz saugte. Sie drückte ihre Pussy an sein Bein, bewegte sie sanft auf und ab. Manchmal erreichte sie auf diese Weise einen Höhepunkt. Mit den Lippen liebkoste sie die Eichel, während sie mit der Hand den prallen Schaft bearbeitete. Das gefiel ihm ganz offensichtlich. Zwischen ihren Beinen pulsierte es; sie konnte es kaum erwarten, endlich zu kommen. Außerdem wurde sie langsam müde. Sie fragte sich, ob es ihr gelingen würde, ihn mit dem Mund zum Orgasmus zu bringen, oder ob sie einfach auf ihn klettern und ihn ficken sollte. Doch bevor sie eine Entscheidung treffen konnte, zog er sich zurück.

„Ist schon in Ordnung", erklärte sie leicht verwirrt. „Es macht mir nichts aus, wenn du in meinem Mund kommst."

„Äh, nein. Das ist es nicht", sagte er und setzte sich auf.

„Was denn sonst? Habe ich was falsch gemacht?"

„Nein! Nein, überhaupt nicht. Du bist unglaublich." Er lehnte sich an die Fensterscheibe, drückte die Hände gegen die Stirn, als müsse er über eine komplizierte Rechenaufgabe nachdenken. „Um die Wahrheit zu sagen, ich bin total neben der Spur, wegen meiner Freundin."

„Mallory? Ich dachte, ihr hättet euch getrennt."

„Haben wir auch. Aber ich kann nicht … Ich dachte, mit jemandem wie dir klappt es vielleicht – du siehst phänomenal aus und bist cool drauf. Aber es geht einfach nicht."

Sie konnte es nicht fassen. Würde dieses verdammte Biest ihr denn alles kaputt machen?

„Willst du … vielleicht einfach nur reden oder so was?"

„Nein", antwortete er, während er sich die Jeans anzog. „Tut mir wirklich leid, Poppy. Es hat nichts mit dir zu tun. Glaube mir."

Dann ging er einfach.

17. KAPITEL

Mallory wachte allein in ihrem großen Hotelbett auf.

Als Erstes zog sie sich ihre UGG-Boots an und stapfte ins Nebenzimmer, um herauszufinden, ob Bette letzte Nacht überhaupt nach Hause gefunden hatte. Offensichtlich war das nicht der Fall. Aber das war in Ordnung – sie hatte sogar damit gerechnet. Mallory hoffte, dass ihre Freundin ihre große Liebe getroffen hatte. Manchen Leuten gelang es eben besser als anderen, das Glück zu finden und dann auch festzuhalten.

Sie kochte sich einen Kaffee, nahm dann allen Mut zusammen, bevor sie ihren BlackBerry anstellte, um zu schauen, ob Alec ihr eine Nachricht geschickt hatte. In New York war es jetzt elf Uhr morgens. Wenn er sie auch am Tag ignorierte, gab es nur wenig Hoffnung.

Da – eine Nachricht! Mit klopfendem Herzen klickte sie darauf, um zu sehen, von wem sie kam.

Alec Martin.

Als sie ihre Mailbox anwählte, zitterte ihre Hand.

„Hi, Mal. Verrückt, dass du mir gestern diese Nachricht hinterlassen hast, denn ich musste so sehr an dich denken, kaum zu ertragen war das. Mein Telefon hatte ich ausgestellt, und als ich nach Hause kam, habe ich deine Nachricht gehört und das war … wie ein Geschenk des Himmels. Ich wollte dich schon letzte Nacht zurückrufen, aber ich war mir nicht sicher, was ich sagen sollte. Heute Morgen bin ich aufgewacht und habe begriffen, dass ich mich wie ein Idiot benommen habe. Ich will dir nur eins sagen: Du fehlst mir. Wirklich. Bitte ruf mich an, wenn du kannst."

Mallory drückte die Tasten auf ihrem Telefon schneller als jemals zuvor.

„Hey", sagte er.

„Hey." Sie sah sich selbst im Spiegel gegenüber dem Bett. Auf ihrem Gesicht lag das glückselige Grinsen einer Irren. Die Liebe machte die Leute verrückt, aber vielleicht wurde geistige Gesundheit auch einfach überschätzt. „Lieb, dass du mich zurückgerufen hast."

„Ich bin so froh, dass du dich meldest und mir gestern diese SMS geschrieben hast. Ich musste … die ganze Zeit an dich denken. Vielleicht können wir später einen Kaffee trinken gehen oder so?"

„Ich wünschte, das ginge! Aber ich bin in L. A."

„Was machst du denn da?", fragte er misstrauisch.

„Na ja, ich habe noch keinen neuen Job, und Bette hat eine Reise bezahlt bekommen und mich eingeladen, sie zu begleiten. Damit ich mal was anderes sehe."

Stille in der Leitung. „Wir sind befreundet, Alec, weiter nichts. Ehrlich. Es war so schlimm für mich, dich zu verlieren … Unsere Beziehung kaputtgehen zu sehen. Ich hätte nicht noch eine Woche länger heulend auf Julies Couch sitzen können."

„Ich will nicht, dass es dir so schlecht geht. Wir müssen alles klären."

„Das finde ich auch!"

„Du bist also wirklich nur in L. A., um den Kopf freizukriegen? Nicht auf einer abgedrehten Burlesque-Convention oder so?"

„Nein. Also, Bette wird auf einer Privatparty auftreten. Aber ich schaue nur zu. Wenn ich den Weg finde, gehe ich heute noch an den Strand."

„Wann bist du wieder in New York?"

„Am Sonntagabend."

„Okay. Dann treffen wir uns und reden."

„Wunderbar. Ich liebe dich."

„Ich liebe dich auch, Mallory. Wirklich."

Mallory legte das Telefon weg und brach vor Erleichterung in Tränen aus. So fand Bette sie vor, als sie zur Tür hereinkam.

„Was ist los? Ich hätte dich nicht allein lassen dürfen!“ Sie warf ihre mit Pailletten besetzte Handtasche von sich und rannte zu Mallory. Bette trug immer noch die Korsage und die Jeans, aber überhaupt kein Make-up Ihre Wangen waren leicht gerötet, und sie sah frisch und wunderschön aus, wie ein kleines Mädchen bei seiner ersten Ballettaufführung.

„Nichts, gar nichts. Alles ist fantastisch.“ Mallory wischte sich die Augen. „Alec hat angerufen, und wir hatten ein richtig gutes Gespräch.“

„Ach, Süße. Ich freue mich für dich. Was habe ich dir gesagt? Die räumliche Trennung hat euch beiden gutgetan.“

„Wie war deine Nacht?“

„Oh, Mallory. Mich hat's voll erwischt. Sie ist einfach perfekt. Ich bin verliebt. Und zwar total.“

„Fantastisch! Aber warum sagst du das in einem Ton, als würde damit etwas nicht stimmen?“

„Ich weiß nicht, wann wir uns wiedersehen. Ich habe gerade die beste Nacht meines Lebens hinter mir, und ich fürchte, es wird bei dieser einen bleiben.“

„Wieso denn? Hattest du den Eindruck, dass sie dich nicht wiedersehen möchte?“

„Das nicht. Genau genommen hat sie mich eingeladen, morgen mit ihr nach Vegas zu fliegen und dort eine Woche zu bleiben. Du wirst es nicht glauben: Ich habe ihr meine „Through The Looking Glass“-Nummer vorgetanzt, und sie hat gesagt, ich soll das doch auf der Bühne tun. Kannst du dir das vorstellen? Vor Tausenden von Leuten?“

„Wahnsinn, das musst du unbedingt machen!“

„Geht nicht! Morgen Abend bin ich auf der Party der Baxters. Denen kann ich unmöglich absagen. Ich weiß nicht mal, ob da noch andere Tänzerinnen auftreten. Da sind ein paar Künstler, aber ich glaube, für die Burlesque gibt es nur mich. Zwei Mädchen aus dem Slit kommen auch, aber die machen irgendeine verrückte Nummer mit Messern. Justin ist unzufrieden, wenn er nicht mindestens eine schöne Tanznummer bekommt. Kneifen ist nicht drin. Selbst wenn ich wollte, ich kann es mir nicht leisten, den beiden das Geld für diese Reise zurückzuzahlen."

„Die Flug- und Hotelkosten würden sie aber nicht wiederhaben wollen, oder?"

„Weiß ich nicht. Aber ich brauche gar nicht darüber nachzudenken, weil ich für die beiden auftreten muss. Das habe ich in den vergangenen vier Jahren immer an Justins Geburtstag gemacht. Die Baxters haben mich schon gebucht, bevor ich fest beim Blue Angel war. Dem Geld von ihren Partys verdankte ich, dass ich nicht tagsüber arbeiten musste, um über die Runden zu kommen."

„Gibt es eine Möglichkeit, wie ich dir helfen kann?"

„Nein. Da ist nichts zu machen."

Eine Weile saßen sie schweigend beieinander. Dann sah Mallory auf und erblickte sich selbst im Spiegel. Ihr rotes Haar überraschte sie immer noch. Sie dachte daran, was Justin Baxter gestern Abend gesagt hatte, als die beiden einander vorgestellt wurden: Er habe schon lange keine so attraktive Rothaarige mehr zu Gesicht bekommen. Dann hatte seine Frau eine längere Unterhaltung darüber angefangen, dass Nicole Kidman als Satine in *Moulin Rouge* eine Fehlbesetzung war.

„Da hätte man wirklich jemand Besseres finden können", fand Justin.

„Sie zum Beispiel", hatte Martha zu ihr gesagt.

Jetzt schaute Mallory zu Bette hinüber, die den Tränen nahe schien. Sie hatte noch nie erlebt, dass ihre Freundin emotional wurde, und es rührte sie.

„Ich kann den Auftritt für dich übernehmen", erklärte Mallory.

„Was?"

„Bring mir die Schritte bei. In einem Tag lerne ich die. Ich habe früher mal Ballett gemacht – und ich lerne schnell. Justin und Martha habe ich ja gestern Abend kennengelernt. Sie haben gesagt, sie finden, dass ich gut aussehe; sie meinten sogar, ich wäre eine bessere Besetzung für *Moulin Rouge* gewesen als Nicole Kidman."

„Das haben Sie wirklich gesagt?"

„Ja."

Bette schien über das Angebot nachzudenken.

„Das ist wirklich lieb von dir, Mallory. Aber ich weiß nicht, ob ich es dir zumuten kann, den ganzen Tanz innerhalb eines Tages zu lernen und dann vor Hunderten von Leuten auf der Party der Baxters aufzutreten, zum ersten Mal im Leben. Nimm's mir nicht übel, aber als du neulich auf die Bühne gegangen bist, nur um ein paar Kleidungsstücke aufzusammeln, hast du die Nerven verloren."

„Ja, weil meine Chefin im Publikum saß! Hier kennt mich keiner. Hier bin ich einfach nur Moxie. Ehrlich, ich kriege das hin. Lass mich das für dich tun. Du hast so viel für mich getan."

Bette sah sie eindringlich an. „Ich weiß nicht, was ich sagen soll."

„Ja sollst du sagen. Es wird Zeit, dass Bette Noir mit Zebra auf Tour geht. Und es ist Zeit für Moxies Debüt."

Am selben Morgen tat Poppy etwas unglaublich Dummes – anders ließ es sich nicht beschreiben: Sie rief Alec an und lud ihn zum Frühstück ein.

„Ich glaube, das wäre keine gute Idee", sagte er.

„Ganz ohne Hintergedanken", versicherte sie ihm. „Stell dir vor, auch ich habe meinen Stolz."

„Dann weiß ich nicht, was du damit bezwecken willst."

Männer!

„Ich möchte mit dir reden."

„Okaaay. Aber dann irgendwo im Norden der Stadt."

Wenn sich Poppy in den vornehmen Teil von Manhattan begab, wurde ihr immer richtiggehend schwindlig. Alec nannte ihr die Adresse eines kleinen Restaurants auf der Ecke 81st Street/Fifth Avenue.

„Das ist aber ein weiter Weg", stellte sie fest.

„Nicht für mich – ich wohne auf der 83rd."

„Okay", stimmte sie zu. Schließlich hatte sie das mit dem Frühstück vorgeschlagen. Hoffentlich war das Lokal ein lauschiges Plätzchen. Vielleicht französisch angehaucht, wie das Danal. Wobei es dort eine Katze gab. Vielleicht sollte sie das vorschlagen – es könnte ihn an letzte Nacht erinnern. Aber nein, jetzt ging es ja nicht mehr darum, ihn für sich einzunehmen. Auf einen Kampf, den sie nur verlieren konnte, wollte sie sich nicht einlassen. Aber sie musste unbedingt herausfinden, warum Mallory etwas Besseres war als sie – anscheinend für jeden Menschen und in jeglicher Hinsicht.

Ein Taxi konnte sie sich nicht leisten, und die Fahrt mit dem Zug dauerte 45 Minuten. Durchgefroren, müde und schlecht gelaunt kam sie im Café an. Zu allem Überfluss war es ein ganz gewöhnlicher, von Griechen geführter Laden. Da hätten sie sich genauso gut woanders treffen können!

„Also, worum geht's?", wollte Alec wissen. Er saß schon in einer Nische am Fenster. Der Kellner schenkte Poppy Kaffee ein, ohne überhaupt zu fragen, ob sie einen wollte. Dafür gab es zumindest ein paar Pluspunkte.

Poppy trug Leggings, ein langärmeliges schwarzes Shirt, kniehohe gefütterte Stiefel und einen Mantel aus Kunstpelz.

Mit ihrer Pilotensonnenbrille und ihrem verwuschelten Bob war sie bei Weitem die attraktivste Frau auf der Upper East Side. Alec schien das jedoch kaum zu bemerken.

„Ich habe ein ungutes Gefühl wegen letzter Nacht", erklärte sie.

„Das tut mir leid", antwortete Alec. „Meine Schuld. Ich hätte nicht mit dir nach Hause gehen sollen. Es ist nicht so, dass ich dich nicht anziehend finde – du bist sehr attraktiv. Welcher Mann würde nicht auf dich abfahren? Mein Gott, schau dich doch nur mal an."

Poppy lächelte.

„Aber ich habe es dir ja letzte Nacht schon erklärt … Ohne Mallory hat alles keinen Zweck für mich. Heute Morgen habe ich aber mit ihr gesprochen. Ich glaube, wir kriegen das wieder hin."

„Wieso frühstückst du dann nicht mit *ihr*?" Das klang zickig. Sei's drum – sie hatte schließlich recht, also ging das in Ordnung.

„Mallory ist in L. A."

Das traf Poppy wie ein Faustschlag in den Magen. In ihren Eingeweiden rumorte der saure Kaffee.

„Für die Party der Baxters oder was?"

Er zuckte die Achseln. „Ja, ich glaube, da steigt irgendeine Party. Keine Ahnung. Bette Noir hat eine Einladung bekommen, und Mallory begleitet sie. Ich glaube, auch sie will den Kopf freikriegen. Wir haben eine wirklich schwierige Zeit hinter uns."

Vor Poppys Augen drehte sich alles. Wie hatte Mallory es nur geschafft, an ihrer Stelle eingeladen zu werden – wo Poppy doch zugelassen hatte, dass Justin sie fickte, als gäbe es kein Morgen?

„Tritt Mallory da auf?", erkundigte sich Poppy. Wenn das der Fall war, würde sie mehrere Tausend Dollar verdienen.

Und Bette würde sie womöglich noch lieber mögen.

„Du liebe Güte, nein“, antwortete Alec.

„Woher willst du das denn wissen?“, hakte sie nach.

„Sie ist doch keine Burlesque-Tänzerin, Poppy. Gut, es gefällt ihr bei euch im Club, aber ich glaube, das ist nur eine Phase. Es war nicht einfach für sie, hierherzuziehen. Sie fühlt sich, als sei sie in mein Leben eingedrungen. Ich glaube, sie hat das Gefühl, beweisen zu müssen, dass sie eine eigenständige Persönlichkeit ist. Deswegen verhält sie sich gerade ein bisschen rücksichtslos und albern. Aber als ich heute Morgen mit ihr sprach, klang sie wie früher.“

„Ich verstehe nicht, warum alle so wild auf sie sind“, jammerte Poppy.

„Was meinst du damit, alle?“

„Du. Bette. Agnes. Justin Baxter. Ich will einfach nur wissen, woran das liegt. Kannst du mir das erklären?“

„Wer ist denn Justin Baxter?“

„Der Gastgeber dieser Party in L. A.“

„Damit hat Mallory gar nichts zu tun. Du hast mir wohl vorhin nicht zugehört.“

„Na, da wäre ich mir gar nicht so sicher. Die Baxters kriegen es immer irgendwie hin, Leute in ihre Verrücktheiten reinzuziehen.“ Sie gab dem Kellner einen Wink und bestellte noch mehr schwarzen Kaffee.

„Was soll das heißen?“

„Die beiden geben wilde Partys. Und, nun ja, da lässt man sich leicht zu gewissen Dingen hinreißen. Außerdem kann ich mir nicht vorstellen, dass Mallory ohne Gegenleistung den Flug bezahlt bekommt. Die Baxters sind schließlich kein Wohltätigkeitsverein.“

„Wie oft denn noch: Sie ist keine Burlesque-Tänzerin. Außerdem hat sie mir gesagt, dass sie nicht wegen der Party mitwollte, und ich glaube ihr.“

„Schon gut. Wie dem auch sei, wenn du Zweifel hast, kannst du ja Billy Barton fragen, dann erzählt er dir alles über die Party."

„Was hat denn Billy Barton damit zu tun?"

„Gar nichts. Ich weiß nur zufällig, dass er auch da sein wird."

Alec dachte offensichtlich angestrengt nach. Er bemühte sich, dieses pikante Detail einzuordnen.

„Sie hat doch gar keinen Grund, mich anzulügen."

„Nur den, dass sie weiß, es gefällt dir nicht, wenn sie ihre Zeit im Blue Angel verbringt. Oder irgendwo sonst in der Burlesque-Szene. Warum ist das eigentlich so?"

Alec seufzte. „Das kann ich dir nicht so einfach erklären."

„Versuch's."

„Zum einen verhält sie sich widersprüchlich. Es hat ihr früher nie gefallen, wenn ich in Stripclubs gegangen bin oder Pornos geschaut habe. Dann hat sie immer gesagt, das wirke, als würde sie mir nicht reichen. Und jetzt will sie dauernd irgendwo sein, wo es nur darauf ankommt, Kerle heißzumachen? Wie soll ich mich denn dabei fühlen?"

„Darum geht es bei der Burlesque doch gar nicht."

„Ach komm, verschone mich mit deinen postfeministischen Erklärungen zur Burlesque. Ich bin ein Mann, und Männer finden es sexy, wenn Frauen sich ausziehen. Ende der Diskussion. Die Musik und die Kostüme sind uns egal."

„Okay, okay", meinte Poppy. „Aber jetzt sag mir noch eins: Was hat sie, was ich nicht habe? Nimm's mir nicht übel, aber ich sehe hundertmal besser aus als sie, das hast du gestern selber gesagt – ich könnte als Model arbeiten."

„Für mich ist sie die schönste Frau auf der ganzen Welt. Wir verstehen uns prächtig, und wir haben fantastischen Sex. Wenn ich über meine Zukunft nachdenke, sehe ich sie an meiner Seite. Besser kann ich es nicht erklären. Für mich ist es unvorstellbar, dass irgendeine andere Frau mich so glücklich machen könnte wie sie.“

Poppy sah ihn unsicher an. Würde jemals irgendwer so für sie empfinden?

„Was meinst du damit, ihr habt fantastischen Sex?“, fragte sie.

„Komm schon, Poppy. Darüber werde ich dir bestimmt keine Einzelheiten erzählen.“

„Ganz im Ernst. Fantastischen Sex habe ich auch. Aber es wird nie mehr daraus. Es ist einfach wie ein gutes Gefühl, das sich dann verflüchtigt – wie wenn man Süßigkeiten isst.“

„Vielleicht liegt das daran, dass du keine emotionale Verbindung zu deinen Partnern hast. Du weißt schon, wenn du ständig an jemanden denken musst und es nicht erwarten kannst, mit ihm oder ihr zu reden.“

Solche Gefühle hatte Poppy – für Bette. Und jetzt war Mallory mit ihr in L. A., und sie feierten die wildesten Orgien mit den Baxters. Wahrscheinlich verliebte Bette sich gerade in Mallory, genau wie Alec. Es war alles so ungerecht.

„Es gibt da jemanden, für den ich so empfinde. Aber ich glaube nicht, dass diese Person meine Gefühle erwidert.“

„Wahrscheinlich unterschätzt du ihn.“

„Sie.“

„Sie?“

„Ja.“

„Oh. Das habe ich gar nicht mitgekriegt.“

„Ich war auch noch nie mit einer Frau zusammen. Bisher habe ich mich nur für Männer interessiert. Aber ich kann einfach nicht aufhören, an sie zu denken. Zuerst habe ich gedacht, es liegt daran, dass ich Hilfe dabei brauche, in der Burlesque-Szene Fuß zu fassen. Aber selbst als ich gestern Abend mit dir zusammen war, musste ich an sie denken.“

„Autsch!“

„So meine ich das nicht. Ich wollte Sex mit dir – jedenfalls, bis du dich angezogen hast und gegangen bist."

„Dann haben wir wohl beide an eine andere Frau gedacht."

Er lächelte sie an. Sie konnte sich vorstellen, wie es wäre, ihn zu lieben, und wie weh es tun musste, ihn zu verlieren. Zum ersten Mal empfand sie ein wenig Mitleid für Mallory.

Und dann wurde ihr etwas klar: Wenn Alec und Mallory wieder zusammenkamen, würde das Mallory von Bette wegholen, und sie, Poppy, hätte wieder eine Chance bei ihr.

„Ich glaube nicht, dass du Mallory etwas davon erzählen solltest, was zwischen uns letzte Nacht vorgefallen ist", meinte sie schnell.

„Ja. Genau das Gleiche wollte ich gerade zu dir sagen. Ich wünschte, wir könnten einfach so tun, als wäre das nie passiert. Bitte sei nicht enttäuscht deswegen – es ist einfach so, dass mir bei dem Telefonat heute mit ihr klar wurde, wie sehr ich mir wünsche, dass wir uns versöhnen."

„Klingt nach einer guten Idee."

Er zuckte die Achseln. „Aber wenn ich jetzt von ihr höre, dass sie sich wahrscheinlich bei diesen Baxters um den Verstand feiert, denke ich wieder, ich kann nicht sicher sein, was passiert. Vielleicht hat sie längst einen Neuen."

„Nein! Nein, das glaube ich nicht. Vergiss einfach, was ich über die Partys der Baxters gesagt habe. Das habe nur ich so erlebt. Und ich bin nun wirklich kein Maßstab."

„Wahrscheinlich weiß nur Billy Barton es ganz sicher. Und glaub mir: Wenn Mallory auf dieser Party ist, wird er mir davon berichten."

„Es ist nur eine Party, weiter nichts", protestierte Poppy schwach, in dem Versuch, ihre schillernde Beschreibung von vorhin abzumildern.

„Wenn sie mir den wahren Grund für ihren Flug nach L. A. verschweigt, wie können wir dann unsere Beziehung wieder hinkriegen? Und ich habe mich mit dir eingelassen. Oh Gott, es ist alles so schrecklich kompliziert."

„Nein! Ist es nicht. Schau, wir hatten doch noch nicht mal richtigen Sex. Und Mallory ist sicher nur zum Shoppen in L. A. und versucht, nicht die ganze Zeit Trübsal zu blasen."

Alec schaute sie an, legte den Kopf dabei schief, als versuche er ein Rätsel zu lösen.

„Warum bist du plötzlich auf ihrer Seite?"

„Weiß ich nicht", hauchte sie betont unschuldig. „Wahrscheinlich meine romantische Ader."

„Ach, die berühmte Hure mit dem goldenen Herzen."

„Ich bin doch keine Hure!"

„Entschuldige. Dann eben die Stripperin mit dem goldenen Herzen."

„Eine Stripperin bin ich auch nicht."

„Warte, jetzt habe ich's: die Burlesque-Tänzerin mit dem goldenen Herzen. Das klingt aber nicht ganz so gut. Wie auch immer, ich werde auf jeden Fall mal bei Billy Barton nachfragen."

Poppy schaute in ihre Kaffeetasse.

18. KAPITEL

Der Rezeptionist Mason und zwei Kofferträger halfen Mallory und Bette dabei, die meisten Möbel aus der Mitte des Wohnzimmers an die Wände zu schieben, sodass eine freie Fläche entstand. Aus einer der anderen Suiten liehen sie sich einen großen Spiegel und lehnten ihn an eine Wand. In diesem improvisierten Ballettstudio „probten" sie die Nummer, mit der Mallory auf der Party der Baxters auftreten sollte. Allerdings hatten sie schon vor drei Stunden angefangen, und noch immer hatte Bette Mallory keinen einzigen Schritt des Tanzes gezeigt, den sie in vierundzwanzig Stunden auf der Geburtstagsfeier darbieten sollte. Stattdessen bestand Bette darauf, sie in qualvollen Einzelheiten in die Kunst der Burlesque einzuweihen. Fast eine Stunde verbrachte sie damit, sich darüber auszulassen, wie man am effektvollsten einen Handschuh auszog. Mallory begriff, dass die Burlesque deshalb einen so starken Effekt hatte, weil die winzigsten Bewegungen entscheidend waren. Dass es um Langsamkeit ging und um die Kunst des Enthüllens.

Jetzt musst du den *Bump 'n Grind* lernen. Ich werde ihn dir so beibringen, wie ich ihn von Jo Weldon gelernt habe."

„Jo Weldon? Wer ist das?"

„Eine großartige Künstlerin, die außerdem die New York School of Burlesque leitet. Also pass auf – es geht eigentlich ganz einfach. Die Füße auseinander, Knie leicht gebeugt. Stell dir vor, dass von deiner rechten Hüfte ein Apfel runterhängt, von deiner linken eine Orange, und zwischen deinen Beinen eine Kaffeebohne. Okay, jetzt stoß den Apfel mit der Hüfte an. Jetzt die Orange. Und jetzt lass die Hüften kreisen, immer um die Kaffeebohne herum."

Mallory befolgte die Anweisungen, fühlte sich jedoch steif und unbeweglich dabei.

„Jetzt in die andere Richtung."

Mallory gehorchte.

„Okay – das reicht schon."

„So gut wie du werde ich nie."

„Üben kannst du später noch. Wir dürfen keine Zeit verlieren. Zieh dein Oberteil aus."

„Warum das denn?"

„Du wirst ein paar Tassles anprobieren, und ich zeige dir, wie du die Fransen mit deinen Brüsten zum Wirbeln bringst."

„Das kann ich nicht."

„Doch, natürlich. Das kann jede."

Die Tassles waren mit goldenen Pailletten besetzt und hatten purpurrote Fransen. Aus ihrer Kosmetiktasche holte Bette Wimpernkleber und strich ihn auf die Rückseite der Hütchen. Als der Kleber ein wenig fest geworden war, drückte sie beide Tassles auf Mallorys Brüste, sodass sie ihre Brustwarzen bedeckten. Mallory fand es faszinierend, sich selbst so zu sehen, doch sie wusste, dass ihre Freundin ungeduldig war.

„Okay, und jetzt der Shimmy."

Mallory bewegte den Oberkörper, als versuche sie eine Mücke zu verscheuchen, die auf ihrer Schulter saß.

„Nicht nur schütteln – die Quasten müssen Kreisbewegungen machen, nicht einfach von einer Seite zur anderen schwingen. Beweg deinen Brustkorb. Ja, genau so. Jetzt versuch, deinen Brustkorb unabhängig von deinen Hüften zu bewegen."

„Das geht nicht – wenn ich den Brustkorb bewege, gehen die Hüften mit. Die sind doch miteinander verbunden."

„Sind sie nicht. Hier, setz dich mal auf den Stuhl. Und jetzt beweg die Schultern."

Mallory tat es und stellte fest, dass die Quasten sich so benahmen, wie sie sollten.

„Oh Gott! Es funktioniert!“ Sie stand auf, bewegte weiter die Schultern und schaute sich selbst im Spiegel an. Mit ihren roten Haaren, den bloßen, mit Tassles besetzten Brüsten und ihren soeben erlernten Burlesque-Künsten fühlte sie, wie die Moxie in ihr zum Leben erwachte.

„Es gibt noch einige Variationen, die ich dir zeigen möchte, aber wir müssen auf die Zeit achten. Ich wollte, wir hätten eine ganze Woche. Also gut, wir machen jetzt mit den Fächern weiter.“

„Mit den Fächern?“

„Ja, so große aus Federn. Die braucht man für die Nummer morgen Abend.“

„Heißt das etwa, du zeigst mir endlich die Show?“

„Nein, noch nicht. Wir müssen die Grundlage des Fächertanzes anschauen. Dann sprechen wir über die Nummer für morgen Abend.“

„Kannst du mir nicht wenigstens verraten, was der Soundtrack sein wird?“

„Nein. Du sollst nicht einmal an den Auftritt morgen Abend denken. Ich will, dass du dich aufs Lernen konzentrierst.“

„Aber das tue ich doch! Also her mit den Fächern. Mir ist nicht mal aufgefallen, dass du welche hierher mitgenommen hast.“

„Ich habe einen ganzen Koffer mit Kostümen dabei, da sind sie drin. Ich bin gleich wieder da.“

Während Bette die Fächer holen ging, übte Mallory, die Fransen an ihren Brüsten wirbeln zu lassen. Dabei stellte sie sich vor, einem riesigen Publikum gegenüberzustehen … und das fühlte sich gar nicht so schlimm an. Nicht, als wäre es sie selbst, Mallory Dale, die dort mit nackten Brüsten vor einer Horde Fremder tanzte. Es fühlte sich an wie in einem Theaterstück oder einem Kinofilm, als spiele sie eine Figur, die nichts mit ihrem eigentlichen Wesen zu tun hatte. Und trotzdem war diese Figur in gewisser Weise die reinste Form ihrer selbst.

„Hier, schau sie dir an. Fantastisch, oder?"

Es waren keine kleinen asiatischen Fächer, wie Mallory sich vorgestellt hatte. Sondern riesige, muschelförmige Flügel aus schwarzen Federn.

„Wow. Und die hast du im Koffer mitgeschleppt?"

„Ja. Sei vorsichtig damit. Die lassen sich zusammenfalten. Es sind Straußenfedern."

„Wo hast du sie denn her?"

„Eine Freundin von Agnes macht solche Fächer. Okay, jetzt schau mir zu. Bei den Fächern ist genau wie bei den Handschuhen entscheidend, dass alles langsam abläuft. Es geht um die Enthüllung. Die Fächer funktionieren nur, wenn du wirklich etwas dahinter verbirgst. Du musst dafür sorgen, dass die Zuschauer sehen wollen, was es ist. Wenn du einfach wild damit in der Gegend herumfuchtelst, passiert gar nichts. Du musst strategisch vorgehen."

Sie bedeckte sich selbst mit den Fächern, während sie sich bewegte, gewährte ihrer Zuschauerin dabei nur einen kurzen Blick auf ein Bein, auf ihren Rücken, während ihr Po verborgen war. Mallory wusste, dass sie Probleme bekommen würde, auch wenn alles ganz leicht aussah.

„Weißt du was? Bevor wir richtig loslegen, will ich dir noch was zeigen. Hast du einen Laptop dabei?"

„Nein. Warum denn?"

„Online gibt es ein ganz fantastisches Beispielvideo dafür, wie man Fächer einsetzt – das musst du unbedingt sehen. Diesen Effekt solltest du anstreben, wenn du morgen Abend auftrittst. Lass uns nach unten gehen und fragen, ob Mason uns erlaubt, ein paar Minuten seinen Computer zu benutzen."

Mallory zog sich Trainingsklamotten über, und zusammen eilten sie in die Lobby, wo sie Mason an seinem Tisch vorfanden. Er telefonierte.

„Entschuldigung, dass wir schon wieder stören."

„Aber nicht doch! Alles für die Kunst. Wie kann ich den Damen denn helfen?"

„Dürfen wir kurz den Computer benutzen?"

Er stand auf und bedeutete Bette, sie solle sich setzen. Die öffnete die Homepage einer Burlesque-Tänzerin – *Ms Tickle* – und rief ein Video auf.

„Hinsetzen, zugucken, aufpassen", wies sie ihre Schülerin an. Mallory beugte sich zum Bildschirm, sah zu, wie die Tänzerin begann, ruhige, kontrollierte Bewegungen zu vollführen. An der Haltung der Frau konnte sie erkennen, dass sie wahrscheinlich eine professionelle Ausbildung hatte. Die Musik war langsam, melodisch, ließ einen nicht los. Die Tänzerin bewegte sich mit faszinierender Präzision, ihr Körper ganz im Einklang mit der Musik. Trotz der schlechten Qualität der Aufnahme erkannte Mallory, dass das weiße Kostüm der Frau aus einem aufwendig verzierten Body mit einem ausladenden Rock aus Federn bestand, die an Bettes Fächer erinnerten.

Diese Darstellerin war ganz anders als Bette, die sich von ihrer Sexualität leiten ließ. Die Frau im Video, die sich so langsam, so vorsichtig bewegte, glich einer Ballerina. Die Musik bewegte sich auf das erste Crescendo zu, und die Tänzerin zog an beiden Seiten ihres Rocks, wobei sich herausstellte, dass es sich um zwei große Fächer handelte.

Das Publikum in der Aufnahme pfiff und klatschte, und obwohl sie es aus dem Blue Angel kannte, störte es Mallory dabei, sich auf die Darbietung zu konzentrieren.

Die Tänzerin verbarg ihren Körper mit den Fächern. Dann hielt sie einen von oben und einen nach unten vor sich, sodass sie wie ein Vogelbaby aussah, das gerade aus dem Ei in die Welt hinausschlüpfte.

„Das nennt man ‚Clam Shell‘ – Venusmuschel“, erklärte Bette. „Das zeige ich dir als Nächstes.“

Mallory hörte sie kaum. Sie war völlig gebannt.

Die Musik erreichte einen weiteren Höhepunkt, und diesmal zog die Tänzerin die Fächer auseinander, um ihren Körper zu zeigen. Sie trug ein glitzerndes Bikinioberteil mit dazu passendem Höschen, und sie wiegte sich in den Hüften wie eine Bauchtänzerin. Die Menge schrie, tobte, und wieder erschien es Mallory völlig unangebracht. Diese Frau verdiente es, in aller Stille verehrt zu werden.

Als das Video endete, war es Mason, der zuerst seine Stimme wiederfand.

„Sind Sie das?“

„Nein!“, erwiderte Bette. „Aber morgen Abend wird sie es sein.“ Sie stieß Mallory an.

„Cool“, rief Mason.

Mallory sah die beiden an, als seien sie völlig verrückt geworden. Als sie im Lift wieder nach oben fuhren, betrachtete Mallory ihr Spiegelbild. Sie streckte den Rücken und hielt die Finger wie eine Ballerina. Sie erinnerte sich daran, wie ihre Lehrerin ihr als Kind erklärt hatte, dass man sich am besten vorstellte, einen weichen Wattebausch zwischen Daumen und Mittelfinger zu halten, ohne ihn zu zerdrücken.

Sie wusste, dass Bette sich nie mit Ballett abgegeben hatte.

„Wie bist du überhaupt zur Burlesque gekommen?“, wollte Mallory wissen.

„Eigentlich durch Zufall. Ich war an der Uni in New York, habe gestrippt und als Aktmodell gearbeitet, um Geld zu verdienen.“ Bette erzählte das ganz beiläufig, als ginge es um einen Job als Kellnerin. „Eine der Fotografinnen sah sich einen Strip von mir an, und dann lud sie mich zu einer Show im Slit ein. Ich fand das alles cool. Die Fotografin stellte mich Penelope Lowe vor, einer reichen Society Lady – ihr gehört der Club. Ich habe dort vorgetanzt, aber keine Anstellung bekommen – sie erwarten da, dass man irgendwas Verrücktes macht, sich Messer in die Muschi steckt oder so was, und ich war gerade erst dabei, alles zu lernen. Ein totaler Reinfall."

„Aber wenn du doch Geld brauchtest, warum hast du mit dem Strippen aufgehört und dich für die Burlesque entschieden? Stripperinnen verdienen bestimmt viel mehr Geld. Du hast mal erwähnt, dass Agnes nur ganz schlecht zahlt."

„Ich glaube, die Idee hatte ich, als ich eine Zeitschrift las, die ich im Keller meines Hauses beim Altpapier gefunden hatte. Eine meiner Nachbarinnen hatte Abos für jedes Magazin, das du dir vorstellen kannst: Vogue, Glamour, Cosmopolitan … Ich glaube, sie war Journalistin. Alle paar Monate legte sie einen riesigen Stapel da hin. Ich schnappte mir immer die Vogue und Cosmo, riss die besten Fotos raus, um sie in der Wohnung aufzuhängen. Damals konnte ich mir noch keine Drucke leisten. Fotografie finde ich einfach toll, weißt du."

„Ja. Die Bilder sind mir bei dir zu Hause auch als Allererstes aufgefallen."

„Jedenfalls gab es da eine ganz tolle Fotostrecke über die Hochzeit von Marilyn Manson und Dita von Teese. Das Motto war Gothic, und es sah aus wie eine königliche Hochzeit in der Unterwelt. Dita von Teese trug ein unglaubliches dunkelviolettes Kleid von Vivienne Westwood. So was Tolles hatte ich noch nie gesehen. Entscheidend ist, dass man sie als Stripperin nie so ernst genommen hätte. Doch sie war eine Burlesque-Tänzerin, sie hatte sich einen eigenen Namen gemacht mit einer Nummer in einem riesigen Martiniglas – Requisiten können sehr wichtig sein, wenn man sich ein eigenes Profil als Künstlerin erarbeiten will. Aber wir haben für all diese Einzelheiten jetzt keine Zeit. Wie auch immer, ich wusste sofort, das will ich, und das ist mein Ziel: die Fotostrecke in der Vogue, die Promi-Heirat. Mir einen Namen machen. Als Stripperin geht das nicht. Wenn ein Promi eine Stripperin heiratet, macht er sich lächerlich. Aber eine Burlesque-Tänzerin ... Da herrscht eine Art künstlerische Ausgewogenheit zwischen den Partnern. Nach und nach bin ich im Blue Angel immer bekannter geworden. Nur der berühmte Freund hat mir gefehlt. Und glaub mir, in unseren Club kommen so einige Musiker und Schauspieler. Ich wusste, ich würde ein- oder zweimal mit ihnen schlafen können. Aber ich bin nicht gut genug darin, mich so zu verstellen, dass man mir eine richtige Beziehung zu einem Mann abkauft."

„Und jetzt kommt Zebra ins Spiel", kommentierte Mallory.

„Warum sagst du das in diesem Ton?"

„Ich dachte, ihr seid seelenverwandt, du bist verliebt und so weiter."

„Das stimmt auch. Bin ich."

„Ich weiß nicht. Vielleicht kommt sie dir ja einfach gerade recht, als berühmte Freundin, die du brauchst, um die nächste Sprosse der Karriereleiter zu erklimmen", meinte Mallory.

„Ach – nicht so zynisch. Wirklich, ich bin verrückt nach ihr. Und ich spüre deutlich, dass etwas aus uns beiden werden kann. Aber du hast schon recht, natürlich stört es mich auch nicht, dass sie so extrem berühmt ist. Auch das macht sie attraktiv für mich."

„Aber es hält keine Beziehung am Laufen."

„Weiß ich doch, Süße. Für dich jedenfalls nicht. Und es ist fantastisch, dass ihr schon im zarten Kindesalter ineinander verliebt wart, Alec und du. Das hat so etwas Unschuldiges. Bei mir ist die Sache aber komplexer. Ich war noch nie verliebt. Und ich weiß, dass es mir bei einer Frau wie Zebra am leichtesten gelingen wird, mich verliebt zu fühlen und gleichzeitig das zu bekommen, was ich im Leben erreichen will."

„Verliebt sein ist das schönste Gefühl auf der ganzen Welt – so was kann dir kein Publikum geben", erklärte Mallory. Sie fühlte, wie ihr die Tränen kamen. „Er fehlt mir so sehr."

„Das weiß ich. Aber heute Morgen hattet ihr doch ein wichtiges Gespräch. Es wird schon alles wieder gut. Denk erst mal nicht mehr an ihn – jetzt musst du den Fächertanz lernen."

Erst um elf Uhr abends machten sie Schluss.

Mallory ließ sich auf die Couch fallen. Jeder einzelne Muskel im Körper tat ihr weh. Sie hatte die vergangenen sechs Stunden damit verbracht, Variationen des *Bump 'n Grind* zu lernen, mit den Tassles geübt, zigmal die Handschuhe aus- und wieder angezogen, sich zeigen lassen, wie man als Showgirl posierte, und zehn verschiedene Fächertanztechniken einstudiert. Sie war Bette dankbar dafür, dass sie sich die Zeit genommen hatte, ihr das Video von Ms Tickle zu zeigen – wenn sie das Gefühl hatte, einfach stumpf die einzelnen Schritte nachzuahmen, und kein Ende abzusehen war, dachte sie an die Bilder, an den fantastischen Tanz, der ihr beinahe magisch erschien.

Und dann war da noch Bettes Nummer für den Auftritt bei den Baxters. Allein beim Zusehen war Mallory außer Atem geraten. Denn der Tanz war eine perfekte Kombination aus der Anmut der Tänzerin im Video und der selbstbewussten, fast mit den Händen greifbaren Erotik, die Bette ausstrahlte. Die ehrgeizigste Nummer aller Zeiten, und sie fühlte sich wie eine Närrin bei dem Gedanken, dass sie sich eingebildet hatte, so ohne Weiteres Bettes Platz einnehmen zu können.

„Wie kommst du nur darauf, ich könnte das? Warum hast du mir nicht gesagt, dass es die anspruchsvollste Show sein würde, die ich je gesehen habe? Ich habe mir was Einfacheres vorgestellt, wie deinen Tanz, als Alice im Wunderland. Um Gottes willen, worauf habe ich mich da nur eingelassen?"

Bette öffnete eine Flasche Rotwein.

„Jetzt mach dir mal keinen Stress. Schau, genau darum wollte ich dir den Tanz nicht sofort zeigen. Geh in Gedanken einen Schritt zurück und überleg dir, wie die einzelnen Teile der Performance aussehen. Dann setzt du sie zusammen. Und das Kostüm wird dir dabei helfen, meinst du nicht?" Das Kostüm aus einer schwarzen Satinkorsage und einem schwarzen Rock aus Straußenfedern passte Mallory beinahe so gut, als wäre es eigens für sie gemacht. Nur Bettes Schuhe passten ihr nicht, sie wollten im Hustler Store auf dem Sunset Boulevard ein Paar für Mallory kaufen. Sogar Bettes mit schwarzen Pailletten besetzte Pasties hatten die richtige Größe, weil sie beide eher kleine Brustwarzen hatten. „Ich weiß wirklich zu schätzen, was du für mich tust, Mallory. Eine geniale Idee, und so habe ich die Chance, Zebra näher kennenzulernen. Also – Prost. Auf Freundinnen und auf Liebhaberinnen."

Sie stießen miteinander an.

„Und auf morgen, auf Moxies Debüt."

„Moment mal, welches Datum haben wir morgen?", wollte Mallory wissen.

„Den dritten Februar, glaube ich. Warum?"

„Kaum zu glauben. Das ist der Wiederholungstermin für das Jura-Examen. Wäre alles gelaufen wie geplant und ich wäre noch mal angetreten, hätte ich den heutigen Abend am Schreibtisch mit Lernen verbracht."

„Hast du den Termin vergessen?"

„Nein! Das wäre mir niemals passiert, wenn ich noch mal zur Prüfung hätte antreten wollen. Aber mir war schon vor einiger Zeit klar – eher unterbewusst – dass es nicht dazu kommen würde. Und darum werde ich heute Abend stattdessen meinen Kopf dazu benutzen, deine Tanzschritte zu lernen. Verrückt, oder?"

„*Die* Prüfung morgen bestehst du, das garantiere ich dir – mit Bravour."

„Bette, ich kann dir gar nicht genug dafür danken, dass du mir die Augen geöffnet hast. Ich befand mich in einer Sackgasse. Und ich konnte mir nicht einmal selbst eingestehen, wie sehr ich meine Entscheidung, Juristin zu werden, anzweifelte. Ich glaubte wirklich, Alec sei derjenige von uns beiden, der eine spannende Karriere machen sollte. Und für mich wäre es genug, einen sicheren Job zu haben."

„Glaubst du denn, du willst das wirklich machen?"

„Was meinst du?"

„Dich beim Blue Angel bewerben?"

„Ich weiß nicht."

„Reizt es dich denn gar nicht?"

„Warten wir doch erst mal ab, wie es morgen Abend läuft."

„Ich wünschte, ich könnte dabei sein! Ich hoffe nur, jemand lässt eine Handykamera mitlaufen und das Video landet auf YouTube."

„Denk nicht mal daran!" Das hätte ihr gerade noch gefehlt: dass Alec von einem Freund hörte, man könne sie nackt im Internet sehen.

„Das macht doch nichts. Irgendwann landen wir alle dort."

„Aber nicht morgen Abend!"

„Warum nicht? Was soll das schon ausmachen?"

„Ich habe Alec hoch und heilig versprochen, dass ich mich hier nur erhole – dass ich mit der Party nichts zu tun habe."

„Wieso das denn?“

„Weil es heute Morgen noch gestimmt hat!“

„Dann erzählst du ihm eben einfach, dass du jetzt doch mitmachst. Da ist doch nichts dabei.“

„Für ihn schon. Er hat sich von mir getrennt, weil wir zwei miteinander rumgemacht haben. Er gibt dem Blue Angel die Schuld daran, dass ich meinen Job in der Kanzlei verloren habe. Du, der Club – von allem zusammen fühlt er sich bedroht. Ich habe noch Glück, dass er es so gut aufgenommen hat, dass ich hier zusammen mit dir bin.“

„Männer – total kindisch! Austeilen geht immer, aber Einstecken nicht. Ich bin so froh, dass ich mich mit diesem Quatsch nicht beschäftigen muss. Versteh mich nicht falsch, Frauen leisten sich auch eine ganze Menge Scheiß. Aber diesen Scheiß verstehe ich zumindest.“

Mallory stützte den Kopf in die Hände. „Ich bin völlig kaputt. Ich kann gar nicht glauben, dass ich das morgen Abend wirklich versuchen werde.“

„Jetzt schlaf erst mal. Alles, was du neu gelernt hast, wird sich über Nacht setzen. Du wirst aufwachen und alles beherrschen. Vertrau mir.“

Bette küsste Mallory auf die Stirn.

„Gehst du noch weg?

„Ich will die Nacht bei Zebra verbringen. Morgen bin ich ganz früh zurück, dann kaufen wir Schuhe und gehen die Choreografie noch ein paarmal durch, bevor ich nach Vegas fliege. Schlaf gut, Moxie.“

19. KAPITEL

Die Limousine näherte sich einem prachtvollen Gebäude ganz nah am Ufer des Pazifiks.

Als Bette ihr von dem Strandhaus der Baxters erzählt hatte, hatte sich Mallory etwas Verträumtes, Rustikales vorgestellt, etwa wie das Sommerdomizil ihrer Eltern in New Jersey. Obwohl sie sich wahrscheinlich so etwas hätte denken müssen, war sie nicht auf den Anblick vorbereitet, der sich ihr bot: ein palastartiger Bau im Stil der italienischen Renaissance, mit drei Giebeln überm Eingang, von Palmen flankiert. Ihr Magen krampfte sich zusammen.

Ein paar Stunden zuvor hatte Bette das Abenteuer eingeläutet, indem sie Justin Baxter anrief. Sie sei krank geworden, teilte sie ihm mit, aber die rothaarige Burlesque-Künstlerin, die er im Voyeur kennengelernt hatte, würde gerne für sie einspringen.

„Es macht ihm nichts aus", sagte sie Mallory am Handy. Sie saß schon in Zebras Privatflugzeug und wartete darauf, die Starterlaubnis Richtung Vegas zu bekommen.

„Etwas anderes bleibt ihm ja auch kaum übrig, würde ich sagen. Die Party fängt in drei Stunden an."

„Nein, es ist wirklich kein Problem für ihn. Er sagt, er erinnert sich sehr gut an dich, du siehst sexy aus. Außerdem wollte er wissen, ob du vor deinem Auftritt zur Party kommst, aber ich habe ihm gesagt, das möchtest du nicht – es reicht, wenn das Auto dich so abholt, dass du eine halbe Stunde vor dem Auftritt da bist. So mache ich das immer. Wenn du danach noch bleiben und dich unter die Leute mischen willst, geht das in Ordnung, aber ich schaue mir das Publikum nie an, bevor meine Nummer vorbei ist."

„Okay", meinte Mallory. Sie wusste genau, dass sie sich nicht unter die Leute mischen würde – nicht vor und schon gar nicht nach ihrem Auftritt.

„Hals- und Beinbruch", wünschte Bette. Dann legte sie auf.

Der Wagen erreichte den Eingangsbereich und umrundete einen venezianischen Springbrunnen, um den sich schon Bentleys und Ferraris geschart hatten. Mallory hätte alles darum gegeben, Bette bei sich zu haben, und sei es auch nur, um nicht allein hineinzugehen. An zwei Gedanken hielt sie sich fest, um überhaupt aus dem Wagen steigen zu können. Erstens: Heute Abend war sie nicht Mallory Dale, sondern Moxie, und jeder würde sie als Moxie wahrnehmen. Zweitens: Sie würde umso früher zurück ins Hotel kommen, je schneller sie den Auftritt hinter sich brachte. Dann konnte sie am nächsten Morgen aufstehen und nach Hause fliegen, zu Alec.

„Wenn Sie bereit sind, sich zurückfahren zu lassen, bin ich sofort da", erklärte der Chauffeur, der ihr die Tür aufhielt.

Sie nahm die große Tasche mit ihrem Kostüm. Sie gehörte Bette und jemand hatte sie aufwendig mit dem Namenszug „Noir" in pinken Schmucksteinen verziert. Vielleicht hatte die Freundin aber auch nur irgendwo eine Tasche aufgetrieben, die schon so aussah.

„Guten Abend! Sind Sie Gast oder treten Sie auf?", wurde sie im Eingangsbereich von einer Frau begrüßt.

„Ich trete auf", erklärte Mallory.

„Ihr Name bitte?" Sie schaute auf ihr Klemmbrett.

„Mallory … Ich meine, Moxie."

Die Empfangsdame sprach in ein Funkgerät. „Moxie ist angekommen." Und dann: „Mr Baxter ist sofort bei Ihnen."

Der Gastgeber erschien. Er trug einen schwarzen Anzug, ein schwarzes Hemd und eine schwarze Krawatte. So sah er aus wie einer der aalglatten Agenten, die mit ihren Promi-Klienten die Oscar-Verleihung besuchten.

„Hallo, Moxie. Fantastisch, dass Sie für Bette einspringen können. Geht es ihr denn ein wenig besser?"

„Ja, schon. Sie … ruht sich aus.“ *In Zebras Privatflugzeug.*

„Die Arme. Hat sie etwas Falsches gegessen?“

Plötzlich vermisste Mallory Alec so sehr, dass sie es kaum aushielt. Wenn er hier wäre, hätte er Justin Baxter mit einer coolen Bemerkung abgefertigt – „Genau, sie hat was Unbekömmliches in den Mund genommen“ – und sie hätten heimlich darüber gelacht.

„So genau weiß ich das nicht“, erklärte Mallory.

„Wie auch immer, Sie sind jedenfalls ein Engel, so kurzfristig die Vertretung zu übernehmen. Alles, was Sie brauchen, ist oben in der Garderobe für Sie bereit. Wir haben eine Kleinigkeit zu essen hingestellt, ein paar Flaschen Perrier und Champagner, aber wenn Sie irgendetwas anderes möchten, sagen Sie es einfach Maria. In einer halben Stunde steht Ihr Auftritt im Programm. Wenn Sie so weit sind, wird Maria der Moderatorin Bescheid sagen, und die bringt sie dann zur Bühne. Der Soundtrack mit Ihrem Lied ist vorbereitet; wenn Sie da sind, können Sie also sofort loslegen. Eine richtige Bühne ist das nicht, wir haben keinen Vorhang oder so etwas. Ich hoffe, das geht in Ordnung für Sie. Das sage ich nur, weil einige Mädchen erschrecken, wenn sie es nicht vorher wissen. Aber machen Sie sich keine Sorgen, es wird alles wunderbar funktionieren. Wir hatten hier schon Dutzende Shows, und die Mädchen sagen am Ende immer, dass es ihnen hier besser gefällt als in jedem Club.“

„Danke. Alles wird super laufen, davon bin ich überzeugt.“

„Ich freue mich schon unheimlich auf Ihren Auftritt.“ Er küsste sie auf die Wange, ließ sie dann allein die Treppe hinaufsteigen.

Mallory betrat den Bühnenbereich, eine breite Fläche aus hartem Holzfußboden mit überraschend professioneller Deckenbeleuchtung. So wurde das Publikum ein wenig ausgeblendet. Ihr war bewusst, dass sie mehrere Zehnertische umgaben und sogar noch mehr Gäste herumliefen, aber einzelne Gesichter konnte sie nicht wahrnehmen. Nicht wie die in der ersten Reihe im Blue Angel.

Sie nahm die Anfangsposition ein, mit dem Rücken zu den Zuschauern, sodass die aufwendige Schnürung ihres Korsetts zu sehen war. Ihre ausgestreckten Arme steckten in langen schwarzen Handschuhen. Ihre Hände zitterten so sehr, dass sie sich fragte, ob sie überhaupt in der Lage war, sich den Rock aus Federn auszuziehen.

Die ersten Takte des Liedes „Lose You" von Peaches schallten durch den Raum. Sie hätte nicht zu sagen vermocht, ob das die Menge zum Schweigen brachte oder ob die Musik nur die Stimmen übertönte, aber das war auch egal: Das Licht und die Musik sorgten dafür, dass sie sich ganz auf ihre Nummer konzentrieren konnte.

Als Peaches zu singen begann, wirbelte Mallory zweimal herum, lief nach vorne und zog sich langsam einen Handschuh vom Arm. Bette hatte von diesen Drehungen viele in die Choreografie eingebaut; sie hatte erklärt, dafür sei der Song wie gemacht. Jedes Mal musste Mallory darauf achten, die Hände richtig zu positionieren, um einen weiteren Teil ihres Kostüms entfernen zu können. Am meisten stresste es sie, dass sie zum Schluss die Pasties würde abnehmen müssen. Bette hatte ihr erzählt, dass es Justin Baxter gefiel, wenn die Künstler bei seinen Shows am Ende ganz nackt waren. In ihrem Fall würde es aber reichen, oben ohne dazustehen; schließlich war sie neu und auch nur eine Vertretung. Um das wettzumachen, hatte Bette ein kleines Extra eingefügt: Am Ende würde sich Mallory von den Zuschauern abwenden, nur mit einem weißen, paillettenbesetzten Tanga bekleidet. Würde sich nach vorn beugen und sich mit einem schwarzen Paddel einen Schlag auf den Hintern versetzen.

Die Zuschauer waren ruhiger als im Blue Angel, klatschten jedoch und pfiffen auch manchmal, während sie die ersten Sequenzen tanzte. Sie zog den Teil ihres Rocks von sich, den sie wie Fächer benutzte, und nahm dann die Venusmuschel-Position ein. Jede Geste übertrieb sie ein wenig und achtete sehr darauf, nicht zu schnell zu werden. Wieder war sie dankbar, dass Bette ihr das Video gezeigt hatte. Daraus hatte sie gelernt, dass es gut war, äußerst langsame Bewegungen zu machen, beinahe stillzustehen.

Mit einem der Fächer verbarg Mallory ihre Taille vor den Blicken der Zuschauer, entledigte sich der Reste ihres Rockes und warf sie weg. Zustimmender Applaus erklang. Jetzt kam das Schwierigste: Noch eine Drehung, dann ließ sie die Fächer fallen und zog den Reißverschluss an der Seite ihrer Korsage auf. Eine weitere Drehung, und weg damit, in einer einzigen Bewegung. Sie fühlte, wie Hitze ihren Körper durchströmte, als sie die ersten paar Sekunden nur mit einem Tanga und den Pasties bekleidet vor allen Leuten dastand. Für einen kurzen Moment drohte sie zu erstarren, zwang sich dann jedoch dazu, die Tassles zum Wirbeln zu bringen. Die Menge brach in Beifall aus, und plötzlich war es, als werde in ihr ein Schalter umgelegt: Sie hörte im Geiste nicht mehr Bettes Anweisungen, sondern bewegte sich, weil ihr Körper von selbst die richtigen Bewegungen fand, als sei es ganz natürlich – etwa so, wie ihre Lunge von selbst atmete. Ein Gefühl absoluter Kontrolle überkam sie; sie beherrschte den Raum, sie beherrschte sich selbst. Es war wie ein Spiel, den Zuschauern begeisterte Schreie zu entlocken, und als der Augenblick kam, in dem sie sich die Pasties herunterziehen musste, machte es ihr sogar Spaß, ihrer Vorführung noch einen Höhepunkt hinzuzufügen.

Der Soundtrack näherte sich dem Finale, und sie drehte sich noch zweimal um sich selbst, positionierte ihren Hintern so, dass die Zuschauer ihn in seiner vollen Pracht bewundern konnten. Dann bückte sie sich nach dem Paddel, das genau dort lag, wo es liegen sollte, bewegte den Arm in einer übertriebenen Geste, schlug dann so fest zu, dass ein rotes Mal entstand. Bette hatte ihr gesagt, sie habe Glück mit ihrer hellen Haut: Darauf ließ sich leicht ein beachtliches Ergebnis erreichen. Mallory hatte ihr das glauben müssen. Nach der Reaktion aus dem Zuschauerraum zu urteilen – kein höflicher Applaus mehr, jetzt wurde hemmungslos gebrüllt –, sah man wohl tatsächlich etwas.

Die letzten Takte des Songs erklangen, sie ließ das Paddel fallen und hielt in einer Pose inne, die der vom Anfang glich; wieder mit dem Rücken zum Publikum, die Arme ausgestreckt.

Die Zuschauer waren völlig außer sich, und Mallory spürte, wie eine Welle der Erleichterung sie überflutete. Zugleich eine Freude, die so intensiv war, dass ihr beinahe Tränen in die Augen stiegen.

Wie Justin Baxter es angekündigt hatte, gab es keinen Vorhang, der zum Ende der Nummer fiel, doch die Moderatorin half ihr von der Bühne, reichte ihr einen Umhang.

„Sie waren unglaublich gut!“, rief sie begeistert.

„Danke sehr“, erwiderte Mallory, ein wenig außer Atem.

„Moxie! Ich weiß gar nicht, was ich sagen soll. Einfach großartig.“

Am Fuß der Treppe kam ihr Justin Baxter entgegen.

„Danke, Justin.“ Das Herz schlug ihr bis zum Hals, und fast hätte sie ihn umarmt, weil er ihr die Gelegenheit verschafft hatte, ihren ersten Auftritt zu erleben.

„Nicht doch. Ich muss mich bei Ihnen bedanken. Als Nächstes kommen die Marigold Twins, aber ich glaube, Ihre Nummer werden die beiden nicht überbieten können. Bravo. Wo treten Sie denn in New York auf?“

„Also, ich fange gerade erst im Blue Angel an. Bei ein paar

Shows habe ich ausgeholfen und zwischen den Nummern die Kleidungsstücke aufgesammelt."

„Ich melde mich auf alle Fälle bei Ihnen, wenn wir wieder in Manhattan sind. Wir würden uns sehr freuen, wenn Sie wieder bei uns auftreten würden. Könnte ich bitte Ihre Karte haben?"

„Leider ... habe ich gerade keine dabei."

„Macht nichts, ich erreiche Sie ja sicher über Agnes oder Bette. Also gut. Sie können sehr gerne noch bleiben. Hoffentlich bis bald."

Diesmal küsste er sie auf die Wange und kniff ihr dabei in den Hintern.

Kopfschüttelnd wandte sie sich der Treppe zu, machte sich an den Aufstieg.

„Mallory!"

Sie drehte sich um. Vor ihr stand Billy Barton. Mallory erstarrte.

„Hi, Billy." Sie versuchte beiläufig zu klingen, aber das Herz schlug ihr bis zum Hals. Sie wusste, es wäre höflich, die paar Stufen wieder hinunterzugehen, um ihn richtig zu begrüßen. Doch das Adrenalin weckte ihre Urinstinkte, und sie wollte einfach davonlaufen.

„Du warst phänomenal! Ich wusste gar nicht, dass du als Burlesque-Tänzerin auftrittst. Wie kommt es nur, dass Alec das nie erzählt hat – immerhin hat er darüber eine ganze Geschichte geschrieben, verdammt noch mal. Das rote Haar gefällt mir übrigens sehr gut an dir."

Langsam stieg sie die Stufen wieder hinunter.

„Danke. Und Alec hat es nie erwähnt, weil er noch nichts davon weiß. Wenn es dir nichts ausmacht, würde ich es ihm sehr gern selbst erzählen."

„Aber sicher – überhaupt kein Problem. Ich hoffe allerdings, du sprichst bald mit ihm, muss ich zugeben."

„Wieso denn?"

„In letzter Zeit läuft er in der Redaktion herum wie ein liebeskranker Teenager. Was habt ihr nur, ihr beide, dass ihr euch ständig so streiten müsst?"

„Wir streiten nicht", erwiderte sie.

„Er sagt, ihr hättet euch getrennt."

„Wir haben ... einfach eine Beziehungspause eingelegt, um einige Dinge zu klären."

„Wenn er von deinem neuen Hobby erfährt, geht es ihm sicher gleich viel besser."

„Billy, du musst mir versprechen, es nicht zu erwähnen, okay? Die Dinge sind auch so schon kompliziert genug, und ich glaube nicht, dass du ihm mit dieser Neuigkeit einen Gefallen tust."

„Ich werde schweigen wie ein Grab", versicherte er ihr. Sie sahen sich lange in die Augen – und Mallory wusste, sie würde ihm nicht vertrauen können.

Sie machte sich wieder auf den Weg nach oben.

Für einen Samstagabend war im Blue Angel nicht viel los. Poppy fragte sich, ob das daran lag, dass Bette nicht auf dem Programm stand.

„Ich mag es nicht, wenn sie auf diesen Partys auftritt", murmelte Agnes. „Ich hätte das nie erlauben dürfen."

„Am Dienstag ist sie doch wieder zurück", antwortete Kitty Klitty beruhigend. Ihre Chefin murmelte leise etwas auf Polnisch.

Scarlett Letter vertrat Bette als Star des Abends. Eigentlich hätte sie das machen sollen, dachte Poppy, aber natürlich hielt Agnes sie immer noch für eine blutige Anfängerin.

„Nicht, dass du auch noch auf die Idee kommst, diese Partys zu besuchen", sagte Agnes zu ihr.

„Ich verspreche, es nicht zu tun, wenn ich auch mal die Headliner-Position in der Show bekomme."

„Dann beweise erst mal, dass du das hinkriegst!“, kam die Antwort. „Und weil du so vorlaut bist, darfst du dir gleich die Sammelbüchse nehmen, für später.“

Dieser Frau konnte man es einfach nicht recht machen.

Aus den Kulissen beobachtete Poppy ihre Kolleginnen. Dann ließ sie den Blick durch den Zuschauerraum wandern und erkannte eine Frau in der ersten Reihe. Sie hatte strähniges braunes Haar und trug ein Business-Outfit. Offensichtlich kam sie direkt aus dem Büro. Während sie sie ansah, kam Poppy derselbe Gedanke wie bei ihrer ersten Begegnung: Diese Frau brauchte dringend eine Generalüberholung. Sie wusste, dass sie irgendwie wichtig war, aber wo zum Teufel gehörte sie hin?

Da fiel es ihr wieder ein. Mallorys Chefin!

Was wollte sie wohl hier? Es konnte nicht wieder darum gehen, Mallory in Schwierigkeiten zu bringen – die hatte ihren Job schließlich längst verloren.

Als Scarletts Nummer zu Ende war, erinnerte Rude Ralph die Gäste daran, beim Verlassen des Clubs großzügig Trinkgeld zu geben. Poppy hasste es, mit der Sammelbüchse dazustehen. Ihrer Meinung nach sollten sich die Mädchen nach der Show bedeckt halten und schnell zurückziehen, und es sollte der Umbau-Helferin zukommen, das Geld einzusammeln. Doch Agnes hatte gesagt, dass die Gäste mehr gaben, wenn es eine der Künstlerinnen war, die sie dazu aufforderte. Sie nahmen außerdem mehr Geld ein, wenn das betreffende Mädchen nur Pasties und einen Tanga trug. Das tat Poppy jedoch heute Abend nicht. Sie war in gereizter Stimmung, hatte deswegen ihr Bustier und ihren Tüllrock wieder angezogen. Trotzdem füllte sich ihr Behältnis mit Zehn- und Zwanzigdollarscheinen. Und plötzlich warf die Frau mit den strähnigen Haaren zweimal fünfzig Dollar oben drauf.

„Sie waren einfach wunderbar", erklärte sie.

„Danke sehr." Poppy lächelte. Endlich eine positive Reaktion!

„Und … Sie sehen einfach fantastisch aus."

„Ich heiße Poppy." Sie streckte der Frau die Hand hin. Vielleicht brauchte sie eine Stilberatung, aber andererseits hatte sie Geschmack.

„Patricia", erwiderte die Frau, schüttelte Poppy die Hand. Zu ihrer eigenen Überraschung empfand die Tänzerin ein nervöses Flattern, als die Unbekannte ihre kühlen Finger um ihre eigenen schloss.

„Wollen wir noch was trinken?", schlug sie vor und war darüber selbst verblüfft.

„Gerne."

Poppy gab den Behälter mit dem Geld an Kitty Klitty weiter, schnappte sich Mantel und Handtasche und verließ zusammen mit Patricia Loomis den Club. Draußen entstand ein peinliches Schweigen.

„Wir könnten ins Dog Star gehen", schlug Poppy vor. „Oder in die B Bar. Die ist gleich hier um die Ecke."

„Ich wohne im Norden Manhattans", entgegnete Patricia. Poppy wusste: Diese Einladung konnte sie nicht ablehnen.

„Okay", antwortete sie. Patricia hielt ein Taxi an.

Ihre Wohnung befand sich in der 72nd Street, Ecke Lexington Street, im dritten Stock eines etwas altmodisch aussehenden Backsteingebäudes. Poppy fiel auf, dass es draußen fast feiertäglich ruhig war, ganz anders als bei ihr im East Village.

„Sie haben also Mallory rausgeschmissen", sagte Poppy. Ein wenig Small Talk konnte nicht schaden, dachte sie.

„Sind Sie mit ihr befreundet?", wollte Patricia wissen.

„Das würde ich nicht unbedingt so sagen", antwortete Poppy.

„Haben Sie mich damals angerufen?"

„Ja", erwiderte sie. „Aber Rauswerfen hätte nicht gleich sein müssen, wissen Sie."

„Das war ich nicht – das hat unser Chef übernommen. Und es ging auch nicht nur um die Sache im Blue Angel."

„Worum denn sonst?"

„Wir hatten Zweifel daran, dass sie den beruflichen Anforderungen auf Dauer gewachsen wäre."

Endlich! Es gab noch einen Menschen auf dieser Welt, der der unglaublichen Mallory Dale nicht völlig verfallen war. Wenn das so weiterging, konnte es noch eine richtig gute Nacht werden.

„Sie haben nicht zufällig eine Katze, oder?", wollte Poppy wissen. „Doch, eine getigerte. Ist das ein Problem?"

Also gut – das Leben war eben nicht perfekt.

„Nein", log Poppy. Patricias Wohnung war im Stil eines französischen Landhauses eingerichtet – total süß. Poppy fragte sich, ob sie jemals genug Geld verdienen würde, um sich ein schönes Apartment in New York leisten zu können.

Die Anwältin schlug vor, ein Glas Wein zu trinken, und Poppy nahm das Angebot an, obwohl sie doch eigentlich nur Champagner trank.

„Wenn Sie Rotwein mögen, habe ich einen ganz fantastischen Malbec oder Shiraz", rief Patricia aus der Küche.

„Äh, wunderbar." Patricia sprach offenbar eine andere Sprache als sie. Aber Poppy wollte sich auf alles einlassen.

Ihre Gastgeberin kam mit zwei gefüllten Gläsern zurück und setzte sich neben Poppy auf die Couch. Eine Katze strich ihr um die Beine, und sie schob sie mit dem Fuß weg.

„Prost", sagte Patricia, stieß mit Poppy an. „Ich werde Ihnen ein Geständnis machen – ich habe an Sie denken müssen, seit ich in den Club gegangen bin, um zu schauen, was Mallory Dale so treibt."

„Wirklich?"

Die Anwältin nickte. „Sie hatten diesen Trenchcoat an, und rote Spitze drunter."

Poppy sah die Verehrung in den Augen der anderen Frau, und das erregte sie so sehr wie noch nichts zuvor in ihrem Leben. Es war wie das, was das Publikum ihr gab, wenn sie auftrat – nur tausendmal so intensiv.

Sie stellt ihr Glas auf dem Holztisch ab und nahm Patricia ihres aus der Hand. Sobald Patricia ihr das Glas übergab, fühlte Poppy, dass sie die Situation kontrollierte – sie wusste, was sie tun wollte. Beugte sich vor, presste ihre Lippen auf Patricias, und zu ihrer Überraschung ging die steif wirkende Anwältin darauf ein, als hätte sie es kaum erwarten können.

Patricia legte sich auf sie, und in weniger als einer halben Minute hatte sie es geschafft, Poppy den Pullover und Rock auszuziehen. Sie war darin genauso geschickt wie Trent damals an der Uni, als er Poppy ihre Jungfräulichkeit genommen hatte. Doch diesmal war sie nicht nervös. Sie mochte es, wie Patricia ihre Brustwarzen berührte: kräftig, geübt und zugleich verspielt. Und es gefiel ihr sehr, wie Patricia sich mit ihrem ganzen Körper an sie presste.

Auch Patricia zog sich Hose und Bluse aus, und Poppy stellte überrascht fest, dass ihre Brüste groß und rund waren, mit Knospen in der Farbe von hellem Tee. Sie konnte es kaum erwarten, sie in den Mund zu nehmen. Patricia lehnte sich neben ihr zurück, und Poppy stützte sich auf einen Ellenbogen, fuhr mit einem Finger rund um die Nippel. Sie konnte kaum glauben, wie sehr sie das erregte, und sie beugte sich vor, um daran zu saugen. Patricias Körper war ganz schön sexy – sie hatte üppige Brüste, weibliche Hüften und dabei trotzdem einen flachen Bauch und lange Beine. Wer hätte gedacht, was man alles unter so seriöser Kleidung verstecken konnte? Die Tatsache, dass es unter einem marineblauen Nadelstreifenrock und einem maßgeschneiderten Jackett zum Vorschein kam, war viel aufregender als diese Pracht unter einer engen Jeans und einem Pullover vorzufinden. Sie stellte sich vor, wie sie zusammen mit Patricia zum Essen ausgehen würde, und wie niemand der anderen Gäste ahnte, welches Geschenk darauf wartete, später am Abend ausgepackt zu werden.

Aber eins nach dem anderen: Erst musste sie die Anwältin beeindrucken. Alec hatte vermutet, aus ihren Affären würde nie etwas, weil zwischen ihr und ihren Partnern keine emotionale Verbindung bestand. Dieser Aspekt einer Beziehung war ihr ein völliges Rätsel. Was sie zu einer Beziehung beitragen konnte, waren ihre Schönheit, um Menschen anzuziehen, und ihre Fähigkeiten im Bett, damit die Leute wiederkamen und mehr Sex wollten. Doch nicht einmal das schien in letzter Zeit mehr zu funktionieren.

Darüber sollte sie sich jetzt allerdings keine Sorgen machen.

Mit den Lippen strich sie über Patricias Brüste, ihre Hände ließ sie nach unten wandern, um deren Schamlippen sanft zu reiben. Zuerst fühlte sich das seltsam an: Zwischen den Beinen ihrer Partnerin wuchs mehr Schamhaar, als sie in den letzten Jahren zu Gesicht bekommen hatte. Nicht wirklich schlimm – nicht wie in einem Porno aus den Siebzigern oder so. Aber es war eindeutig, dass sie das Wort „brasilianisch“ noch nie in Verbindung mit einer kosmetischen Behandlung ausgesprochen hatte. Überraschenderweise machte das Poppy nichts aus. Sie fuhr wirklich auf Patricia ab – wie sie aussah, sich anfühlte, roch. Zum ersten Mal verstand sie den Ausdruck „animalische Anziehungskraft“. Es gab keinen offensichtlichen Grund dafür, aber sie wünschte sich nichts mehr, als den Körper dieser Frau zu erforschen, auf jede nur erdenkliche Weise.

Poppy legte sich auf die Seite und schlang ein Bein um Patricia. Sie nahm eine von ihren Brüsten in den Mund, ließ die Zunge um die Knospe kreisen. Patricia gab ein leises Geräusch von sich, und Poppy fühlte, wie es zwischen ihren Beinen zu pulsieren begann. Sie zog ihren Slip nach unten, um Patricias Beine an ihrer nackten Pussy zu spüren. Der Drang, sich rhythmisch an ihr zu reiben, wurde so stark, dass sie ihm nachgab – obwohl sie sich nicht sicher war, ob das Patricia gefallen würde. Doch die packte plötzlich ihren Po, zog Poppy noch dichter zu sich heran.

„Heb deinen Hintern hoch", forderte sie Poppy auf. Sie gehorchte, spürte dann, wie Patricia von hinten mit einem Finger in sie eindrang. Stöhnte. Die Anwältin bewegte langsam die Hand, während sie Poppy auf den Hals küsste.

„Nicht aufhören", hauchte Poppy.

„Ich höre nicht auf. Komm, Baby." Die Berührung, die Finger, die zärtlich ihre äußeren Schamlippen streichelten, sich aber hart und drängend tief in ihr bewegten, all das sorgte in Verbindung mit diesen sanften Worten dafür, dass Poppy ihren ersten Orgasmus bekam. Als das Zittern nachließ, zog Patricia sie hoch, sodass die beiden einander in die Augen sehen konnten.

„Du bist wunderschön", erklärte die Anwältin.

Mit einem Lächeln fragte Poppy: „Und was machen wir jetzt?"

„Komm mit mir ins Bett."

Patricia führte ihre Partnerin in ein Schlafzimmer, das aussah wie aus einer Ralph-Lauren-Werbung. In der Mitte des Raumes stand ein riesiges Bett mit Holzrahmen, das mit einer bunt geblümten Tagesdecke und einem halben Dutzend großer Kissen bedeckt war. Poppy zögerte, aber ihre Gastgeberin forderte sie auf, nicht lange zu warten, sondern sich hinzulegen.

„Ich möchte dich anschauen", erklärte sie, und dieser Bitte kam Poppy nur zu gern nach. Es fühlte sich gut an, Objekt der Begierde zu sein, bewundert zu werden. Zum ersten Mal, seit sie nach New York gezogen war, fühlte sie sich wieder wie das schönste Mädchen der Stadt.

Bald war es Patricia nicht mehr genug, sie anzusehen – sie ging dazu über, sie zu berühren: Griff mit der Hand zwischen Poppys Beine, leckte langsam ihre äußeren Schamlippen. Poppy beugte sich herunter und spielte mit Patricias Haar, während deren Zunge sich kreisförmig um ihre Pussy bewegte. Poppy wusste, dass sie immer sehr feucht wurde, aber das schien ihrer Partnerin nichts auszumachen. Wieder setzte sie ihre Finger ein; dann, gerade als Poppy sich ihrem zweiten Orgasmus ganz nahe fühlte, entzog sie sich ihr, legte sich direkt auf sie, sodass ihre Spalten sich küssten. Es fühlte sich fast intimer an als Sex mit einem Mann. Sie rieben sich aneinander, langsam und zugleich intensiv, sodass Poppy beinahe wieder einen Orgasmus erreichte. Dann wechselten sie die Stellung: Patricia lag auf Poppy, beugte sich über sie, um sie zu lecken, während sie ihre Muschi über Poppys Gesicht hielt. Poppy klammerte sich an Patricias Hintern fest, während sie vorsichtig mit der Zunge deren Pussy liebkoste. Patricia tat das Gleiche bei ihr. Obwohl Patricias Muschi außen behaart war, war sie innen herrlich weich, und man konnte sie gut lecken. Als Patricia ihre Zunge in sie hineinpresste, tat Poppy das auch bei ihr, sodass sie einander simultan mit dem Mund befriedigten. Poppy tat ihr Bestes, um sich dem Tempo der Partnerin anzupassen, spürte jedoch, dass ihr Orgasmus unmittelbar bevorstand – ihr blieb nichts anderes übrig, als den Kopf zurückzuwerfen und zuzulassen, dass die Wellen der Lust ihren Körper überfluteten. Sie schrie auf, und Patricia drang mit mehreren Fingern in sie ein, löste nie gekannte Gefühle in ihr aus.

„Das war einfach unglaublich“, stieß Poppy hervor, als die beiden fertig waren. Patricia stand vom Bett auf, und Poppy ertappte sich bei dem Gedanken, sie hätte vielleicht keine Lust mehr. Schon wieder versagt! Aber dann zog Patricia etwas aus der Nachttischschublade. Etwas Großes, Lilafarbenes. Einen dicken, mit Adern besetzten, violetten Penis.

Sie kam zum Bett zurück und legte das Ding neben Poppy. Machte sich sofort wieder daran, sie zu streicheln, ihre Brüste zu lecken und ihre Arme zu berühren, ihren Bauch. Sie drückte Poppy den Dildo in die Hand.

„Ich möchte, dass du es mir damit machst.“

„Willst du das wirklich?“ Sie fand es ein bisschen unnatürlich, aber dann erinnerte sich daran, wie sie sich beim Sex mit Bette danach gesehnt hatte, etwas in sich zu spüren.

„Ja – keine Sorge. Ich zeige dir schon, was mir gefällt“, beruhigte Patricia sie.

Sie führte Poppys Hand mit dem Dildo, presste die Spitze gegen ihre äußeren Schamlippen, ließ sie dann ihre Klitoris umkreisen. Als Patricia sich entspannte und die Hand wegnahm, fuhr Poppy mit den Bewegungen fort.

„Jetzt drück ihn auf meine Perle. Ja, so. Jetzt beweg ihn ein bisschen hin und her, genau da.“ Poppy befolgte alle Anweisungen. Patricia warf den Kopf zurück, ihr Atem ging langsamer. „Jetzt rein“, sagte sie, zog das Teil zu ihrer nassen Öffnung. Poppy drang vorsichtig mit der Spitze in sie ein.

„Fick mich, Poppy! Fick mich, so wie du es selbst magst.“ Patricia schob ihre Pussy auf sie zu, in ihre Richtung, immer wieder. Du lieber Himmel! Poppy war verunsichert. Es fühlte sich nicht richtig an, dieses Ungetüm in jemanden hineinzustecken.

„Ich ... Das kann ich nicht“, sagte Poppy, umklammerte den violetten Penis und war nicht in der Lage, sich zu rühren.

„Natürlich kannst du.“

„Ich habe Angst, dass ich dir wehtue. Dieses Teil ist einfach zu groß.“

Patricia setzte sich auf.

„Es tut mir leid“, meinte Poppy.

„Macht nichts.“ Patricia stand auf und ging zur Schlafzimmertür.

„Du gehst weg?“ Poppy war erschüttert.

„Nein! Ich komme sofort wieder.“

Poppy zog die Knie an die Brust und hoffte, dass sie nicht wieder alles falsch gemacht hatte. Doch die andere war innerhalb weniger Minuten wieder da, mit einer schwarzen Schachtel, ungefähr so groß wie ein kleiner Schuhkarton.

„Guck mal hier rein“, sagte sie.

Poppy nahm den Deckel ab und entdeckte eine Plastikhülle, darunter einen schwarzen Satinbeutel, in dem sich ein glattes, schwarzes, längliches und an einem Ende keilförmig zulaufendes Teil befand.

„Was ist das denn?“

„Fantastisch, oder? Ein neuer, edler Dildo von LELO. Den habe ich noch nicht mal selbst ausprobiert. Ich dachte, vielleicht fühlst du dich damit wohler.“

Poppy nahm den Dildo in die Hand, bewegte ihn ein wenig hin und her. Er wirkte tatsächlich einladender, hatte eine wunderbar glatte Oberfläche und sah auch nicht so brutal aus.

Patricia legte sich wieder aufs Bett, und als Poppy sich neben sie setzte, zog sie sie zu sich heran, küsste sie, schob ihr eine Hand zwischen die Beine. Streichelte Poppys Perle und bat sie, sie ebenfalls so zu verwöhnen. Poppy gehorchte, und als sie mit dem Finger immer wieder in Patricias feuchte Pussy eindrang, ertappte sie sich bei dem Gedanken, wie es sich wohl mit dem LELO anfühlen würde. Patricia hörte nicht auf, Poppys Klit mit Druck zu bearbeiten, drang jedoch nicht in sie ein. Es war, als wolle sie Poppy das Fehlen der Penetration erleben lassen – das Gefühl, nicht zu bekommen, was sie sich wünschte, genau wie es ihr selbst mit dem riesigen Dildo ergangen war.

Poppy zog Patricias Hand nach unten, versuchte sie dazu zu bringen, sie mit den Fingern zu ficken, doch sie weigerte sich. Eine Sekunde lang hörte Poppy damit auf, ihre eigene Hand zu bewegen, so sehr lenkte ihre Enttäuschung sie ab.

„Nicht aufhören!“, rief Patricia, und Poppy machte sofort weiter. Fühlte, wie sich Patricias Inneres um ihre Finger schloss. Ihre Partnerin hatte eine kräftige Scheidenmuskulatur, und Poppy spürte den Orgasmus in ihrer Hand. Das faszinierte und erregte sie zugleich. Zwischen ihren Beinen pulsierte es, und sie sehnte die Entspannung dabei, die sie gerade Patricia hatte verschaffen können.

Als der Höhepunkt ihrer Partnerin vorbei war, küsste sie Poppy grob auf die Lippen, drückte ihr den LELO in die Hand.

„Du wirst dich an solches Spielzeug gewöhnen müssen“, sagte sie heiser. „Wir können viel Spaß damit haben. Probier’s aus. Mach’s dir selbst, und lass mich dabei zusehen.“

Poppy war inzwischen so erregt, dass man ihr das nicht zweimal sagen musste. Sie öffnete die Beine und streichelte sich selbst ein paarmal mit dem Dildo, bevor sie ihn sich tief einführte, dann langsam wieder herauszog, wieder hineinschob. Sie stöhnte, und es machte ihr nicht einmal etwas aus, dass sie bei diesem unglaublich intimen Akt beobachtet wurde. Plötzlich, ohne ein Wort, nahm ihre Zuschauerin ihr den Dildo aus der Hand. Sie leckte Poppy mit langen, erfahrenen Zungenschlägen, schob dann mit fester Hand den LELO wieder in sie hinein.

„Fühlt sich das gut an?“

„Ja“, hauchte Poppy.

„Möchtest du es langsam oder schnell?“

„Schnell.“

Patricia erfüllte ihren Wunsch, und Poppy fühlte, wie sich ihr Becken im Einklang mit den Stößen des Spielzeugs bewegte, genau als würde ein Mann auf ihr liegen. Als sie zum Orgasmus kam, geschah das so plötzlich und mit einer solchen Intensität, dass sie einen Aufschrei nicht unterdrücken konnte. Es überraschte sie selbst, wie stark sie darauf abfuhr, so gefickt zu werden.

Patricia legte sich neben Poppy und zog sie an sich. Eine Minute lang hielten die beiden einander einfach in den Armen, und Patricia lachte.

„Ich glaube, du hattest gar keine Angst davor, mich mit diesem Ding zu bearbeiten“, meinte sie. „Du wolltest einfach nur alles für dich.“ Sie küsste Poppy liebevoll.

„Ich wusste gar nicht, dass sich das so gut anfühlt.“

„Baby, das war noch harmlos. Morgen gehen wir zusammen shoppen.“

Das klang gut, fand Poppy. Morgen. Aber ihr wurde klar, dass sie jetzt wohl besser gehen sollte. Als sie jedoch aufstand, um sich anzuziehen, nahm Patricia sie rasch bei der Hand.

„Wo willst du denn hin?“

„Es ist schon wahnsinnig spät. Ich sollte mich lieber auf den Heimweg machen.“

„Ich wünschte, du würdest hier schlafen“, antwortete Patricia.

Das war das erste Mal seit ihrem Umzug nach New York vor drei Jahren, dass jemand sie bat, über Nacht zu bleiben. Poppy sank zurück aufs Bett, schmiegte sich an Patricia, die einen Arm um sie legte.

„Schläfst deine Katze bei dir im Bett?“

„Ich konzentriere mich immer nur auf eine Muschi zurzeit, Poppy. Heute gehört das Bett uns beiden.“

Mallory schloss die Tür ihres Hotelzimmers hinter sich. Setzte sich auf die Couch, auf der sie sich vierundzwanzig Stunden zuvor Sorgen darum gemacht hatte, ob sie Bettes Show hinbekommen würde. Aber es war mehr geschehen als das. Sie hatte es nicht nur geschafft, sondern jede Sekunde genossen.

Sie zog ihr Telefon aus der Tasche und rief Bette auf dem Handy an.

„Ich bin's", sagte sie.

„Warte einen Moment, hier ist es so laut!", kam Bettes Antwort. Aus dem Hintergrund erklang Musik. Mallory wartete, durchsuchte währenddessen ihre Tasche. Fand den Umschlag, den Justin Baxter für sie in ihrer Garderobe hinterlegt hatte. Geöffnet hatte sie in noch nicht. „Okay – leg los!"

„Wo bist du denn gerade?"

„Im Bellagio. In Zebras Hotelzimmer. Sie gibt eine kleine Party. Aber jetzt erzähl."

„Es ist gut gelaufen. Genaugenommen geradezu großartig, um ehrlich zu sein. Ich habe mich an alles erinnert, was du mir beigebracht hast – und alles hat sich zusammengefügt. Ab der Mitte des Auftritts habe ich kaum noch nachgedacht – es war, als wüsste mein Körper ganz von selbst, was er zu tun hatte. Und der Song, einfach wunderbar. Deine Choreografie passt perfekt dazu. Ganz am Ende habe ich in Erwägung gezogen, noch weiter aufzudrehen, aber ich hatte nichts mehr auszuziehen, und ich weiß noch, dass du gesagt hast, jede Bewegung muss auf das Schlussbild, auf die letzte Enthüllung hinarbeiten, darum wollte ich das Ganze nicht kaputt machen …"

„Hast du auch daran gedacht, was ich darüber gesagt habe, dass du vor der Aufführung lieber für dich allein bleiben solltest?"

„Ja."

„Ich bin so stolz auf dich! Wenn ich nur hätte dabei sein und dir zuschauen können. Oh, und Zebra sagt gerade, sie ist auch stolz auf dich."

Ungläubig schüttelte Mallory den Kopf. Wie hatte sich ihr Leben nur so entwickeln können – die größte Popsängerin der Welt lobte sie für ihr Debüt als Burlesque-Tänzerin!

„Wie geht es dir denn?"

„Mallory, es ist perfekt. So wünsche ich mir mein Leben. Die Paparazzi haben uns fotografiert, als wir aus dem Hotel gekommen sind. Ich garantiere dir, nächste Woche bin ich in den Klatschblättern zu sehen."

„Und wie läuft es zwischen euch?"

„Sie ist einfach unglaublich im Bett."

Mallory musste lächeln. „Ich freue mich wahnsinnig für dich."

„Und ich mich für dich! Wann wirst du bei Agnes vortanzen? Das machst du jetzt doch, oder?"

„Ja", sagte Mallory und gestand sich damit zum ersten Mal auch selbst ein, dass es das war, was sie wollte. „Kannst du mir dabei helfen?"

„Natürlich. Wir besprechen das, wenn ich zurück bin."

„Wann kommst du denn wieder?"

„Das weiß ich noch nicht, Moxie. Aber du erfährst es als Erste."

Mallory konnte sich das freche Funkeln in den wunderschönen blauen Augen ihrer Freundin bildlich vorstellen.

„Sei ein braves Mädchen", meinte sie.

„Bin ich doch immer", erwiderte Bette.

Mallory beendete das Gespräch, sank dann ins Sofa zurück. Sie schaute auf die Uhr, rechnete aus, wie spät es jetzt in New York war. In weniger als vierundzwanzig Stunden würde sie bei Alec sein.

Ganz früh am Morgen tastete Mallory im Dunkeln nach ihrem Telefon und wählte Alecs Nummer.

„Hey“, begrüßte er sie. „Schon so früh wach?“

„Ich kann nicht mehr schlafen, weil ich so aufgeregt bin“, erklärte sie, und das entsprach der Wahrheit. „Ich freue mich wahnsinnig darauf, dich heute Abend zu sehen.“

„Ich bin auch total aufgeregt“, antwortete er. „Du fehlst mir.“

„Wirklich?“

„Natürlich! Ruf mich an, sobald du landest“, bat er sie.

„Okay. Ich liebe dich, Alec.“

„Ich liebe dich auch, Mallory. Du weißt genau, an Liebe mangelt es uns nicht“

„Woran dann?“

„Das weiß ich nicht. An Vertrauen? Ich habe dich während unserer Beziehung nie betrogen. Ich weiß, dass ich dich manchmal zu Dingen getrieben habe, die du nicht immer unbedingt machen wolltest, aber wir haben diese ganzen Sachen jedes Mal zusammen ausprobiert. Und es hat uns näher zusammengebracht. Aber beim ersten Streit, den wir haben, wendest du dich jemand anderem zu – und zwar physisch und emotional. Du hast Entscheidungen über deine Karriere getroffen, die uns beide als Paar betreffen, ohne sie mit mir zu besprechen. Ich habe mich ausgeschlossen gefühlt, Mallory.“

„Okay“, erwiderte sie. „Ich kann verstehen, dass du dich ausgeschlossen gefühlt hast. Und es tut mir leid, Alec wirklich.“ Sie wusste, sie musste ihm dringend von der Party bei den Baxters erzählen, und davon, dass sie vorhatte, sich beim Blue Angel zu bewerben. Aber sie wollte das nicht am Telefon tun. „Lass uns morgen Abend weiterreden. Ich möchte meine Arme um dich legen können. Dir zeigen, wie viel du mir bedeutest."

„Das klingt gut. Ich kann es kaum erwarten, dich zu sehen."

Sie legte auf und fühlte sich wie die glücklichste Frau der Welt. Plötzlich fiel ihr der Umschlag von Justin Baxter ein. Schnell machte sie ihn auf, zog einen Scheck über fünftausend Dollar heraus. Nächste Woche würde sie sich erst mal noch nicht um einen Job bemühen müssen, nicht einmal diesen Monat. Dadurch würde sie Zeit haben, sich auf das Vortanzen im Blue Angel vorzubereiten.

Jetzt gab es kein Zurück mehr. Moxie war längst ein Teil von ihr. Sie musste nur eine Möglichkeit finden, Alec zu zeigen, dass auch Moxie ihn liebte.

Das Flugzeug war gelandet, und der Kapitän informierte die Passagiere, dass sie ihre elektronischen Geräte wieder anstellen konnten. Mallory wählte Alecs Nummer, noch bevor sie ihre Tasche aus dem Gepäckfach nahm.

„Ich bin's – ich bin gerade gelandet", sagte sie, konnte vor Aufregung kaum sprechen. „Ich komme nach Hause, okay?"

„Bitte nicht", war die Antwort.

Mallory war sich sicher, ihn falsch verstanden zu haben. Wahrscheinlich hatten ihre Ohren den Druckausgleich von der Landung nicht gut überstanden.

„Was hast du gesagt?"

„Ich denke, es ist besser, wenn du nicht vorbeikommst, Mallory."

„Gut. Wollen wir uns dann irgendwo zum Abendessen treffen? Ich bin am Verhungern."

„Ich will dich überhaupt nicht sehen."

„Was soll das? Wir haben uns doch heute Morgen ausführlich darüber unterhalten. Darüber, was dir nicht passt und wie wir unsere Beziehung fortführen können …“

Die Passagiere nahmen ihr Gepäck aus den Fächern, und am Ausgang bildete sich eine Schlange.

„Ja. Ein ausführliches Gespräch, in dem du allerdings nicht erwähnt hast, dass du letzte Nacht auf einer Party in Malibu als Stripperin aufgetreten bist. Billy Barton war übrigens sehr angetan von deiner Darbietung.“

Oh nein.

„Ich wollte es dir sagen, wenn wir uns sehen“, erklärte sie.

„Du hast mich belogen – schon wieder! Du hast mir eindeutig gesagt, dass du nicht auf dieser Party eingeladen bist, dass du nur nach L. A. geflogen bist, um den Kopf frei zu kriegen.“

„Ich kann dir das erklären. Bette musste nach Vegas und …“

„Sicher. Es hat immer alles mit Bette zu tun. Ich weiß nicht, wie wir beide eine Beziehung führen sollen, wenn Bette ganz eindeutig eine größere Rolle in deinem Leben spielt als ich.“

„Jetzt bist du ungerecht“, meinte sie. „Ich finde, wir sollten uns nicht am Telefon darüber unterhalten.“

„Ich will dich nicht sehen.“

„Wenn du vorhast, Schluss zu machen, bist du mir wenigstens ein Gespräch von Angesicht zu Angesicht schuldig“, sagte sie und begann zu weinen.

„Schluss machen will ich nicht, Mallory, aber ich kann keine Beziehung führen, in der du mich belügst und ich dir nicht vertrauen kann. Ich werde nie wissen, wer du bist oder was du machst, solange du dich in diesem Club rumtreibst. Zwischen uns kann es nur funktionieren, wenn du da nie wieder hingehst und mir versprichst, dass du auch Bette nicht mehr triffst.“

„Du willst mich zwingen, zwischen dir und dem Blue Angel zu wählen?"

„Ist die Entscheidung denn so schwer? Ich kann nicht glauben, dass du die Sache so siehst."

Mallory sah, dass die anderen Passagiere begannen, das Flugzeug zu verlassen. Sie konnte nur zusammengekrümmt in ihrem Sessel sitzen bleiben, sich am Telefon festklammern.

„Wir sind zusammengekommen, als wir Anfang zwanzig waren. Wir haben uns beide verändert und neue Interessen hinzugewonnen. Ich habe mich nicht beschwert, als du dich so in deine Arbeit beim *Gruff* reingekniet hast, oder als du immer öfter mit Billy Barton ausgegangen bist."

„Allerdings mit dem Unterschied, dass es mir gelungen ist, dich in diese Dinge einzubeziehen. Ich hätte bei der Arbeit an diesem Artikel Burlesque-Shows besuchen können, ohne dir jemals etwas davon zu sagen, aber stattdessen habe ich dich in einen Club mitgenommen, damit wir die Erfahrung teilen können. Gut, vielleicht wollte ich das mit dem Dreier zu sehr forcieren, aber es war immerhin etwas, das ich mit dir zusammen ausprobieren wollte. Du dagegen rennst los und schläfst mit einer Frau, allein, noch in derselben Nacht, in der wir uns streiten. Du trittst in diesem Club auf, ohne es mir überhaupt zu erzählen. Vielleicht hätte ich dir ja zusehen wollen oder zumindest das Gefühl haben können, deine neue Erfahrung gehöre zu unserem gemeinsamen Leben, ich sei nicht völlig ausgeschlossen. Darum können wir keine Beziehung mehr führen, Mallory. Nicht, weil ich nicht damit zurechtkomme, dass du dich veränderst."

„Ich will aber, dass du ein Teil meines Lebens bist!"

„Dafür ist es zu spät", erklärte er. Und legte auf.

Poppy saß eng an Patricia geschmiegt auf dem mit Kissen beladenem Bett. Die beiden veranstalteten einen DVD-Marathon, sahen sich eine Folge nach der anderen von *Good Wife* an. Patricia liebte Anwaltsserien. Da klingelte Poppys Telefon.

„Kein Problem, ich drücke auf Pause“, meinte Patricia.

„Hallo?“ Die angezeigte Nummer sagte Poppy nichts.

„Hey, ich bin’s, Alec Martin. Ist es gerade günstig?“ Kaum klappte eine Sache, kamen alle anderen auch angerannt! So ein Pech für ihn, dass er seine Chance knapp verpasst hatte. Patricia hatte sie ihm vor der Nase weggeangelt.

„Nicht so richtig. Worum geht’s denn?“

„Du hast recht gehabt – Mallory ist wirklich auf der Party aufgetreten.“

„Alec, das ist doch nicht schlimm. Es war doch nur ein Geburtstag“, sagte sie. Patricia streichelte die Innenseite ihrer Oberschenkel.

„Können wir uns auf einen Drink treffen? Ich brauche jemanden zum Reden“, bat er.

„Ich weiß nicht.“ Sie schaute Patricia an. „Wann denn?“

„Jetzt gleich?“

„Eine Sekunde.“ Sie bedeckte das Mikrofon mit der Hand und erklärte Patricia, dass Mallorys Freund mit ihr reden wollte. „Der Mann klingt richtiggehend traumatisiert“, meinte sie.

„Dann geh – aber bleib nicht so lange weg. Ich fühle schon jetzt, wie mein Besitzerinstinkt erwacht.“ Patricia biss Poppy spielerisch in die Schulter.

„Okay“, wandte sich Poppy wieder an Alec. „Ich bin sowieso bei dir in der Nähe. Sag mir, wo wir uns treffen, und in zehn Minuten komme ich hin. Aber nur kurz. Ich habe heute Abend schon was vor.“

„Das freut mich! Ist sie es?“

„Wer, sie?“

„Die Frau, von der du mir neulich beim Frühstück erzählt hast.“

„Oh. Oh, nein. Jemand viel Besseres.“ Sie lächelte Patricia an. „Viel, viel besser.“

Sie traf ihn im Wicker Park, einer lärmigen Sportsbar in der Third Avenue. Er saß in einer Nische dicht bei der Tür und sah aus, als sei gerade sein Hund überfahren worden.

„Danke, dass du gekommen bist“, begrüßte er sie.

„Sicher. Was gibt's denn?“ Er wirkte so verzweifelt und verlassen, dass Poppy Mitleid bekam und völlig vergaß, dass Patricia in ihrer Wohnung auf sie wartete.

„Ich wünschte, du könntest mir irgendwie helfen, die Welt zu verstehen, von der Mallory sich so angezogen fühlt. Sie behauptet, ihr Interesse an der Burlesque hat nichts in mir zu tun, aber es fühlt sich an, als gäbe es plötzlich eine dritte Person in unserer Beziehung. Sie hat mich früher nie belogen, und jetzt kann ich ihr überhaupt nicht mehr vertrauen.“

„Mit Beziehungen kenne ich mich nicht so gut aus. Meine laufen nie, wie sie sollen.“

„Meinst du, ich muss mir Sorgen machen? Hat sie eine Affäre mit Bette?“

Allein der Gedanke daran reichte aus, Poppy einen Stich der Eifersucht zu versetzen. Dann erinnerte sie sich daran, wie herrlich es sich anfühlte, mit Patricia zusammen zu sein, und sie sagte nichts.

„Das weiß ich nicht. Aber ich bezweifle es.“

Ihr Telefon klingelte. Merkwürdigerweise wurde Bettes Nummer angezeigt.

„Wenn man vom Teufel spricht“, meinte sie. „Ich gehe kurz nach draußen und nehme den Anruf an. Bin sofort wieder da. Hallo?“ Sie sprach wieder in ihr Telefon, zog sich den Mantel an und verließ die Bar.

„Hi, Poppy. Ich bin's, Bette. Du musst mir einen Gefallen tun. Kannst du diese Woche meine Schichten übernehmen?“

„Ist was passiert?“

„Nein, alles bestens – und das ist wirklich nicht übertrieben. Aber ich bin immer noch nicht zurück in der Stadt, und es wird auch noch eine Weile dauern, bis ich komme.“

„Agnes flippt aus, wenn sie das hört.“

„Ich weiß. Aber für dich entwickelt sich die Sache dadurch optimal, Poppy. Du kannst für mich einspringen – das ist deine Chance, im Rampenlicht zu stehen.“

In Poppys Kopf drehte sich alles, während sie sich vorstellte, wie sie jeden Abend die größte Attraktion des ganzen Clubs war.

„Vielleicht feuert dich Agnes sogar deswegen. Dass du wegen einer Privatparty eine Show verpasst hast, ist eine Sache, aber eine ganze Woche? Und bald ist Valentinstag, da haben wir doch immer eine ganz besondere Show. Schaffst du es bis dahin?“

„Das kann ich noch nicht sagen, und deswegen musst du mir noch einen Gefallen tun: Sorge dafür, dass Mallory bei Agnes vortanzen darf. Ich würde mich selbst darum kümmern, aber sie wird zu wütend auf mich sein, um mir zuzuhören und Mallory eine Chance zu geben. Wenn ich nicht auftrete, wird sie sich darauf verlassen, dass du alles in die Hand nimmst. Ich zähle auf dich, Poppy! Kriegst du das hin?“

„Ja.“ Poppy war aufgeregt und verwirrt zugleich. „Aber ich verstehe kein Wort, hörst du auf bei uns?“

„Sorge einfach dafür, dass Mallory vortanzen darf. Und dafür, dass du diese Woche großartige Auftritte hinlegst, damit Agnes mich nicht zu sehr vermisst, okay? Du weißt ja – *the show must go on!*“

„Wo bist du denn gerade?“

„In Vegas. Geh mal auf Popbaby.com, dann verstehst du alles.“

Plötzlich war die Verbindung unterbrochen.

Poppy ging wieder in die Bar.

„Hast du ein iPhone?“, fragte sie Alec.

„Ja. Warum?“

„Wir brauchen Popbaby.com.“

Er rief die Seite auf. „Wonach suchen wir denn?“

Sie nahm ihm das Gerät aus der Hand und überflog die Posts. „Ach, du liebe Zeit! Schau dir das hier mal an: ‚Zebra mit neuen Streifen: Die sonst so diskrete Popsängerin zeigt der Öffentlichkeit ihre neue Freundin, die Burlesque-Tänzerin Bette Noir‘. Sie ist mit Zebra zusammen!“

„Zumindest laut dieser Klatschseite. Von dem Zeug stimmt doch meistens die Hälfte nicht.“

„Dann schau dir mal das Foto hier an.“ Sie zeigte auf ein Bild von Bette und Zebra, die sich in einem Starbucks in Las Vegas küssten.

„Dann ist sie wohl nicht mit Mallory zusammen“, meinte er.

„Siehst du? Alles in Ordnung. Und jetzt ruf Mallory an, damit ihr euch aussprechen könnt.“

„So einfach ist das nicht. Mallory hat mich immerhin betrogen. Mit Bette geschlafen. Mit mir zusammen, als Paar, wollte sie das nie.“

„Vielleicht musste sie es erst allein tun, bevor es mit dir zusammen geht.“

„Ich weiß nicht. Ich finde immer noch, dass der Club einen schlechten Einfluss auf sie hat. Im Blue Angel hat sie ihre ganze Karriere als Juristin ruiniert.“

Poppy holte tief Luft.

„Ich muss dir was beichten: Das ist meine Schuld. Ich habe dafür gesorgt, dass sie entlassen wird.“

„Warum zum Teufel hast du das getan?“

„Weil ich eifersüchtig war. Ich wollte einfach, dass Bette mir alles beibringt, mir hilft, im Club Fuß zu fassen. Und sie hat einer x-beliebigen Frau mehr Aufmerksamkeit geschenkt, die nicht einmal Tänzerin werden wollte! Es war so ungerecht. Sogar Agnes schien sie zu mögen. Darum wollte ich, dass Mallory auf die Schnauze fällt. Und vielleicht Schwierigkeiten bekommt, damit sie sich nicht mehr ständig im Club blicken lässt. Damit, dass sie entlassen wird, hätte ich nie im Leben gerechnet. Und dadurch ist alles nur noch schlimmer geworden, weil sie ohne Job noch mehr Zeit hatte, im Blue Angel zu sein. Und jetzt will sie da auch noch auftreten."

„Nein, will sie nicht."

„Doch. Ich muss mich damit abfinden, und du auch."

Nun sah Alec geradezu verängstigt aus. „Das ist nicht die Mallory, die ich kenne."

Poppy zuckte die Achseln. „Mach doch kein Drama draus. Es ist nämlich keins. Aber ich denke, das wirst du für dich selbst herausfinden müssen."

„Wie denn?"

„Ich überlege mir was", erklärte sie. „Aber jetzt muss ich los, meine neue Freundin wartet."

Sie genoss es, das Wort ‚Freundin' auszusprechen, und hatte es noch eiliger, zu ihr zurückzukommen ... um Patricias Lippen auf ihren zu spüren.

Zum ersten Mal, seit sie denken konnte, war sie vollkommen glücklich. Also war es das Mindeste, Alec und Mallory zu helfen, damit auch sie wieder glücklich wurden.

21. KAPITEL

Im Club herrschte eine ungewöhnliche Ruhe. Niemand probte, und in der Garderobe brannte kein Licht.

Mallory saß mit Agnes an einem Tisch, spielte unbehaglich mit ihrer Handtasche herum. Sie war mit einem kurzen Telefonanruf herbestellt worden, und auch jetzt sagte Agnes kaum ein Wort. Die Besitzerin des Blue Angel begutachtete sie wie eine Rinderhälfte auf dem Fleischmarkt.

„Das rote Haar gefällt mir."

„Danke", entgegnete Mallory.

„Wissen Sie, warum ich Sie angerufen habe?", wollte Agnes wissen, zündete sich eine Zigarette an. Plötzlich fühlte sich Mallory, als sei sie in einem polnischen Spionagefilm gelandet.

„Äh, nein."

„Können Sie morgen Abend wieder Kleidung aufsammeln?"

„Natürlich", antwortete sie.

„Sie wissen sicher, dass ich Bette rausgeworfen habe."

Mallory erschrak.

„Warum?"

„Für mich geht nichts über Loyalität. Und Versprechen muss man halten. Sie ist einfach nicht mehr aufgetaucht, und damit ist ihre Karriere hier beendet."

„Dafür gibt es doch bestimmt eine Erklärung", meinte Mallory.

„Genug davon. Was wollen Sie?", fragte Agnes. Mallory war verwirrt. Die Clubbesitzerin hatte doch sie angerufen?

„Sie meinen … Was ich im Leben erreichen will?"

„Werden Sie nicht frech", bellte Agnes. „Wollen Sie Tänzerin werden, oder wollen Sie anderen Leuten zuschauen?"

„Tänzerin will ich werden", antwortete Mallory, ohne jedes Zögern.

„Poppy bekommt die Hauptrolle in meiner Show am Valentinstag, statt Bette. Wir brauchen aber noch jemanden. Poppy hat Sie vorgeschlagen.“

Mallory starrte Agnes an, als ob sie einen Scherz gemacht oder sich gewaltig vertan hätte.

„Sind Sie sicher?“

„Nein! Natürlich nicht! Ihren ersten Auftritt als Kleideraufsammlerin haben Sie vermasselt.“

„Ich meine, sind Sie sicher, dass Poppy das gesagt hat?“

„Ja. Ganz sicher. Überhaupt kein Zweifel. Mich hat das auch überrascht. Trotzdem bin ich bereit, das Risiko einzugehen. Aber … Wenn Sie es wieder vermasseln, waren Sie zum letzten Mal auf dieser Bühne. Schlimmer noch, dann will ich Sie nicht mal mehr im Publikum sehen. Mir reicht es mit euch Mädchen.“

„Ich werde meine Sache gut machen.“

„Eigentlich sollte ich Ihnen das nicht erklären müssen, aber das Motto an diesem Abend ist die Liebe. Suchen Sie sich eine Nummer zum Thema ‚Liebe‘ aus; sich verlieben, sich entlieben, Liebe und Sex. Was auch immer. Morgen Abend kommen Sie her und helfen aus.“

Agnes stand vom Tisch auf und ging weg. Mallory wartete ein paar Minuten, dachte, sie würde vielleicht wiederkommen. Als sie sicher sein konnte, dass die Chefin nicht wieder auftauchte, rief sie sofort Bette an.

„Was zum Teufel soll das? Du hörst im Blue Angel auf?“, rief sie.

„Dann hast du wohl gerade mit Agnes gesprochen.“

„Warum weiß ich nichts davon, dass sie dich rausgeworfen hat?“

„Das ist doch nicht so wichtig. Hat sie dich für eine Show engagiert?“

„Ja, hat sie. Also steckst du dahinter?“

„Könnte man so sagen."

„Dann kommst du nicht zurück?"

„Ich bin wieder in New York – gestern Abend gelandet. Ich will mich weiterentwickeln, Mallory, und ich habe dir von Anfang an gesagt, dass ich berühmt werden will."

„Wir müssen uns sehen", sagte Mallory.

„Du weißt ja, wo ich wohne."

Bette öffnete ihr in einem silberfarbenen Lamé-Jumpsuit die Tür.

„Wie ich sehe, hat dein Liebesleben auch Einfluss auf deinen Modestil", kommentierte Mallory.

„Gefällt es dir nicht? Ich finde, das Teil sieht toll aus."

„Du kannst doch alles tragen", erklärte Mallory.

Sie setzten sich auf die Couch. Mallory musste an den Abend denken, an dem sie zum ersten Mal in Bettes Wohnung gewesen war. Das schien mittlerweile eine Ewigkeit her zu sein. Und dennoch hatte zwischen ihr und Alec noch immer keine Versöhnung stattgefunden.

„Warum freust du dich nicht mehr über deine Chance im Blue Angel?", wollte Bette wissen. „Darum würden sich eine Menge Mädchen reißen."

„Ich freue mich ja. Aber ich leide so unter der Trennung von Alec. Am Sonntag bin ich zurückgekommen, und er wollte mich nicht sehen. Billy Barton hat ihm von der Party bei den Baxters erzählt. Jetzt denkt er, ich lüge ihn immer nur an und entferne mich von ihm, statt ihn in mein Leben einzubeziehen. Wenn ich das Ganze aus seiner Perspektive betrachte, muss ich sogar zugeben, dass es aussieht, als hätte er recht."

„Aber du brauchst dich doch nicht zu verteidigen. Daran, was du getan hast, kannst du nichts ändern, und genauso wenig daran, dass du Burlesque-Tänzerin werden willst. Du musst etwas tun, damit er nicht mehr das Gefühl hat, er verliert dich an das Blue Angel. Er fühlt sich einfach bedroht."

„Ich glaube, am schlimmsten ist für ihn, dass wir rumgemacht haben. Das kann er mir einfach nicht verzeihen."

Bette nahm Mallorys Hand.

„Ich glaube, es gibt einen Weg, ihm auch dabei zu helfen."

„Wie meinst du das?"

„Er hat sich einen Dreier gewünscht, den hat er nicht bekommen. Stattdessen bist du losgezogen und hast allein etwas mit einer Frau angefangen. Das war ein Angriff auf seine Männlichkeit. Du musst ihm eine Nummer zu dritt erlauben. Das ist die einzige Möglichkeit, alles wieder hinzubiegen."

„Und wie soll ich das anstellen? Über www.threesome.com?"

„Das erledigen wir unter uns."

Mallory sah ihre Freundin an, suchte in ihrem Gesicht nach einem Hinweis darauf, dass das ein Scherz war.

„Sehr komisch."

„Über Sex mache ich nie Witze. Schau, du weißt, dass ich nicht mit Männern schlafe, aber ich könnte mich ja auf dich konzentrieren. Und wenn er das gar nicht aushält und mich auch anfassen will, ginge das für mich bis zu einem gewissen Grad. Ich glaube, das würde alles zwischen euch verändern. Dann wäre alles wieder in Ordnung."

„Ich weiß nicht, was ich sagen soll."

„Denk zumindest drüber nach."

„Ich weiß noch nicht mal, wie ich das ihm gegenüber ansprechen soll. Wir reden doch quasi nicht mehr miteinander."

„Da findest du schon einen Weg. Entweder ergibt sich die Situation von selbst, oder eben nicht."

„Ich würde alles tun, um ihn zurückzubekommen. Vielleicht sogar das Blue Angel aufgeben. Aber ich will nicht so vor die Wahl gestellt werden."

„Ich hoffe, dazu kommt es nicht. Und jetzt musst du erst mal aufhören, über alles nachzudenken. Wenn du dir solche Sorgen um Alec machst, wirst du nicht in der Lage sein, deinen Auftritt gut hinzukriegen. Schieb das weg. Nutze deine Chance – Moxies Chance. Danach kannst du dich wieder deinem Privatleben zuwenden."

„Okay. Ich versuch's." Mallory schaute das Klatschmagazin auf dem Tisch an. „Sind da Bilder von dir drin?"

Bette nickte. Mallory blätterte die Zeitschrift durch und entdeckte ein Foto, auf dem Bette und Zebra sich in einem Starbucks küssten. „Das wirkt einfach wie ein verrückter Traum auf mich", erklärte sie.

„Bald verfolgen mich die Paparazzi sicher auch in New York. In zwei Wochen kommt Zebra mich besuchen, und dann beginnt ihre Tour an der Ostküste."

„Heißt das, du willst einfach mit ihr um die Welt reisen? Was wird dann aus deiner eigenen Karriere?"

„Da finde ich schon eine Lösung. Jetzt geht es erst mal um dich. Bis zum Valentinstag haben wir nur noch etwas mehr als eine Woche.

„Ich weiß. Und ich bin noch nicht so weit, mir so schnell eine neue Choreografie auszudenken. Was mache ich denn jetzt?"

„Du kannst doch einfach ‚Lose You' nehmen."

„Das gehört dir."

„Nicht mehr. Ich bin damit nie vor Publikum aufgetreten. Du schon, und zwar mit Erfolg."

Mallory wusste, was für ein seltenes, kostbares Geschenk es war, wenn eine Künstlerin eine bereits erarbeitete Nummer mit einer anderen teilte.

„Du bist einfach unglaublich." Mehr sagte sie nicht.

„Ich weiß!"

„Meinst du, ich sollte irgendwelche Änderungen vornehmen, damit es zum Liebesmotto der Show passt?"

„Der Song handelt davon, dass man jemanden nicht verlieren will, das geht also. Aber vielleicht solltest du das Kostüm ein bisschen ändern. Nicht so dunkel, nicht so sehr im Vamp-Style, eher romantisch."

Eine Weile dachten beide schweigend nach.

„Vielleicht könnte ich mich als Cupido verkleiden?"

„Ja, und zwar die sexy Version."

„Mir gehen da so ein paar Dinge im Kopf herum, die ich gern einbauen würde."

„Na, dann los."

„Aber woher bekomme ich das Kostüm? Ich kann überhaupt nicht nähen."

„Ich besorge dir jemanden. Bezahlen musst du das Ganze allerdings selbst."

„Ich spendiere uns sogar ein Taxi. Wohin soll's gehen?"

Bette nahm ihren BlackBerry. „Max, Bette hier. Halt dich bereit – wir brauchen ganz dringend ein Kostüm."

„Da ist noch etwas", fügte Mallory hinzu, als sie schon unterwegs waren.

„Leg los."

„Wir müssen auch bei Capezio vorbeischauen, dem Ballettausstatter."

„Bei M&J Trimming kriegen wir alles, was wir brauchen."

„Es gibt eine ganz bestimmte Sache, für die wir zu Capezio müssen. Vertrau mir."

22. KAPITEL

Der vierzehnte Februar fiel in diesem Jahr auf einen Freitag. Noch nie war Poppy wegen einer Verabredung so aufgeregt gewesen. Leider durfte sie ihren Auftritt im Blue Angel nicht verpassen, deshalb blieb es fürs Erste bei einem Quickie in Patricias Wohnzimmer.

„Ich würde dich so gern zum Essen ausführen", verkündete ihre Freundin zwischen Poppys Beinen hervor.

„Ach ja! Was es hier gibt, schmeckt dir wohl nicht?" Poppy hatte sich nie für besonders humorvoll gehalten, aber Patricia sorgte dafür, dass ganz neue Eigenschaften bei ihr zum Vorschein kamen. Als sei sie plötzlich in ein Geheimnis eingeweiht worden, das der Rest der Welt schon lange kannte: die Liebe. Den besten Stimmungsaufheller aller Zeiten.

„An dir kann ich mich nie satt essen", meinte Patricia, fuhr mit der Zunge über ihre Klit. Poppy streckte die Hand aus, um Patricias Brust zu streicheln, beugte sich dann zu ihr und küsste sie.

„Ich muss los", erklärte sie.

„Das ist so ungerecht!"

„Sieh es doch mal so: Ich werde nur für dich tanzen. Und denk daran, wie aufregend es sein wird, wenn ich später nach Hause komme und dich vernasche."

„Am liebsten würde ich den ersten Teil überspringen und gleich zum zweiten übergehen."

Poppy zog sich den Slip hoch, nahm Kostüm und Handtasche.

„Denk dran, auf dem Weg noch Alec abzuholen. Er darf auf keinen Fall kneifen. Es ist ganz wichtig, dass er auch kommt. Okay?"

„Ich vergesse es schon nicht", antwortete Patricia wenig begeistert. Sie saß immer noch auf dem Boden. „Übrigens:

Was ich gesagt habe, als du die erste Nacht hier verbracht hast, gilt immer noch.“

„Was war das noch gleich?“

„Dass ich immer nur eine Muschi gleichzeitig will. Glaubst du, du kommst damit klar?“

Poppy bückte sich und küsste ihre Freundin auf den Mund, schmeckte sich selbst auf deren Lippen.

„Natürlich“, flüsterte sie. „Und ich kann es kaum erwarten, heute Nacht wieder die Einzige für dich zu sein.“

Mallorys Hände zitterten, als sie eine letzte Schicht pinkfarbenen Glitzerpuder auf ihre Augenlider auftrug. Ihre Wangen glühten vor Rouge, und ihre rot glänzenden Lippen wirkten voll. Sie musste sich noch an den dramatischen Effekt der Farbe auf ihrer Haut gewöhnen, der von ihrem roten Haar so sehr verstärkt wurde. Wäre ihr nicht vor Nervosität so übel gewesen, hätte sie sich schön gefühlt.

Sie trat einen Schritt vom Spiegel zurück, um sicherzustellen, dass ihr Kostüm richtig saß. Agnes hatte darauf bestanden, es bei einer Art Generalprobe zu begutachten, und dann widerwillig ihre Zustimmung signalisiert. Aber wie hätte es auch anders sein können? Sie sah fantastisch aus: als Oberteil eine weiße Satinkorsage, ein kurzer, voluminöser Rock aus mehreren Lagen roter Federn. Lange weiße Strümpfe und ebenso lange weiße Handschuhe. Dazu Schuhe aus rotem Kunstleder mit über zehn Zentimeter hohen Absätzen. An ihren Schultern waren Flügel aus roten Federn befestigt, die sie nach dem Abnehmen als Fächer benutzen konnte Untendrunter trug Mallory einen roten Tanga und herzförmige, mit roten Pailletten besetzte Pasties. Und das Wichtigste: Sie hatte sich Spitzenschuhe aus rotem Satin besorgt. Nur wenige Tage waren ihr geblieben, um das Paar einzutanzen, aber für den fünfminütigen Auftritt reichte es. Für das Finale hatte ihr Bette einen roten, paillettenbesetzten Bogen samt Pfeil gebastelt. Die Choreografie hatten sie entsprechend angepasst; Mallory würde den Pfeil auf das Publikum richten.

„Du siehst supersexy aus“, sagte Poppy. Sie trug eine Krankenschwesterntracht und würde zu „Your Love Is My Drug“ von Kesha tanzen.

„Danke“, erwiderte Mallory. Ganz konnte sie sich noch immer nicht daran gewöhnen, dass die Blondine sich ihr gegenüber so völlig anders verhielt als zuvor. Jetzt, wo Bette nicht mehr in den Club kam, hatte sich Poppy zu Mallorys größter Förderin entwickelt. Warum sie ihr zuvor so feindselig begegnet war, würde sie nie begreifen, aber es brachte nichts, darüber nachzudenken. Sie hatte ganz andere Sorgen.

Kitty Klittys Auftritt neigte sich dem Ende zu. Mallorys Herz klopfte wie wild. Rude Ralph begann mit seiner Ankündigung.

„Sehen Sie jetzt ein Debüt: die frechste, keckste, heißeste Rothaarige seit Jessica Rabbit! Meine Damen und Herren, Applaus für Moxie!“

Mallory wartete darauf, dass die Lichter ausgingen, trat dann durch den Vorhang nach draußen. Sie fühlte sich, als würde sie jeden Moment einen Herzinfarkt bekommen. Versuchte sich zu beruhigen und voll zu konzentrieren, wie ihr das auf der Party der Baxters gelungen war, aber heute klappte es nicht.

Die Musik setzte ein, und sie begann mit der ersten Drehung. Zog sich einen Handschuh aus, erntete dafür lebhafte Reaktionen aus dem Zuschauerraum. Sie erinnerte sich daran, dass bei den Baxters eine ganz andere Atmosphäre geherrscht und ihr dort der Lärm gefehlt hatte. So ließ sie sich vom Publikum durch die nächsten Drehungen tragen, nahm einen Flügel ab und benutzte ihn als Fächer, um ihre Brüste zu bedecken. Neckisch öffnete und schloss sie ihn mehrfach, zog sich währenddessen die Korsage herunter. Hielt sie den Zuschauern hin, um sie dann unter Gejohle und Pfiffen von sich zu werfen. Als sie den Fächer bewegte, kamen ihre mit Quasten besetzten Brüste zum Vorschein. Sie wirbelte sie kurz herum; die ohrenbetäubenden Pfiffe brachten sie zum Lachen. Dann ließ Mallory die Quasten länger kreisen, und im Zuschauerraum war die Hölle los. Jetzt endlich stieg das ersehnte Gefühl in ihr auf. Sie setzte sich auf den Stuhl in der Bühnenmitte und zog mit dramatischen Gesten ihre High Heels aus. Steckte dann ihre Füße in die Spitzenschuhe, wobei sie sich einen Moment Zeit dafür nahm, ihre Beine mit den Bändern zu streicheln. Die Gäste feuerten sie klatschend an.

Mallory stand auf, stellte sich auf die Fußspitzen und vollführte eine Reihe von Drehungen vorwärts, bis in den vorderen Bereich der Bühne. Es war schon so lange her, dass sie vor Publikum getanzt hatte. Das Gefühl, sich in den Spitzenschuhen zu bewegen, zusammen mit der Musik und ihrer nackten Haut – all das erlebte sie so intensiv, dass ihr beinahe die Tränen in die Augen traten.

Die Zuschauer gerieten völlig außer sich. Mit einer einzigen anmutigen Geste nahm Mallory einen Fächer auf und bedeckte ihre Taille damit, während sie sich ihres Rocks entledigte. Dann – nach einer Millisekunde des Zögerns – zog sie die Federn weg, präsentierte dem Publikum kurz ihren Po. Adrenalin jagte durch ihre Adern, und sie erreichte den Zustand, in dem sie sich ohne nachzudenken zur Musik bewegte. Als Nächstes kam eines ihrer choreografischen Lieblingselemente: die Venusmuschel. Dabei fühlte sie sich selbstbewusst genug, einen Blick in die Menge zu werfen.

Ein großer Fehler. Als sei sie ein Tier in der Wildnis, das jedes Anzeichen der Gefahr sofort wittert, wurde ihr Blick von Alec angezogen.

Ein paar Sekunden blieb Mallory wie versteinert stehen, wie ein Reh im Scheinwerferlicht eines Autos. Konnte sich nicht daran erinnern, was sie mit ihren Armen anfangen sollte. Die Zuschauer klatschten lauter, als sei ihre Bewegungslosigkeit ein Teil der Show.

Ob sie einfach in dieser Haltung bleiben sollte? So tun, als stehe sie absichtlich da wie eine halb nackte Statue? Wenn sie das hier vermasselte, würde Agnes sie nie wieder in den Club lassen. Aber nach dieser Erfahrung wollte sie sowieso nie mehr eine Bühne betreten. Was zum Teufel machte er hier? Warum passierte immer ihr so etwas? Als sie zum ersten Mal Kleidungsstücke aufgesammelt hatte, musste ausgerechnet ihre damalige Chefin im Publikum sitzen. Jetzt, bei ihrem allerersten Auftritt, war es ihr Freund – nein, ihr Exfreund, der alles hasste, was mit der Burlesque zu tun hatte. Das konnte kein Zufall sein, und sie wollte herausfinden, wer dahintersteckte. Wer würde wohl als Nächstes vorbeischauen, um mitzuerleben, wie sie sich auszog – ihre Großmutter vielleicht?

Sie warf Alec noch einen Blick zu. Fantastisch sah er aus mit seinem dunklen Haar, das länger war, als sie es in Erinnerung hatte. Er trug einen marineblauen Pullover, und sie konnte sich vorstellen, wie gut die Farbe seine Augen zur Geltung brachte.

In diesem Moment zwinkerte er ihr zu.

Sie riss sich zusammen, löste sich aus der Erstarrung mit einem Shimmy. Atmete tief und ermahnte sich selbst, nicht zu schnell zu werden. Einmal mehr dachte sie an die Anmut von Ms Tickles, der Tänzerin aus dem Video.

Der Song näherte sich seinem Finale. Mallory nahm die Choreografie wieder auf, drehte eine Pirouette. Dann, mit dem Gesicht zum Publikum, ließ sie erneut die Tassles wirbeln und bog den Rücken durch, die Arme über dem Kopf.

Mit weiterhin gestreckten Armen neigte sie sich vor, hob elegant den Pfeil und Bogen vom Boden auf. Dann wandte sie der Menge den Rücken zu, wackelte kokett mit dem Po, drehte sich halb um und spannte den Bogen. Der Pfeil zeigte direkt auf Alec.

Das Licht ging aus, das Publikum applaudierte wild, und sie schaffte es mit Mühe und Not, irgendwie zurück in die Garderobe zu kommen.

„Das war unglaublich!", rief Kitty Klitty. „So etwas habe ich noch nie gesehen."

„Danke", erwiderte Mallory. Sie ließ sich auf einen Stuhl fallen und bemerkte, dass ihr die Beine zitterten. Poppys Nummer begann. Eigentlich hatte sie vorgehabt, sich in den Zuschauerraum zu schleichen und ihrer Kollegin von dort aus zuzusehen, doch jetzt fühlte sie sich nicht in der Lage, die Garderobe zu verlassen. Nie wieder aufstehen müssen!

Agnes kam herein und wies Kitty an, ihr mit der Musikanlage zu helfen. Mallory schaute die Chefin prüfend an, suchte Blickkontakt, irgendein Anzeichen dafür, ob Agnes ihre Darbietung gefallen hatte oder nicht.

„Ich wüsste nur gern, ob es denn so schlimm wäre, wenn eine von euch zur Abwechslung mal klassische Burlesque-Musik benutzen würde? Ich kann mir nicht vorstellen, dass Gypsy Rose Lee sich das Zeug ausgesucht hätte, das ihr immer benutzt. Was ist nur los mit euch jungen Leuten?"

Bevor sie die schmale Gestalt der Chefin und deren dunkle, Funken sprühende Augen vor sich gesehen hatte, war es Mallory nicht bewusst gewesen, wie sehr sie sich wünschte, dass Agnes nicht nur Zufriedenheit über ihre Nummer äußerte, sondern sie auch zum Weitermachen einlud. Wie lange schon saß sie so starr in der Ecke? Vielleicht hatte niemand sie gesehen? Agnes schaute nicht in ihre Richtung.

Mallory versuchte, sich nicht zu sehr aufzuregen. Sie zog

ihre Jeans aus der Tasche und bemerkte dabei, dass ihr BlackBerry blinkte.

Hab mich reingeschlichen und zugeschaut. Glückwunsch! Du warst großartig. Und diese dramatische Pause! Bitte triff mich so schnell wie möglich draußen … LG B

Mallory lächelte. Vielleicht hatte Agnes ihr Auftritt gefallen, vielleicht auch nicht. Aber die Tatsache, dass Bette gekommen war und sie gelobt hatte … Das reichte ihr. Selbst wenn sie nie wieder einen Fuß auf die Bühne setzen würde: Sie hatte es geschafft. Damit sollte sie zufrieden sein – zufrieden genug, um loszulassen und sich auf das zu konzentrieren, worauf es wirklich ankam.

Sie wischte sich so viel Glitter wie möglich vom Körper und zog sich einen schwarzen Pullover an. Ihr Kostüm stopfte sie in die Tasche. Nach einem Blick in den Spiegel beschloss sie, ihr Bühnen-Make-up noch eine Weile länger zu tragen. Wenn das hier ihr letzter Abend als Moxie war, durfte er ruhig noch ein paar Stunden länger dauern.

„Wohin willst du denn? Kommst du nicht mit uns, etwas trinken?", fragte Scarlett Letter.

„Doch, vielleicht – ich bin gleich wieder da." Mallory warf sich ihren Mantel über und nahm ihre Handtasche, ging durch den dunklen Seiteneingang hinaus. Sie fragte sich, ob Alec wohl nach ihr suchen würde.

Draußen ging Bette auf und ab. Sie telefonierte.

Als sie Mallory entdeckte, beendete sie das Gespräch und lief auf sie zu.

„Ich bin ja so verdammt stolz auf dich!" Sie umarmte ihre Freundin. „Und, hat's dir Spaß gemacht?"

„Ja, hat es. Wirklich. Es ist so lieb, dass du gekommen bist."

„Machst du Witze? Das hätte ich mir doch nicht entgehen lassen. Die Sache mit den Spitzenschuhen war fantastisch. In

Zukunft solltest du dich als ‚Moxie, die Burlesque-Ballerina' ankündigen lassen."

„Ich freue mich, dass es dir gefallen hat. Choreografisch gesehen hat alles gut funktioniert, aber … Einen Moment lang habe ich die Nerven verloren – als ich so lange bewegungslos dastand. Das war nicht geplant."

„Was ist denn passiert?"

„Ich habe ins Publikum geschaut, und da saß Alec."

„Er ist hier?"

Mallory nickte.

„Noch drinnen?"

„Ich glaube schon. Und Bette, ich will ihn unbedingt zurück."

„Dann sage ich dir, was du tun musst: Schenk ihm einen Dreier mit dir und einer anderen Frau. Das wird besser ankommen als eine kitschige Karte."

Mallory schüttelte den Kopf.

Die Eingangstür öffnete sich, erwischte sie beinahe. Sie trat einen Schritt zur Seite, erkannte dann Alec.

„Hey", sagte er. In der Hand hielt er einen Strauß gelbe Rosen.

„Alec", erwiderte sie.

„Ich habe dich gerade rausgehen sehen. Können wir uns unterhalten?"

„Ja! Natürlich."

„Dann lasse ich euch beide mal allein", erklärte Bette, lief ein Stück die Straße hinunter.

Alec und Mallory schauten ihr nach. Keiner der beiden sagte etwas.

„Hoffentlich habe ich euch beide nicht gestört", sagte er.

„Alec."

„Was?", fragte er zurück.

„Zwischen Bette und mir läuft nichts. Ich wünschte, du

würdest mir das endlich glauben."

„Ich will jetzt nicht darüber reden. Was ich sagen möchte … Du warst einfach fantastisch, da auf der Bühne. Ich habe meinen Augen fast nicht getraut." Er gab ihr die Blumen, und sie fühlte, wie ihr die Tränen in die Augen stiegen. Dann streckte Alec eine Hand aus, um ihr Haar zu berühren. „Gütiger Gott. Ist das keine Perücke?"

„Nein."

„Du hast dir die Haare gefärbt?"

„Äh, ja."

„Sexy", sagte er. Dabei erschien auf seinem Gesicht das diabolische Grinsen, das sie so sehr vermisst hatte.

„Alec." Sie warf sich in seine Arme, und er hielt sie ganz fest.

„Ich kann nachvollziehen, was dich an dieser Welt da drinnen fasziniert, Mallory. Es scheint, als wärst du dafür geboren. Du siehst aus wie … jemand ganz anderes."

„Das bin ich aber nicht! Sondern immer noch die Frau, die du liebst. Und ich will das hier mit dir zusammen erleben – nicht allein."

„Das will ich auch, aber es geht nicht nur um den Tanz. Du hast mit jemand anderem geschlafen."

„Äh, na ja …" Sie schaute die Straße hinunter und entdeckte Bette. „Das will ich auch mit dir zusammen."

„Was meinst du damit?"

„Du hattest recht – es war falsch von mir, dir den Vorschlag mit dem Dreier übelzunehmen, dann loszuziehen und allein etwas mit Bette anzufangen. Es tut mir leid. Ich wollte, ich könnte es ungeschehen machen, aber das geht nicht. Stattdessen habe ich mir überlegt, dass es vielleicht das Beste wäre, wenn wir beide eine Nacht mit Bette verbringen. Dann kannst du rausfinden, was du wissen willst, und es geht immer noch um uns beide."

Er sah sie an. „Ist das dein Ernst?“
„Ja.“
Er schwieg.
„Sag was“, drängte sie ihn.
„Ich muss zugeben, dass der Vorschlag interessant klingt.“
„Dann los.“
„Jetzt gleich?“
„Viel Zeit bleibt uns wahrscheinlich nicht mehr. Bette ist quasi mit der berühmtesten Popsängerin der Welt zusammen. Ich weiß nicht, wann wir uns nach heute Abend das nächste Mal sehen.“
Sie winkte Bette zu, bedeutete ihr, zu ihnen zu kommen. Die machte eine Geste – sie telefonierte schon wieder. Mallory wandte sich um, hielt ein Taxi an.
„Steig ein“, sagte sie zu Alec. Dann zum Fahrer: „Wir wollen in die Rivington Street. Und die schöne Frau dort an der Ecke nehmen wir mit.“

23. KAPITEL

Bettes weißes Wohnzimmer an Alecs Hand zu betreten, fühlte sich an, als prallten zwei Welten aufeinander.

„Schicke Wohnung", meinte er.

„Danke. Wollt ihr zwei was trinken? Ich habe aber nur Wodka."

Bette ging in die Küche. Nervös saß Mallory auf der Couch, Alec neben sich.

„Die Frau da sieht aus wie du", fand Alec und zeigte auf die Fotografie der Rothaarigen. Mallory erinnerte sich daran, wie sie am ersten Abend bei Bette gesagt hatte, dass sie mit dem Gedanken spielte, sich das Haar zu färben. Damals war ihr eine solche Aktion ungeheuerlich gewagt erschienen.

Seitdem hatte sich einiges getan.

Bette erschien, in der Hand ein Tablett mit gekühltem Wodka in Shot-Gläsern. Jeder nahm ein Glas, und sie stießen an.

„Auf Moxie", meinte Bette, zwinkerte Mallory zu. „Die heißeste Frau, die jemals die Bühne des Blue Angel betreten hat. Jedenfalls, seit ich da nicht mehr arbeite." Sie lachte heiser.

„Auf dich – den neuen Jetset-Star", erwiderte Mallory.

„Darauf trinke ich", erklärte Bette.

Alec hob sein Glas, sagte jedoch nichts. Mallory fragte sich, ob er genauso nervös war wie sie.

Sie sah Bette an, die heute Abend besonders strahlte. Sie trug ein schwarzes, perfekt sitzendes Etuikleid. Unter dem Stoff zeichneten sich ihre Brustwarzen ab. Ihre blasse Haut war makellos, und Mallory konnte erkennen, dass sie kaum Make-up trug, nur schwarzen Eyeliner und mattroten Lippenstift. Das Haar hatte sie auf mädchenhafte Weise hinter die Ohren gesteckt. Auch wenn es heute um Alec ging, musste Mallory zugeben, dass sie Bette immer noch attraktiv fand. Und nach dieser Nacht, das wusste sie, würde sie nie wieder intim mit ihr werden. Aber sie freute sich auf dieses letzte Mal.

Dem Trinkspruch folgte eine peinliche Stille.

„Noch eine Runde?“, schlug die Tänzerin vor.

Als sie in der Küche verschwunden war, nahm Alec Mallorys Hand. Nach der langen Trennung war diese sanfte Berührung beinahe schwindelerregend. Sie schaute zu ihm auf, und er beugte sich zu ihr, um sie zu küssen. Mallory legte ihm beide Arme um den Hals. Im nächsten Moment schlugen ihre Zähne aufeinander, so ungestüm bewegten sie sich. Mit der Zunge fuhr er ihre Unterlippe entlang, und sie saugte begierig daran, wollte ihn nahezu verschlingen. Er ließ eine Hand unter ihren Pullover gleiten, berührte ihre Brustwarze. Sie atmete seinen Duft ein, vergaß alles um sich herum. Sehnte sich so sehr danach, ihn in sich zu spüren, dass sie fast keine Luft mehr bekam.

Bette betrat das Zimmer, setzte sich neben Mallory aufs Sofa. Doch diese hörte nicht auf, Alec zu küssen, bis er sich ihr entzog. Er nickte in Bettes Richtung. Wie in einem Nebel wandte sich Mallory ihr zu, und dann war da ein anderer Mund, der ihren berührte, weicher und weniger vertraut. Sie lehnte sich zurück und ließ sich von Bette küssen, während Alec weiter ihre Brüste streichelte. Das alles erregte Mallory unendlich, sie verlor fast die Besinnung. Dann ließ Bette von ihr ab und begann Alec zu küssen.

Das brachte Mallory fast ein wenig aus der Fassung, doch sie sagte sich, dass es bei einem Dreier nun mal so ablief. Alec berührte sie immer noch, deshalb lehnte sie sich zurück und versuchte den Anblick zu genießen, wie ihr Freund und ihre neue beste Freundin einander langsam und innig küssten. Das kostete sie keine große Mühe: Sie wurde mit jeder Minute erregter. Streckte schließlich die Hand aus und berührte Bettes Brüste, zeichnete auf dem dünnen Stoff ihres Kleides den Umriss der harten Knospen nach.

„Lasst uns im Schlafzimmer weitermachen“, schlug Bette vor.

Beim Aufstehen fühlte Mallory sich ganz zittrig. Alec nahm ihre Hand, und beide folgten ihrer Gastgeberin, die sich im Gehen das Kleid vom Körper streifte. Darunter trug sie nichts als ein schwarzes Spitzenhöschen. Sie legte sich aufs Bett, Arme und Beine weit ausgebreitet, als stelle ihr Körper die Frage: Wer von euch beiden will mich ficken?

Mallory und Alec schauten einander an, und er zwinkerte ihr zu. Zog Mallory dann den Pullover über den Kopf, machte den Reißverschluss ihrer Jeans auf, und sie schob sich die Hosen über die Hüften herunter. Mit beiden Händen streichelte er ihre Brüste über dem BH, öffnete ihn dann und küsste ihr Schlüsselbein. Ein Gefühl der innigen Vertrautheit überflutete sie, und zum ersten Mal seit sehr langer Zeit fühlte es sich an wie früher: Sie beide gemeinsam gegen den Rest der Welt.

In diesem Moment verspürte sie den Wunsch, ohne Bette mit ihm zusammen zu sein. Sie vergötterte ihre schöne neue Freundin, und sie war dankbar dafür, dass diese ihr so großzügig eine ganz neue Welt gezeigt hatte. Auf gewisse Weise hatte sie vollendet, was Alec all die Jahre zuvor an der Uni begonnen hatte – Mallory von dem Mädchen befreit, zu dem ihre Eltern sie erziehen wollten. Ihr dabei geholfen, sich selbst zu finden. Jetzt wollte sie nichts als beide Arme um ihn schlingen, die alte Verbindung zu ihm wieder aufnehmen und ihn wissen lassen, dass er für sie das Allerwichtigste in dieser neuen Welt darstellte, für ihr neues Ich: Was wirklich zählte, war ihre Liebe zueinander. Durch eine Ironie des Schicksals musste Mallory dafür Sex mit einer Frau haben – und womöglich dabei zusehen, wie Alec das Gleiche tat.

Alec stupste sie an, in Richtung Bett. Mallory legte sich neben Bette, und er zog ihr das Spitzenhöschen herunter. Bette beugte sich über sie, nahm ihre Brustknospe in den Mund, neckte sie mit der Zunge, während sie ihr die Hand zwischen die Beine schob. Dann ließ sie ihren Daumen Mallorys Klitoris umkreisen, und als sie bemerkte, dass ihre Freundin schon feucht war, drang sie sofort mit einem Finger in sie ein. Stöhnend bewegte Mallory ihr Becken gegen Bettes Hand. Die ganze Zeit war ihr deutlich bewusst, dass Alec zusah. Dass seine Augen auf ihre Pussy gerichtet waren, während Bette sie fingerte, ließ sie erzittern. Sie konnte nur daran denken, ihn endlich in sich aufzunehmen, von ihm gefickt zu werden, während Bette an der Reihe war, einmal zuzusehen.

Sie nahm wahr, dass er sich aufs Bett setzte, und als er sich an sie drückte, konnte sie spüren, dass auch er inzwischen nichts mehr anhatte. Mit der Hand tastete sie nach seinem steifen Schwanz, fuhr zart über die Spitze und begann dann, ihn mit kräftigen Bewegungen zu massieren.

In immer schnellerem Rhythmus bewegten sich Bettes Finger herein und heraus, während Mallory mit der Hand im gleichen Rhythmus Alecs Schwanz bearbeitete. Er küsste sie, dann tat Bette dasselbe. Nun trafen sich die Lippen von Bette und Alec, während beide über sie gebeugt waren. Mallory lehnte sich vor, um Bettes Brüste mit der Zunge zu liebkosen, was Alec wiederum bei ihr erwiderte. Sie spürte, dass er nun ihre Spalte streichelte. Er wusste genau, wie er sie berühren musste, und nur wenige Sekunden reichten, damit sie einen Orgasmus bekam.

Als das Zittern abgeebbt war, wandte sich Alec an Bette: „Würde es dir etwas ausmachen, uns alleinzulassen?"

„Überhaupt nicht. Fühlt euch wie zu Hause." Sie küsste Mallory auf die Wange.

„Alles wird gut“, flüsterte sie der Freundin zu.

Lautlos verließ Bette den Raum, schloss die Tür hinter sich.

Mallory setzte sich auf. Ihr war ein wenig schwindlig.

„Was sollte das gerade?“

„Ist es dir nicht recht?“

„Doch. Natürlich. Aber ich dachte, du wolltest ...“

„Ich will dich, Mallory. Das war immer so und wird auch so bleiben. Das eben hat großen Spaß gemacht, aber wir haben uns ewig lange nicht gesehen, und ich will ich ganz allein für mich.“

Die beiden küssten sich, und Mallory spürte die vertrauten Schmetterlinge im Bauch, wie jedes Mal seit ihrem ersten Kuss auf dem Unicampus vor vier Jahren.

„Sollen wir nach Hause?“, fragte sie leise.

Er zog ihre Hand zu seinem pulsierenden Schwanz. „Das würde ich gerne, aber ich glaube nicht, dass ich noch warten kann. Mach dir keine Sorgen – ich bin sicher, in diesem Schlafzimmer findet nicht zum ersten Mal Sex statt. Es wird Bette nichts ausmachen.“

Mallory lächelte, drückte Alec sanft aufs Bett. Beugte sich über ihn, um seine Eier zu lecken, mit der Zunge seinen ganzen Schwanz entlangzufahren, die Spitze zu liebkosen, sich dann wieder auf den Weg nach unten zu machen. Stöhnend hielt er ihren Kopf fest, und sie wusste, er sehnte sich danach, dass sie ihn ganz in den Mund nahm. Sie umfasste seine Hoden, während sie seinen Schwanz mit den Lippen umschloss, vorsichtig saugte, während sie ihn in ihrem Mund mit der Zunge umspielte. Mit einer Hand fuhr sie seine ganze Länge auf und ab, immer wieder.

„Setz dich auf mich.“

Mallory gehorchte, hielt einen Moment inne und ließ ihre feuchte Pussy auf der Spitze seines Schwanzes verharren, berührte ihn mit ihrer Klit. Dann sank sie auf ihn hinunter, sodass er ganz in sie eindrang. Erst jetzt wurde ihr bewusst, wie sehr sie dieses Gefühl vermisst hatte: seinen steifen Schwanz, der sie ganz erfüllte.

„Oh Gott“, keuchte sie, beugte sich nach vorne. Jetzt lagen sie Brust an Brust. Sie konnte seinen Herzschlag spüren, und er packte ihren Hintern, stieß noch tiefer in sie hinein. Das fühlte sich so gut an, dass sie kam, sich ihre Muschi immer wieder um ihn schloss. Ihr Orgasmus wollte einfach nicht enden. Sie spürte, wie er in ihr pulsierte. Wusste, dass er kurz vor dem Höhepunkt stand. Zärtlich betrachtete sie sein Gesicht, und der Blick seiner graublauen Augen traf ihren. Da begriff Mallory: Sie waren wieder ein Paar. Nichts konnte sie mehr auseinanderbringen.

Er kam mit einem Aufschrei, und zwar so heftig, dass sie aufpassen musste, dass er lange genug in ihr blieb. Dann glitt sie von ihm herunter. Sie lagen beieinander; Schweiß bedeckte ihre Körper, und zwischen ihren Schenkeln spürte sie seinen Samen. Er zog sie an sich. Erschöpft ließ sie den Kopf in der Beuge seines Ellenbogens ruhen.

„Ich liebe dich so sehr“, flüsterte sie.

„Und ich liebe dich, Mallory.“ Er küsste sie zärtlich. Aneinandergeschmiegt spürten sie den Atem des anderen, völlig zufrieden. „Fahren wir bald nach Hause?“

„Ja“, antwortete sie.

„Ich glaube nur nicht, dass ich mich schon bewegen kann.“ Er zog eine Packung Taschentücher von Bettes Nachttisch zu sich heran und reichte sie ihr.

„Ich werde Bette bitten, uns die Rechnung für die Reinigung zu schicken“, sagte sie. Darüber musste er lachen. Dann küsste er sie wieder.

„Weißt du was? Das rote Haar steht dir ganz fantastisch, aber irgendwie fehlt mir die wunderhübsche Brünette, in die ich mich verliebt habe.“

„Wirklich? Findest du, ich sollte es mir wieder dunkel färben lassen?“

„Wie du möchtest. Aber wenn du das getan hast, weil du dachtest, dass Bette sowieso die attraktivste Dunkelhaarige ist, kann ich dir versichern, dass du dich ganz gewaltig irrst.“

Sie lächelte ihn an. „Es hat Spaß gemacht, etwas Neues auszuprobieren. Aber ich werde immer diejenige sein, in die du dich verliebt hast.“

„Du weißt, ich liebe dich – jetzt noch mehr als jemals zuvor.“

„Ja“, erwiderte Mallory leise. Sie war so glücklich wie noch nie in ihrem ganzen Leben. Streckte eine Hand aus, um sein Gesicht zu streicheln.

„Soll ich dir was Komisches erzählen?“, fragte er.

„Klar. Was denn?“

„Patricia Loomis saß vorhin im Zuschauerraum.“

„Sehr witzig.“

„Nein, ehrlich. Und nicht nur das – sie sah aus, als würde ihr die Show ganz ausgezeichnet gefallen.“

Bette klopfte an die Tür.

„Ich störe euch zwei Turteltauben ja nur ungern, aber da ist jemand für Mallory am Telefon.“

Mallory und Alec tauschten einen Blick.

„Wer ruft dich denn so spät noch an?“, wollte er wissen.

„Keine Ahnung. Ich werde es herausfinden.“ Sie zog sich schnell ihre Sachen über, warf auf dem Weg zur Tür einen Blick in den Spiegel. Sie sah aus, als hätte man sie ordentlich rangenommen. Darüber musste sie lächeln.

Bette gab ihr ein Handy.

„Du warst nicht zu erreichen, deshalb hat sie bei mir angerufen.“

„Hallo?“ Mallory wusste überhaupt nicht, wen sie zu erwarten hatte.

„Moxie, Agnes hier." Am Telefon war der polnische Akzent noch stärker wahrzunehmen. „Warum sind Sie nicht zu erreichen?"

„Tut mir leid. Ich war … beschäftigt."

„Du hast gefeiert, hoffe ich."

„Gefeiert?"

„Deinen neuen Job. Willkommen im Blue Angel."

Der Boom Boom Room war voll mit illustrem Publikum: Stars und Sternchen, Menschen, die andere zu Stars machten, und solchen, die mit den Stars ins Bett wollten. Sie alle hatten sich heute Abend hier eingefunden, um das Erscheinen der aktuellen *Gruff*-Ausgabe zu feiern, das Themenheft „Hot" mit der Frau der Stunde auf dem Cover: Bette Noir.

Mallory und Alec saßen auf einer Bank ganz hinten in einer Ecke. Sie beobachtete das Treiben um sich herum und war erstaunt darüber, wie wohl sie sich hier fühlte. Sie trug ein tiefrotes Kleid von Azzedine Alaia, finanziert mit einem Teil des Geldes von der Baxter-Party. Das Haar lag ihr offen auf den Schultern, und der einzige Schmuck war die Kette mit dem Herzanhänger. Als sie und Alec den Raum betraten, schoben die Fotografen sogar andere Menschen aus dem Weg, um sie zu erwischen. Das Magazin war überall auf Tischen ausgelegt. Sie nahm eines davon in die Hand, fuhr mit den Fingern über die fette weiße Titelzeile unter dem Bild von Bette, die dort in einem schwarzen Bustier zu sehen war: „Girls! Glitzer! Glamour! Ein Blick hinter den Samtvorhang der Burlesque-Szene in New York – von Alec Martin".

Sie war so stolz auf ihn. Alle sprachen über den Artikel.

„Wie geht's meinen Starreporter?", erkundigte sich Billy Barton, beugte sich in seinem weißen Smoking über die beiden.

„Hey, Billy. Fantastische Party, wie immer“, antwortete Alec.

„Ja, nicht schlecht, wenn ich das so sagen darf. Wie geht es dir, verehrte Moxie? Glaubst du, unser Covergirl taucht überhaupt noch auf?“

„Das kann man bei Bette nie so genau sagen.“

„Vielleicht habe ich mir ohnehin das falsche Gesicht ausgesucht“, meinte er. „Jeder hier will wissen, wer *du* bist. Und jetzt muss ich erklären, warum du in dem Artikel nicht mal erwähnt wirst. Du hast es hinbekommen, dass der Text schon bei seinem Erscheinen überholt wirkt, du kleine Hexe.“

„Nettes Kompliment, Billy“, erwiderte Mallory und rollte die Augen. „Aber wir wissen beide sehr gut, dass du genau die richtige Frau zum genau richtigen Zeitpunkt erwischt hast. Die Zeitungen sind voll von Fotos mit Bette und Zebra.“

„Ja, großartig, oder? Das hätte ich selbst nicht besser arrangieren können. Da ist ja unsere Poppy LaRue. Aber wen hat sie denn da bei sich? Diese unglamouröse Erscheinung passt nicht hierhin.“

Mallory schaute zur Tür. Stimmt, gerade betrat Poppy mit Patricia Loomis den Raum. Sie hatte gehört, dass die beiden ein Paar waren. Von all den Dingen, die sich in letzter Zeit entwickelt hatten, war diese Neuigkeit sicher am ungeheuerlichsten. Und sie erklärte, warum Alec am Abend von Mallorys Debüt deren damalige Vorgesetzte im Publikum entdeckt hatte. Außerdem wahrscheinlich auch, warum sie ihren Job verloren hatte. Bette beobachtete die beiden Frauen, wie sie den Raum betraten, ganz offensichtlich liiert und doch krampfhaft darum bemüht, nicht so zu erscheinen. Als hätte das irgendjemanden interessiert. Wobei Mallory nach ihren Erfahrungen mit Reed & Warner Verständnis dafür hatte, dass Patricia sich beobachtet fühlte. Als sie ihre frühere Chefin jetzt sah, konnte Mallory kaum ein Lächeln unterdrücken. Letzten Endes hatten diese Frau und die Kanzlei ihr einen Gefallen getan.

Poppy und Patricia kamen auf sie zu.

„Ms LaRue gehe ich wohl besser aus dem Weg", meinte Billy. „Sie ist immer noch wütend, weil ich sie nicht auf den Titel genommen habe."

„Wieso sollte sie denn damit überhaupt rechnen?"

„Ach, das ist eine lange Geschichte. Aber jetzt muss ich weiter, Schätzchen."

Schnell lief Billy auf einen jungen, muskelbepackten Kerl zu, den Mallory aus einem aktuellen Filmtrailer kannte.

„Hey", begrüßte sie Poppy. Sie strahlte geradezu vor Glück, und sogar Patricia sah für ihre Verhältnisse attraktiv aus. Ihre Haut glänzte nicht mehr, ihr Haar war endlich aus dem ewigen Knoten befreit und frisch geschnitten – sie trug einen schicken langen Bob, der gerade eben ihre Schulter berührte. Außerdem hätte Mallory schwören können, ein wenig Lippenstift zu entdecken. Wenn es jetzt noch irgendjemand schaffte, sie zu einem Kleid zu überreden …

„Hallo, die Damen. Schön, dass Sie es auch geschafft haben", sagte Alec.

„Du bist wieder eine Brünette?", sagte Poppy zu Mallory. „Gefällt mir. Aber es ist dunkler als vorher."

„Sieht sie nicht fantastisch aus? Ich kann kaum den Blick von ihr abwenden. Und ich muss sie ständig anfassen …"

Mallory stieß ihm den Ellenbogen in die Seite.

„Also, Mallory, ich möchte mich zuallererst dafür entschuldigen, wie das damals gelaufen ist", verkündete Patricia steif.

„Ach, machen Sie sich keine Sorgen", antwortete Mallory. „Für eine Karriere als Anwältin war ich sowieso nicht gemacht."

„Stimmt, waren Sie nicht“, erwiderte Patricia. Poppy und Alec warfen ihr giftige Blicke zu. „Was denn? Ich sage einfach nur die Wahrheit.“

„Es ist gut so! Sie haben mir einen Gefallen getan. Wirklich.“

„Aber was wollen Sie jetzt anfangen?“, fragte Patricia.

„Da wird sich schon was ergeben.“

„Los jetzt – ich brauche unbedingt einen Cocktail“, verkündete Poppy.

„Gut. Ich komme gleich nach“, erklärte Patricia.

„Glaub mir, hier beobachtet uns niemand.“ Die beiden entfernten sich, noch immer heftig darüber diskutierend, ob sie als Paar erkennbar waren oder nicht.

Mallory musste lachen.

„Ach, noch einmal jung und verliebt sein“, sagte Alec.

Ehe sie etwas erwidern konnte, vibrierte ihr BlackBerry.

Schaffe es nicht. Mit Z. im Flieger nach Paris. Wir bleiben in Kontakt. GLG Bette.

„Eine SMS von Bette – Sie kommt heute Abend nicht.“

„Das ist keine Überraschung. Aber Billy wird enttäuscht sein.“

„Ich denke, er wird es überleben.“ Sie nickte Alecs Chef zu, der einen Arm um den sexy Muskelprotz gelegt hatte.

„Möchtest du einen Drink?“, fragte Alec sie.

„Gerne. Aber erst muss ich zur Toilette.“ Sie tauschten einen intensiven Blick. Mallory stellte sich vor, wie er sie dort gegen die Panoramaglaswand pressen würde. „Warum kommst du nicht mit?“, schlug sie vor.

„Ausgezeichnete Idee“, erwiderte er augenzwinkernd. „Lass uns der ganzen Stadt eine Show bieten, die sie nie vergessen wird.“

– ENDE –

„Ihre Figuren sind stark, der Plot dicht, der Sex heiß – und das Ende ist einfach perfekt!“

Romantic Times Book Reviews

Band-Nr. 35064

9,99 € (D)

ISBN: 978-3-95649-080-4

304 Seiten

Eden Bradley

Pleasure's Edge – Dunkle Sehnsucht

Mit Sex kennt Erotik-Autorin Dylan sich aus – aber die dunkle Seite der Lust ist der kontrollierten Karrierefrau ein Buch mit sieben sündigen Siegeln. Also wendet sie sich bei der Recherche für ihren neuen BDSM-Roman hilfesuchend an den faszinierenden Alec. Sie ist hingerissen von seiner dominanten Ausstrahlung, und die verlockend fesselnden Lektionen bleiben nicht lange theoretisch. Dylan erfährt am eigenen Leib, wie aufregend die Liebe sein kann – wenn sie ein wenig wehtut. Zu Füßen ihres strengen Meisters fühlt sie sich so frei und lebendig wie nie zuvor. Aber kann sie es wagen, Alec auch ihr Herz zu unterwerfen?

„Auf zwei Dinge können Sie sich verlassen, wenn Sie ein Buch von Eden Bradley in die Hand nehmen: Dass Sie zu einer Reise der Sinnlichkeit aufbrechen und dass Sie gefesselt sein werden.“

Romance Divas

Band-Nr. 35063
7,99 € (D)
ISBN: 978-3-95649-069-9
eBook: 978-3-95649-413-0
304 Seiten

Sylvia Day
Ekstase & Erlösung

Man sollte Geschäftliches und Vergnügen immer trennen. Man sollte politische Entscheidungen nie im Schlafzimmer treffen. Und dennoch habe ich beides getan, als ich mich mit Jackson Rutledge einließ. Ich kann also nicht behaupten, ich wäre nicht gewarnt worden …

Zwei Jahre später kam er einfach hereinspaziert und mischte sich in einen Deal ein, für den ich hart gearbeitet hatte. Unter der Anleitung von Lei Yeung, einer der erfolgreichsten Geschäftsfrauen in New York, hatte ich ein oder zwei Dinge dazugelernt seit Jax abgehauen war. Ich war nicht mehr das Mädchen von damals, aber er schien unverändert. Es war anders als das letzte Mal, denn nun wusste ich genau worauf ich mich einlasse – und wie schnell ich ihm wieder verfallen könnte.

Jax bewegte sich ausschließlich in seinem exklusiven Universum voller Glamour, Sex und Privilegien – aber da kannte ich mich nun auch aus. In der kalten Geschäftswelt gab es eine wichtige Regel: Halte deine Feinde nah bei dir, aber deine Ex-Lover noch näher …

Eine ehrgeizige Praktikantin.
Ein anspruchsvoller Boss.
Eine knisternde Atmosphäre ...

Christina Lauren
Beautiful Bastard

Band-Nr. 25777
8,99 € (D)
ISBN: 978-3-95649-054-5
304 Seiten

Chloe Mills weiß, was sie will. Doch auf dem Weg zum Traumjob stellt sich ihr ein Problem in den Weg: ihr Boss Bennett Ryan. Perfektionistisch, arrogant – und absolut unwiderstehlich. Ein verführerischer Mistkerl!
Bennett Ryan weiß, was er will. Und dazu gehört garantiert keine Affäre mit seiner sexy Praktikantin, die ihn mit ihrem unschuldigen Lächeln in den Wahnsinn treibt. Trotzdem kann er Chloe einfach nicht widerstehen. Er muss sie haben. Überall im Büro.
Gemeinsam verfangen sie sich in einem Netz aus Lust, Gier und Obsession ...

„Die richtige Mischung aus Sex, Verlangen und Gefühlen macht dieses Buch zu einem echten Pageturner."
wonderfulbookworld.com